ULLSTEIN

Das Buch

Das Leben des jungen Tierarztes Samuel Thibodeau wird auf den Kopf gestellt, als eines Tages seine Jugendliebe Dee Dee nach Fort Kent zurückkehrt, einer kleinen Stadt im Norden von Maine. Die wilde Dee Dee, die schon in der Grundschule ihre Valentinsherzen aus Protest schwarz angemalt hatte. Die durch den Garten eines wildfremden Mannes gekrochen war, um einen Hund zu retten. Die jeden Jungen in der Stadt beim Autorennen geschlagen hatte. Und die mit Bobby Langford in einer schicken Corvette »von der Farbe der Sonne« durchgebrannt war, bevor Samuel ihr seine Liebe gestehen konnte.
Auch fünfzehn Jahre später hat sich an Sams Gefühlen für Dee Dee kaum etwas geändert. Er freundet sich mit ihrem kleinen Sohn Trooper an – doch Dee Dee selbst bleibt merkwürdig verschlossen. Die meiste Zeit verbringt sie mit Sams Frau Lydia: Sie führt sie in das Wachsziehen, die kontemplative Kunst der Kerzenherstellung, und die damit verbundene Lebensphilosophie ein. Dee Dee eröffnet ein kleines Kerzengeschäft, es wird auf Anhieb ein großer Erfolg. Als Dee Dee Sam eines Abends, umgeben vom Lichterglanz der Kerzen, ihr schreckliches Geheimnis anvertraut, muß er sich entscheiden. Dee Dee verlangt von ihm einen Freundschaftsdienst, der alles bisher Erlebte in den Schatten stellt ...

Die Autorin

K. C. McKinnon ist das Pseudonym einer literarischen Autorin. Schon mit ihrem ersten Roman *Tanz im Harvest Moon* begeisterte sie eine große Leserschaft. Auch dieser zweite Roman basiert auf einer wahren Geschichte voller großer Gefühle.

In unserem Hause ist von K. C. McKinnon außerdem erschienen:

Tanz im Harvest Moon

K. C. McKinnon

Lichter hinter dem Fluß

Roman

Aus dem Amerikanischen
von Charlotte Breuer

Ullstein

Ullstein Taschenbuchverlag 2001
Der Ullstein Taschenbuchverlag ist ein Unternehmen
der Econ Ullstein List Verlag GmbH & Co. KG, München

Titel der amerikanischen Originalausgabe: Candles on Bay Street
(Doubleday, a division of Bantam Doubleday Dell Publishing Group,
Inc., New York)
Übersetzung: Charlotte Breuer
Umschlagkonzept: Lohmüller Werbeagentur GmbH & Co. KG, Berlin
Umschlaggestaltung: Christof Berndt & Simone Fischer, Berlin
Titelabbildung: Photonica, Hamburg
Druck und Bindearbeiten: Elsnerdruck, Berlin
Printed in Germany
ISBN 3-548-25233-8

Aus! kleines Licht!
Leben ist nur ein wandelnd Schattenbild;
Ein armer Komödiant, der spreizt und knirscht
Sein Stündchen auf der Bühn' und dann nicht mehr
Vernommen wird.

Macbeth, WILLIAM SHAKESPEARE

I

Jedesmal, wenn man eine Kerze anzündet,
wird ein Engel geboren.

Dee Dee Michaud, Frühjahr 1997

Sie war meine Jugendliebe, die ich heiraten wollte und es doch nie tat. Ich mache General Motors dafür verantwortlich. 1982, als deren neue Serie schnittiger Corvettes vom Fließband kam, kaufte sich Bobby Langford einen davon in leuchtendem metallic Gold, der Farbe der Sonne. Und er sah so umwerfend aus hinter dem Steuer, daß Dee Dee Michaud sich Hals über Kopf in *ihn* verliebte und nicht in mich. Ich hatte gerade den großen Schritt tun wollen, und dann stand ich da, dumm am Straßenrand. Der Rest ist Vorgeschichte, wie der Neandertaler sagen würde.

Ich kann mich nicht erinnern, sie nicht gekannt zu haben. Wenn ich in den dünnen Seiten meiner Erinnerung blättere, ist ihr Gesicht das erste, was ich vor mir sehe. Sie war Teil meiner Geschichte, Teil meiner Familientradition, meiner Wurzeln: Es gab Zeiten, da kam es mir vor, als sei sie ein Teil von *mir*. Wir waren beide zwei Jahre alt, als sie ins Nachbarhaus einzog, zusammen mit Estelle und Marvin Michaud, die in Fort Kent, Maine, meiner kleinen Heimatstadt, als »spätentschiedene Eltern« bekannt waren. Sie hatten gerade das neue blaue Haus neben uns gekauft, Bay Street Nummer 204. Aus Erzählungen weiß ich, daß wir uns ein paar Wochen später auf meiner Geburtstagsparty zum erstenmal offiziell begegnet sind. Ich kann mich nicht daran erinnern, aber ich habe die Fotos als Beweis. Schon damals war sie hinreißend, ein zweieinhalbjähriges kokettes Ding, das Partyhütchen schräg auf ihrer wilden, weizenfarbenen Lockenpracht. Und in den Augen ein schelmisches Leuchten, von dem ich glaubte, daß es niemals verlöschen würde. Als wir fünf waren, badeten wir zusammen in einer Zinkwanne im Garten. Es ist ein scharfes Foto, das ich, seit ich es in der siebten Klasse aus dem Fotoalbum meiner Mutter stibitzt habe, bei mir trage, und das außer mir niemand kennt. Ross Cloutier war der einzige, der von dem Foto wußte. »Was würdest du sagen, wenn ich dir erzählen würde, daß ich ein Foto von Dee Dee Michaud in der Tasche habe, auf dem sie pudelnackt ist?« fragte ich ihn. Wir saßen am Rand eines Kartoffelfelds außerhalb der Stadt und rauchten Salem-Zigaretten, bis uns speiübel wurde. »Ich würde sagen, daß Schweine fliegen können«, erwiderte Ross. Ich ließ ihn nicht wissen, wie falsch er lag, und redete mir damals ein, ich würde so Dee Dees Ehre schützen. In Wirklichkeit jedoch zeigte ich ihm das Foto nicht, weil ich darauf heulend vor Scham in der Zinkwanne sitze, während Dee Dee wie ein Derwisch im Wasser herumspringt und silberne Wassertropfen in Kaskaden über ihren Rücken laufen.

Das ist die Geschichte unseres Lebens.

Als wir in der dritten Klasse waren, verprügelte Dee Dee Vincent Cyr, weil der *mich* verprügelt hatte. Damals war sie größer als ich. Ich war noch nicht »ins Kraut geschossen«, etwas, das meine Mutter mir schon lange voraussagte, eine Aussicht, die ich ziemlich erschreckend fand. Nachts lag ich oft im Bett und stellte mir vor, daß ich aussehen würde wie eine riesige, mit Keimen übersäte Kartoffel, wenn ich erst einmal »ins Kraut geschossen« war. Und damals drehte sich mir der Magen offenbar nicht nur beim Rauchen um. Also trug Dee Dee meine Kämpfe für mich aus. Als sie mir das Comic-Heft zurückgab, das Vinny mir geklaut hatte, hätte es mir eigentlich peinlich sein müssen, daß ein Mädchen mir zu Hilfe geeilt war. Aber das war es nicht. »Hier, Sammy«, sagte sie. »Ich glaub, du hast was verloren.« Ich schaute in diese blaugrauen Augen, die tiefer und blauer waren als die Stelle im St. John River, wo wir immer schwimmen gingen, und sie sahen mich so ernst an, daß ich tatsächlich *glaubte*, ich hätte das Comic-Heft verloren. Das war ihre Stärke. Das war Dee Dee.

In einer Theateraufführung in der fünften Klasse waren wir Bogey und Bacall in *Key Largo*. Wir stritten uns fast einen ganzen Monat lang, bis zum Abend der Vorstellung: Dee Dee wollte Bogey spielen. Es war das einzige Mal, daß ich nicht nachgab.

In unserem ersten Jahr auf der Highschool wurde sie für eine Woche vom Unterricht ausgeschlossen, weil sie Schimpfwörter benutzt und auf dem Klo geraucht hatte. Ihre Mutter bat mich, mit ihr zu reden, also tat ich es. »Deine Mutter sagt, du treibst dich mit ein paar ziemlich wilden Mädchen herum«, sagte ich zu Dee Dee. »Würdest du mich ihnen vorstellen?«

Im zweiten Jahr auf der Highschool gründeten wir eine Band. Wir nannten uns die SPITZEN WINKEL, weil wir alle vier zusammen Geometrie hatten. Dee Dee sang, ich spielte Gitarre, Ross Cloutier Baß und Brian LeBlanc Schlagzeug. Wir hatten sogar ein paar kleine Auftritte in der Stadt, aber dann zog Brian weg, und wir brachten es nicht fertig, ohne ihn weiterzumachen. Was mich damals jedoch am meisten beschäftigte, war die Frage, wie ich Dee Dee dazu bringen sollte, mit dieser Kumpelei aufzuhören und endlich mit mir ins Bett zu gehen. Ich würde sicher sterben, wenn es mir nicht gelang. Und auf meinem Grabstein würde dann stehen: *Hier liegt die einzige männliche Jungfrau des Jahrgangs '64.*

Einen Monat vor dem Schulabschluß bahnte sich

diese Geschichte zwischen Dee Dee und Bobby Langford an. Seine Eltern waren geschieden und wohnten in Connecticut, und sie hatten ihn zu den Großeltern aufs Land geschickt, weil sie der Meinung waren, es wäre gut für ihn. Für *mich* war es eine Katastrophe. Am Morgen unseres letzten Schultags saß Dee Dee auf dem Beifahrersitz meines Wagens – es war ein Pick-up von Ford, Baujahr 1954, den ich von meinem Großvater Thibodeau geerbt und in monatelanger Kleinarbeit wieder zum Laufen gebracht hatte. Auf der Fahrt zur Schule beschloß ich, den Vorstoß zu wagen. Ich würde es mit Humor machen – Dee Dee liebte Humor über alles. Ich würde Woody Allen imitieren und zu ihr sagen: »Hör zu, ich weiß, wir sind alte Freunde. Verdammt, wir haben Bogey und Bacall gespielt. Aber vielleicht wird es Zeit, daß wir nicht mehr bloß Freunde sind. Ich mach dir einen Vorschlag. Diesmal lasse ich dich Bogey spielen.« Aber bevor ich dazu kam, etwas zu sagen, zeigte mir Dee Dee ihren Verlobungsring. »Es ist ein Geheimnis«, sagte sie. »Niemand weiß etwas davon, also verrate es keinem. Okay, Sammy?« Ich fragte mich nicht, woher Bobby das Geld für einen Diamantring *oder* den Corvette hatte. Er fuhr zweimal im Monat nach Connecticut, und neuerdings gab es eine Menge guten Shit in Fort Kent, Maine. Ich betrachtete den Ring. »O großer Gott Cannabis, wir danken dir für deine Wohltaten«, sagte ich. Ich dachte, es würde sie zum Lachen bringen, aber sie lachte nicht. »Glaub nicht alles, was die Leute erzählen, Sammy«, war alles, was sie sagte. »In kleinen Städten gibt es eine Menge billige Gerüchte.«

Am Tag nach dem Schulabschluß – und sehr zum Kummer ihrer Eltern und aller, die sie liebten – packte Dee Dee ihre Koffer. Und dann stahlen sich Dee Dee und Bobby in dem sonnenfarbenen Corvette mitten in der Nacht aus Fort Kent davon. Zwei Wochen später hörte ich von ihr. Im Briefkasten war eine Ansichtskarte mit einem riesigen Wollknäuel und der Aufschrift: *Besuchen Sie Monroe, Louisiana, Heimatstadt des größten Wollknäuels der Welt.* Auf die Rückseite hatte sie geschrieben: *Lieber Samuel Louis Thibodeau! Ist das Leben nicht zum Schreien? Alles Liebe, Dee Dee.*

Das nächste, was wir von den beiden hörten, war, daß sie geheiratet hatten. Mrs. Estelle Michaud, Dee Dees Mutter, stieg über die Hecke, die den Garten der Michauds von unserem trennte, und kam die Stufen zu unserer Küche herauf, um meiner Mutter die traurige Nachricht zu überbringen. Sie bückte sich noch nicht einmal, wie sie es sonst immer tat, um Bonbonpapiere aufzuheben, die der Wind in den Garten geweht hatte, oder um leere Coladosen aufzusammeln, die von der Straße her auf den Rasen gerollt waren. Sie machte sich nicht die Mühe, die verwelkten Blätter von den Blumen zu knipsen, die sie in schmalen Beeten entlang der Hecke gepflanzt hatte. Statt dessen kam sie schnurstracks zu meiner Mutter in die Küche, und die Fliegengittertür schlug hinter ihr zu wie ein Gongschlag der Realität. »Dieses verrückte Mädchen hat es geschafft, Margaret«, hörte ich sie zu meiner Mutter sagen. »Dieses verrückte Geschöpf hat sich sein Leben ruiniert.« Ich saß gerade, ein Knie angezogen, auf der Lehne von Dads Lesesessel und zählte die Sekunden, bis mein erstes Semester am College anfing. Jetzt, wo Dee Dee nicht mehr nebenan wohnte, würde ich endlich von der vollkommensten und schlimmsten Langeweile erlöst werden, die man einem Erdling an den Hals wünschen kann. Aber *das* machte mich sofort hellhörig. Plötzlich war das Leben wieder interessant, denn ich wußte sofort, wer »dieses verrückte Mädchen« war. Ich trat an die Küchentür und lehnte mich gerade so weit vor, daß ich hören konnte, was Mrs. Michaud sagte, und so erfuhr ich, daß meine große Liebe, Diana Catherine Michaud, die vier Jahre hintereinander zum begehrtesten und hübschesten Mädchen der Schule gekürt worden war, den Mann hinter dem Steuer des goldenen Corvette geheiratet hatte. »Sie ist doch noch ein Kind«, sagte Mrs. Michaud händeringend und mit unglücklichem Gesicht. Eine Woche später bekam ich eine zweite Postkarte, diesmal aus Mankins, Texas. Auf der Vorderseite war ein Foto eines riesigen Schuhs: *Heimatstadt des größten Cowboystiefels der Welt*, stand darunter. Auf der Rückseite stand: *Lieber Sammy, ich bin so froh, daß ich die Schule hinter mir habe und endlich die Welt kennenlerne. Alles Liebe, Dee Dee*. Ich hängte die Karte in meinem Zimmer an die Wand über meinem Schreibtisch, neben die erste, die sie mir geschickte hatte, die mit dem riesigen Wollknäuel. Dann nahm ich die Bestätigung meiner Einschreibung an der University of Maine, dem kleinen College in meiner Heimatstadt, die ich einige Monate zuvor erhalten hatte, zur Hand und las sie noch einmal sorgfältig durch. Viele Leute reisen gern, das stimmt, aber damals, kurz nachdem ich als einer der Besten die Highschool abgeschlossen hatte, wußte ich, daß ich zu Hause bleiben und Biologie und Naturwissenschaften studieren würde. Anschließend würde ich in Boston – so nah bei meiner Heimatstadt wie möglich – vier Jahre lang Veterinärmedizin studieren. Aber ich würde zu meinen Wurzeln zurückkehren und in Fort Kent, wo es so etwas noch nicht gab, eine kleine Tierarztpraxis eröffnen. Wie viele Männer in meinem Bekanntenkreis, die aus Neuengland stammen, bin ich ein bodenständiger Mensch. Irgend etwas an der Landschaft hier in Maine läßt mich einfach nicht los. Damals hätte ich begreifen müssen, was das bedeutete: Ein verrücktes Mädchen, das so wild ist wie der Wind, will einen Mann, der wild ist wie der Wind. Trotzdem machte es mich fassungslos, wie unfair das Leben war. In dem alten Wagen von meinem Großvater konnte ich es mit Bobby nicht aufnehmen. Ein Pickup von 1954 gegen einen neuen Corvette? Welche Frau außer meiner Großmutter hätte schon nein gesagt zu einem so schicken Schlitten? Ohne seinen Corvette war Bobby Langford eine ziemliche Niete. Wollen wir doch mal ehrlich sein. Wer würde sich noch an James Dean erinnern, wenn er in einem alten, schrottreifen VW-Käfer gestorben wäre? Dieser silberne Porsche war's. In meinen Augen stiegen Tränen auf, die ich nie irgend jemanden sehen lassen würde, und ich schaute mir die beiden Postkarten noch mal an: *Ist das Leben nicht zum Schreien?* hatte Dee Dee mir geschrieben. Ich versuchte, mir vorzustellen, wie sie auf dem größten Wollknäuel der Welt saß oder auf der Spitze des größten Cowboystiefels lag, aber die Bilder wollten nicht kommen. Es gab eine Sache, die ich in meinem jungen, achtzehnjährigen Leben bedauerte: daß ich nicht schnell genug gewesen war, Dee Dee Michaud auch nur sagen zu können, daß sie die Liebe meines Lebens war. Ich schaute wieder auf die Einschreibebestätigung und auf den Prospekt der Veterinärmedizinischen Fakultät der Uni Boston, der vor ein paar Tagen eingetroffen war. Ich berührte beides mit dem Zeigefinger. »Das ist dein Leben, Sammy Thibodeau«, sagte ich laut. »Am besten, du gewöhnst dich dran.« Wie hätte ich damals ahnen sollen, welche Streiche das Leben mir noch spielen würde? Wie hätte ich von den Zerrspiegeln und Geheimtüren wissen sollen und daß durch eine von ihnen Dee Dee Michaud zurück nach Fort Kent kommen und wieder in mein Leben treten würde? Unmöglich. Genausowenig, wie Dee Dee wissen konnte, daß ihre Blitzehe mit Bobby Langford nicht von Dauer sein würde. 1986, wenige Wochen nachdem ich mein Examen an der University of Maine in Fort Kent mit *summa cum laude* abgelegt hatte, kam in der Stadt das Gerücht auf, Dee Dee hätte einen Laden für Kunsthandwerk eröffnet, und zwar in Wyoming – von Maine aus gesehen am anderen Ende der Welt. Die Erde drehte sich weiter.

Zwei Jahre später starb Dee Dees Vater an einem Herzinfarkt. Ich fuhr nicht zu seinem Begräbnis, denn ich hatte in der Woche Prüfungen, und das Studium war hart. Aber meine Mutter rief mich an und erzählte mir, Dee Dee hätte sich kaum verändert. Jetzt, nachdem Mr. Michaud gestorben war, hatte Mrs. Michaud vor, zu ihrer verwitweten Schwester zu ziehen. Das Haus in der Bay Street würde sie vermieten. Meine Mutter meinte, sie würde ihre alte Nachbarin vermissen. Mir ging es genauso. Daß Dee Dees Familie immer noch neben meinen Eltern wohnte, hatte die Erinnerung an sie wachgehalten. Bevor sie auflegte, sagte meine Mutter noch: »Ach, Sammy, fast hätte ich's vergessen. Dee Dee ist im achten Monat schwanger.«

Einen Monat später, im März 1988, zwei Jahre bevor ich nach Fort Kent zurückging und meine Tierarztpraxis eröffnete, schrieb meine Mutter mir, Dee Dee hätte ein Baby bekommen, einen Jungen, den sie Martin getauft hatte. Niemand schien zu wissen, ob Bobby Langford auch nur eine Runde Bier ausgegeben hatte. Auf die Nachricht von Martins Geburt folgte einige Monate später die Nachricht, daß Bobby einen guten Job beim Pipelinebau in Alaska bekommen hatte. Ich stellte mir vor, daß er in seinem goldenen Corvette nach Norden, in das Land der Mitternachtssonne aufgebrochen war. Danach schien niemand mehr irgend etwas über Dee Dee Michaud zu erfahren. Einige Jahre vergingen, und eines Tages wachte ich auf, und mir wurde klar, daß ich nichts von ihr und noch nicht mal mehr etwas *über* sie gehört hatte. Die Verbindung schien endgültig abgerissen zu sein. Ich sagte mir, daß die Klatschtanten in meiner Heimatstadt sich wahrscheinlich weiterhin um jedes Detail aus ihrem Leben reißen würden. Aber ich war mit meinem eigenen Leben beschäftigt. Vor mir lag mein letztes und härtestes Jahr an der Veterinärmedizinischen Fakultät. Ach ja, und ich hatte einer Kommilitonin namens Lydia Newhart einen Heiratsantrag gemacht.

Ist das Leben nicht zum Schreien?

Bis zum heutigen Tag habe ich kein Auto von General Motors gekauft. Das ist einfach eine Frage von Prinzipien.

Abends in meiner Tierarztpraxis, wenn alle längst nach Hause gegangen sind, denke ich manchmal immer noch an Dee Dee. Die erste Liebe stirbt nicht so leicht. Besonders in der Abenddämmerung kommt die Erinnerung an sie: An jenen späten Sommernachmittag 1976, als wir beide zwölf waren, an den Sommer, als wir den Text von *Fernando* auswendig lernten. Es war den ganzen Sommer lang unser Lieblingsstück, ein Hit von ABBA. Als wir damals am Flußufer auf dem Bauch lagen und im brackigen

Wasser unter den Steinen nach Flußkrebsen suchten, schaute Dee Dee mich an und sagte: »Wenn ich groß bin, will ich ABBA sein, Sammy.« Ich schnaubte verächtlich. »Du kannst doch keine ganze Band sein, du Idiot«, sagte ich. Zu jener Zeit war mir klargeworden, daß ich sie mein Leben lang lieben würde, und deswegen hatte ich mir angewöhnt, sie *Idiot* und *Äffchen* und *dumme Nudel* zu nennen. Auch sie hatte angefangen, sich zu verändern. Von einer Minute zur anderen konnte aus dem Wildfang ein zartes, mädchenhaftes Wesen werden. Ich dagegen war mit diesem mageren Körper geschlagen, der nur in die Länge geschossen war, einem Körper, der schon bald genug Testosteron produzieren würde, um den Steinbruch an der Morin Road zu füllen. In diesem Augenblick begann Dee Dee zu singen: »*Can you hear the guns, Fernando? Do you still recall the fatefull night we crossed the Rio Grande? There was something in the air that night, the stars were bright, Fernando*«. Dann hörte sie auf und ließ einen Stein über das Wasser springen. »Ich will eine Revolutionärin werden, Sammy«, sagte sie. »Ich will wie die Leute in diesem Lied sein, die unter dem Sternenhimmel für die Freiheit kämpfen.« Sie schaute mich an. »Küß mich, Sammy«, sagte sie. »Mit deiner Zunge und alles. Ich will wissen, wie sich das anfühlt.« Wenn ich heute daran zurückdenke, weiß ich, daß ich in diesem Augenblick vor allem traurig war. Wir wurden fortgetragen, gestohlen von der Zeit, die unsere Körper veränderte, ohne uns um Erlaubnis zu fragen. Ich spürte, daß der Tag, an dem uns unsere Unschuld für immer entrissen werden würde, bereits auf uns wartete. Warum konnten wir nicht bleiben, wo wir waren, in einer Welt, in der unsere Mütter Gläser mit kalter Milch und Teller mit warmen Keksen für uns bereitstellten? Eine Welt, in der unsere Sexualität immer noch tief genug begraben lag, daß sie uns nicht weh tun konnte?

»Hör zu«, sagte ich zu ihr. »Du gehst mir in letzter Zeit ziemlich auf die Nerven.« Ich sagte das, um sie zu verletzen, doch in meinen pubertierenden Knochen spürte ich, daß der Tag kommen würde, an dem ich abends im Bett liegen und mich nach ihr verzehren würde, während sie nebenan auf der Veranda saß. Und bei ihr Bobby Langford, der sie umklammert hielt mit Armen wie ein Tintenfisch, als ob er befürchten müßte, daß sie sich gleich in Luft auflöste. »Aus dir wird sowieso nichts«, sagte ich. »Du bist eine Spinnerin.« Und dann kletterte ich auf den kleinen Hügel, um von ihr wegzukommen. Komisch, wie dieser Tag mir im Gedächtnis geblieben ist. Er kommt mir immer wieder in den Sinn. Manchmal, wenn ich in meinem Büro sitze und Laborberichte durchgehe, sehe ich plötzlich ihr zwölfjähriges Gesicht vor mir. Oder ich bin gerade dabei, Laub aus dem Regenrohr zu entfernen, und dann höre ich sie wieder, die Worte, die sie an diesem lange vergangenen Tag zu mir gesagt hat. Vielleicht spürte auch sie, was mit uns passierte, daß unsere vertraute Welt sich veränderte. Oder sie wußte, daß mein Unmut nicht echt war. Daß es die einzige Sprache war, die ich beherrschte. Alles in allem war ich ja bloß ein schlacksiger Junge, dessen Körper mit männlichen Hormonen überschwemmt wurde. Sie hatte sich einfach auf den Rücken geworfen und mich angestarrt, ihre Augen so graublau wie der Himmel im Norden von Maine, ihr dichtes, ehemals flachsfarbenes Haar, das allmählich dunkelblond wurde, um ein Gesicht, das sich zu dem einer schönen Frau entwickeln würde.

»Hey, Fernando!« rief Dee Dee zu mir hinauf. »Hörst du die Kanonen, Baby?«

Bis heute habe ich ein Poster von ABBA an der Wand hängen, direkt hinter meiner Bürotür. Es erinnert mich an die wichtigen Dinge in meinem Leben.

2

Ich erblickte sieben goldene Kerzenleuchter.

Die Offenbarung des Johannes

Fort Kent, im äußersten Norden von Maine, ist ein guter Ort, um eine Familie zu gründen, und Lydia und ich wußten, daß wir eine Familie wollten. Doch zunächst würden wir dafür sorgen, daß unsere neue Tierarztpraxis gut genug lief, um uns beide zu ernähren. Aber da es in Fort Kent keine einzige Tierarztpraxis gab, hielten wir das für keine besonders schwierige Aufgabe. Wir würden Haustierbesitzer aus allen Kleinstädten der Umgebung als Kunden gewinnen, sowohl aus den Orten, die im Tal des St. John lagen, als auch aus denen jenseits des Flusses – der St. John River bildete die Grenze nach Kanada –, aus Clair, Edmonston und New Brunswick. Also kauften wir das alte Pinette-Haus, das in einer als gewerblich eingestuften Gegend steht, nur drei Straßen von der Bay Street entfernt, wo ich aufgewachsen war. Das Erdgeschoß bauten wir zu einer funktionstüchtigen Tierklinik um, und darüber richteten wir uns eine gemütliche Wohnung ein. Nur wenige Jahre, nachdem wir die Tierarztpraxis eröffnet hatten, schienen unsere Träume Wirklichkeit zu werden. Wenn alles so weiterging, würden wir demnächst eine Familie gründen, es uns in den mittleren Jahren bequem machen, uns mit den Sorgen um pubertierende Kinder herumschlagen und für ihr teures Studium sparen.

Fort Kent ist ein Ort mit Tradition, wo in vielen ländlichen Familien noch Französisch gesprochen wird, vor allem unter den älteren Einwohnern, ein Französisch, das sie von ihren Vorfahren aus Quebec und Acadia übernommen haben. Leider hat die jüngere Generation, die mit Kabelfernsehen aufgewachsen ist, die Muttersprache ihrer Eltern völlig aufgegeben. Zu den Feierlichkeiten, die jedes Jahr von der Genealogischen Gesellschaft veranstaltet wurden, kamen Frankoamerikaner aus vielen Staaten mit Familiennamen wie Cyr, Levesque, Paradis, Desjardins, LeBlanc, Hebert, Ouellette, Nadeau, Perrault, Gagnon, Pelletier, Michaud, Belanger, Levasseur und anderen, und trotzdem interessierten sich die jungen Leute mehr für den neuesten Film mit Tom Cruise oder für Gruppen wie Hootie and the Blowfish. Die älteren Mitglieder der Gemeinde taten ihr Bestes, um Französisch als Zweitsprache in den Familien zu erhalten, in denen es bis in die sechziger Jahre hinein als Muttersprache gesprochen worden war. Aber sie kämpften auf verlorenem Posten. Die neue Generation Frankoamerikaner in Nord-Maine betrachtete sich einfach als *Amerikaner*, und vielleicht war das auch besser so. Aber in den Restaurants, den Bars und im Supermarkt konnte man Französisch beinahe ebensooft hören wie Englisch. Und in Doris' Café konnte man *ploies* bestellen, diese Buchweizen-Pfannkuchen, die bei den ersten Siedlern in Nova Scotia so beliebt waren. Die Kanadier, die in den Häusern jenseits des St. John wohnten, sprachen Englisch, wenn überhaupt, als Zweitsprache. Das war es, was Lydia, die in Boston geboren und aufgewachsen war, an ihrer neuen Heimat am meisten faszinierte. Sie hatte sich sogar die Mühe gemacht, das sogenannte *Valley-French* zu lernen, einen Dialekt, der sich aus dem Französisch entwickelt hatte, das vor vierhundert Jahren von den ersten Siedlern gesprochen worden war.

Lydia fühlte sich an diesem einzigartigen kleinen Fleck Amerikas zu Hause. Sie hatte schon immer davon geträumt, auf dem Land zu leben, schon als kleines Mädchen, als sie in einem Bostoner Apartmenthaus wohnte. Ihre Liebe zu Tieren, die Freude, die sie empfand, wenn sie sie frei im offenen Gelände herumlaufen sah, hatten in ihr den Wunsch immer stärker werden lassen, eines Tages Tierärztin zu werden und auf einer Farm zu leben. Ihr einen Heiratsantrag zu machen, war viel schwieriger, als sie zu bitten, mit mir in den Norden, nach Maine, ans Ende der Welt zu ziehen. Ich war immer noch ziemlich unsicher im Umgang mit Frauen. Schließlich hatte ich nicht die sprichwörtliche erste Freundin auf der

Highschool gehabt, da ich viel zu sehr dem Charme und der Anmut von Dee Dee Michaud verfallen war. Und dann, als Dee Dee mir ihren Verlobungsring unter die Nase hielt, an dem Tag, als sie Bobby Langford versprach, ihn zu heiraten, kam ich zu dem Schluß, daß Frauen viel zu unberechenbar waren, und beschloß, mich auf mein Studium zu konzentrieren. Und das tat ich dann. Ich konnte ja nicht ahnen, daß während meiner beiden letzten Studienjahre Lydia Newhart auf dem Platz vor mir sitzen würde, eine Frau, die ebenso begierig darauf war, alles über Parasiten zu lernen wie ich. Und sie war hübsch, auf eine natürliche Art, hatte langes, braunes Haar, haselnußbraune Augen, hatte weibliche Rundungen und war trotzdem sportlich. Erst Monate später gestand sie mir, daß ich ihr ebenfalls aufgefallen war und daß sie fand, ich sei der einzige gutaussehende Student im Kurs. Zugegeben, es war ein kleiner Kurs, aber wenn ich das vorher gewußt hätte, wäre es mir leichter gefallen, mich zum erstenmal mit ihr zu verabreden. Aber ich brachte den Mut auf – und Lydia nahm die Einladung an. Die Inschrift auf meinem Grabstein würde jetzt anders lauten müssen: *Hier liegt ein Mann mit einem Lächeln im Gesicht.*

Als wir uns dann entschlossen zu heiraten, wußte ich bereits, daß mit unserem Umzug nach Maine für Lydia ein Traum wahr werden würde. Wir bereiteten uns gründlich darauf vor. Ich belegte Kurse in Großtierhaltung, denn ich wußte, daß sich die Arbeitsbereiche unserer Praxis bei all den Farmern mit ihren zahlreichen Kühen und Pferden, die um Fort Kent herum lebten, gehörig erweitern lassen würden. Es bedeutete auch, in meinem neuen Pick-up über holprige Landstraßen zu fahren. Aber nach vier Jahren Stadtverkehr in Boston, in nassen Wintern, in denen es vom Meer her stürmte, konnte ich mir nichts Angenehmeres vorstellen. Und ich würde wieder dort sein, wo ich hingehörte.

Die Tierarztpraxis selbst war etwas, worauf wir stolz sein konnten. Lydia meinte, da das Haus einmal ein Wohnhaus gewesen war, sollten wir etwas Gemütliches daraus machen. Also tapezierte sie die Wände mit rosafarbener Tapete und einer handbreiten, mit kleinen Rosen bedruckten Borte, die an der Decke entlanglief. Wir behielten den Holzfußboden bei, breite Dielen aus Weymuthskiefernholz, die wieder frisch leuchteten, nachdem sie abgezogen und lackiert worden waren. Um den Räumen ein wenig Wärme zu geben, legte Lydia bunte Flickenteppiche aus. Im Wartezimmer stellte sie Vasen auf, die sie stets mit frischen, einheimischen Blumen füllte: wilde Kirschblüten im Frühling, im Sommer Blumen aus unserem Garten und im Herbst Goldrute von den umliegenden Feldern. Jedes Jahr zu Weihnachten dekorierte sie die Praxis mit Ilex aus Pelletiers Blumenladen auf der West Main Street. Wir wollten, daß unsere Klienten sich in unserer Praxis wohlfühlten. Schließlich waren in einer Kleinstadt wie Fort Kent, die nicht mehr als dreitausend Einwohner hatte, eigentlich alle Nachbarn. Und während Lydia und ich nur selten Gäste in unserer Wohnung im ersten Stock bewirteten, begegneten wir früher oder später so ziemlich jedem Fort Kenter in unserer Tierklinik im Erdgeschoß.

Selbst in einer Stadt, die so sehr mit ihrer Vergangenheit verbunden ist wie Fort Kent, bleibt nicht alles beim alten. Gebäude, die seit Jahrzehnten stehen, brennen ab oder werden abgerissen, und so verändert sich das Stadtbild. Ältere Mitbürger verschwinden allmählich von den Straßen, finden eine neue Bleibe auf einem der Friedhöfe der Stadt – dem katholischen oder dem protestantischen. Und die nächste Generation tritt in ihre Fußstapfen. So ist das Leben. Zwei Jahre nach meiner Rückkehr nach Fort Kent starb mein Vater. Drei einsame Jahre lang versuchte meine Mutter, ohne ihn in der Bay Street durchzuhalten, doch dann gab sie auf und kaufte sich eine Wohnung in Florida, wo zwei ihrer besten Freundinnen hingezogen waren. Es fiel mir schwer, sie gehen zu lassen, es tat mir weh, als das Haus in der Bay Street verkauft wurde, aber so geschah es. Meine Mutter brauchte das Geld als Altersversorgung. Und ich hatte gerade erst ein Stück Land außerhalb der Stadt gekauft, fünfzig Morgen schönes Land, und eine Baufirma damit beauftragt, unser zukünftiges Traumhaus zu bauen, unser Zuhause, wo wir eine Familie gründen wollten. Deswegen konnte ich es mir nicht leisten, das Haus in der Bay Street zu kaufen. Und außerdem, was würde ich damit anfangen? Ich wußte bereits, wo ich leben und sterben wollte, nämlich auf diesen hartverdienten fünfzig Morgen Land. Also wurde das Haus in der Bay Street an eine Familie aus Portland verkauft. »Warum heißt die Straße Bay Street, obwohl das Meer überhaupt nicht in der Nähe ist?« hatte Lydia gefragt, als ich sie zum erstenmal mit in meine Heimatstadt gebracht hatte. »Du hörst dich ja schon an wie eine von diesen Touristen«, erwiderte ich. In Wahrheit wußte niemand, warum die Straße *Bay* Street und nicht *River* Street hieß. Wahrscheinlich war der Name dem Wunschdenken der ersten Siedler entsprungen. Andererseits gab es, da die Stadt nicht in Meeresnähe lag, auch keine wehleidigen, pingeligen Touristen, die im Sommer die Straßen verstopften. Die Touristen, die sich nach Fort Kent verirrten, waren gewöhnlich robustere Naturen, die in den Norden reisten, um die schöne Landschaft und die unberührte Natur zu genießen und nicht auf Hummer und Kaviar aus waren.

Es ist nicht leicht, sich daran zu gewöhnen, daß fremde Leute in dem Haus wohnen, in dem man seine Kindheit verbracht hat, daß das Gelächter einer anderen Familie in den Räumen widerhallt und eine andere Familie ihre Spuren im Gebälk hinterläßt. Das Haus im viktorianischen Baustil, Bay Street Nummer 204, wo Dee Dee Michaud gewohnt hatte, wo sie und ich uns kennengelernt hatten, stand seit mehreren Monaten leer. Die Familie, die es von Mrs. Michaud gemietet hatte, war ausgezogen, und seitdem war kein neuer Mieter mehr eingezogen. Es hieß, Mrs. Michaud verlange eine zu hohe Miete. Jedenfalls wirkte das Haus freudlos und leer, was immer der Grund dafür sein mochte. Und dann starb Mrs. Michaud. Menschen gehen einfach. Wir lasen ihren Nachruf in der Zeitung: *Mrs. Michaud hinterläßt eine Tochter, Diana Catherine Langford, 33, und einen Enkel, Martin Langford, 9, beide zur Zeit wohnhaft in Jackson Hole, Wyoming.*

An den Tagen, an denen ich mit meinem Pick-up in diesem Stadtteil zu tun hatte, bemühte ich mich, nicht zu den beiden Häusern hinzusehen. Vor dem Haus Nummer 204 war das Gras hoch gewachsen, die dunklen Fenster starrten leer auf die Straße. Wie viele laue Sommernächte hatte ich, liebeskrank wie Romeo, damit verbracht, von meinem Fenster aus Dee Dees Gardinen anzustarren und mich zu fragen, welche Gedanken ihr wohl durch den Kopf gehen mochten, während sie schlief, mich zu fragen, wie sie unter der Dusche aussehen mochte, ob sie je auch so an mich dachte, ohne zu wissen, daß die Zeit uns schon bald in die Zukunft entführen würde und wir nicht mehr in diesen beiden Häusern wohnen würden. Ich wünschte, ich hätte schon damals gewußt, wie schnell es geschehen würde, hätte mehr in den Sekunden gelebt, die unaufhaltsam vergingen. Aber wie die meisten Jugendlichen glaubte ich, die Jugend würde ewig dauern.

Niemand schien etwas Genaueres über Dee Dee zu wissen. Seit Mrs. Michaud gestorben war, fragten wir uns, ob wir je wieder von Dee Dee hören würden. Sie hatte schon lange aufgehört, verrückte Postkarten zu schreiben, jedenfalls was mich anging. Ich denke, das ist kaum verwunderlich. Wir wachsen auf, wir gehen auf eine Reise, die uns von unseren Erinnerungen wegführt, und das Leben geht weiter. Aber während Lydia und ich unsere Pflicht taten und die Haustiere um Fort Kent bei guter Gesundheit hielten, während wir kastrierten und sterilisierten und impften, konnte ich nicht umhin, mich immer wieder zu fragen, ob Dee Dee Michaud jemals an mich dachte. Oder ich erinnerte mich an jene wunderbaren Sommertage unserer Kindheit, die wir am Flußufer verbrachten, Abende in unserem Keller, wo wir für ein Schultheaterstück probten oder ein neues Stück für unsere Band einübten.

Ich dachte nicht allzuoft an sie. Das Leben hielt mich auf Trab. Meine Arbeitstage als Tierarzt waren lang und ausgefüllt. Und unser zukünftiges Haus, dessen Fundament gerade an der Gagnon Road gelegt wurde, nahm mich mehr denn je in Anspruch. Lydia und ich hatten die Pläne für das Haus selbst entworfen. Es sollte vier geräumige Zimmer im ersten Stock haben, eins im Erdgeschoß und eine große, wetterfeste Terrasse, von der aus man seinen Blick über die Landschaft wandern lassen konnte. Unser Traum wurde Wirklichkeit.

Der Rohbau sollte bis zum Herbst fertig sein, und dann, im Frühjahr des folgenden Jahres, würden wir genug Geld haben, um das Haus fertigzustellen. Im

Sommer 1998 würden wir in unserem Traumhaus wohnen.

Hin und wieder fiel Dee Dees Name. Mein alter Freund Ross Cloutier, der früher in unserer Band, den SPITZEN WINKELN, mitgespielt hatte, lebte auch immer noch in Fort Kent und war Geschichtslehrer an der Highschool. Wir beide trafen uns ab und zu mit unseren Frauen auf ein Bier in Bee Jay's Tavern, einer Kneipe direkt an der Brücke, die nach Kanada führte. Ross nannte sie eine echte »internationale Begegnungsstätte«. Dann ließen Ross und Amy sich scheiden, und Ross und ich gingen häufiger zu zweit ein Bier trinken. Irgendein alter Song aus der Musikbox weckte längst vergessene Erinnerungen, und Ross und ich hingen unseren verrückten Tagen der Unschuld nach. »Wie würden wir uns wohl nennen«, überlegte Ross, »wenn wir heute eine Band gründen würden? Die *stumpfen* Winkel?« Es tat gut, ihn in der Nähe zu haben. Er war immer noch eine Art alter Hippie, zu spät geboren für die Abbe Hoffmann-Angela Davis-Zeit des Protests, aber ein unerschrockener Verfechter des Rechts eines jeden Menschen, ab und zu ein bißchen Marihuana zu rauchen und sich das Haar bis auf die Schultern wachsen zu lassen, oder jedenfalls so lang, wie die Schuldirektion es gestattete. Schließlich lernte Ross Vickie Pereault kennen, die englische Literatur studiert hatte und aus New Hampshire zurück in ihre Heimatstadt gezogen war und jetzt ebenfalls an der Highschool unterrichtete. Und dann gingen wir wieder zu viert aus, Ross, Vickie, Lydia und ich. Wir gingen zu Fuß zu Bee Jay's Tavern, um ein Bier zu trinken, der Schnee knirschte unter unseren Stiefeln im Winter, und im Herbst trieb der Wind bunte Blätter hinter uns die Straße entlang. Wenn ich nicht aufpaßte, hörte ich an manchen dieser Abende Dee Dees Lachen in diesen Straßen, in denen wir unsere Jugend verbracht hatten, hörte es zwischen den Stimmen, die aus dem Kino drangen oder von der Skipiste zu uns herübergeweht wurden, ein fernes Lachen, das ich für immer verloren hielt.

Und dann, an einem sonnigen Frühlingsmorgen, während Touristen sich vor dem Rathaus drängelten, um einen Angelschein zu erstehen, während die Jugendlichen bei McDonald's Schlange standen und auf ihren Big Mäc warteten, während Lydia sich um die Patienten in unserer Praxis kümmerte, stieg ich in meinen Pick-up und fuhr ans westliche Ende der Stadt. Ein Farmer hatte angerufen, weil eine seiner Kühe am Boden lag und offenbar nicht wieder aufstehen wollte. Mich um eine kranke und womöglich gereizte Kuh zu kümmern, war das letzte, worauf ich an jenem Tag Lust hatte, und genau darüber zerbrach ich mir den Kopf, als ich von der Elm Street in die Bay Street einbog, denn ich wußte, daß ich am Ende der Bay Street wieder links abbiegen konnte – eine Abkürzung auf die West Main Street, die Straße, die aus der Stadt hinaus führte. Als ich an der Nummer 206, meinem Elternhaus, vorbeifuhr, schaute ich mir mehr oder weniger freiwillig die Zeichen des neuen Lebens an, das sich hier breitmachte: ein blauer Wagen in der Einfahrt, seltsame Blumen mit riesigen Blüten entlang der Hecke, eine Hängematte unter dem alten Ahornbaum, die Fensterläden frisch gestrichen, schwarz statt grün. In diesem Augenblick bemerkte ich, daß sich auch nebenan, bei Nummer 204, etwas tat. Zwei Männer trugen ein Sofa über den Rasen. Ich nahm den Fuß vom Gas und hielt am Straßenrand, um genauer hinsehen zu können. Ein Umzugswagen stand vor dem Haus, die hinteren Türen weit offen, die Ladefläche mit Möbeln und Kleinkram vollgestopft. Ich entdeckte ein Jungenfahrrad, das an den Stufen zur Veranda lehnte. Die Möbelpacker kamen zurück, um die nächste Ladung ins Haus zu tragen.

»Jemand muß das Haus gekauft haben«, sagte ich mir. Schon lange war ich davon überzeugt, daß es mir leichter fallen würde, mich an Fremde in diesem Haus zu gewöhnen, leichter, als es für immer leerstehen zu sehen, zu sehen, wie der Vorgarten allmählich zuwucherte und die gardinenlosen Fenster traurig und vergessen ins Leere starrten. Ich wollte gerade weiterfahren, um mich um die kranke Kuh zu kümmern, als einer der Möbelpacker auf den Wagen sprang und seinem Kollegen ein großes Bild herunterreichte. Ich weiß nicht, was mich dazu brachte, mir das Bild anzusehen. Der zweite Mann nahm es entgegen, drehte es um und trug es vorsichtig über den Rasen. Es war ein gerahmtes Poster, einsfünfzig hoch und neunzig breit, ein riesiges Poster von

AᗺBA. Ich sah, wie der Mann mit dem Poster im Haus verschwand. Dann schaute ich noch einmal zu dem Kinderfahrrad hinüber. Und dann gab ich Gas und fuhr die Bay Street hinunter und konnte ein Grinsen nicht länger unterdrücken. Nicht einmal der Gedanke daran, daß mich eine kranke Kuh erwartete, konnte das Lächeln aus meinem Gesicht vertreiben. Ich kannte nur einen Menschen, der so ein Poster besaß, der größte AᗺBA-Fan, den es auf der ganzen Welt gab; ein Fan, der jeden Text von jedem Stück auswendig konnte, der das Poster auf einer unserer Klassenreisen nach Portland in einem Laden mit seltenen Büchern und Schallplatten aufgestöbert und der es dann eingerahmt hatte, um es an die Wand zu hängen und zu verehren. Ich hatte immer noch ihre Stimme im Ohr, wie sie an dem Tag, als sie das Poster gekauft hatte, mit dem Finger auf jedes einzelne Bandmitglied gezeigt und ganz aufgeregt gesagt hatte: »AᗺBA setzt sich aus den Anfangsbuchstaben ihrer Namen zusammen, Sammy. A steht für Agnetha, B für Björn, B für Benny und A für Anni-Frida.« Und ich hatte sie aufgezogen. »Aber eins von den B's ist verkehrt herum. Soll das besonders *cool* sein oder was?« Je mehr ich mich in sie verliebte, um so öfter zog ich sie auf. »Was tut ein Typ namens *Benny* in einer schwedischen Popgruppe?« fragte ich. »Müßte der nicht bei den Bee Gees sein?« Aus welchen Gründen auch immer, egal, was das Schicksal im Sinn hatte, Dee Dee Michaud zog wieder in ihr Elternhaus zurück!

Die Kuh des Farmers litt, wie ich bereits vermutet hatte, an akutem Kalziummangel, was bei Milchkühen nichts Ungewöhnliches ist. Ich legte ihr eine Infusion und ließ mehrere Liter Kalzium in ihre Venen laufen. Als ich fertig war, wusch ich mir in der Küche des Farmers die Hände, nahm einen Laib selbstgebackenes Brot von seiner Frau entgegen, versprach, Lydia würde ihnen die Rechnung schicken, und stieg wieder in meinen Pick-up, erschöpft, aber zufrieden darüber, daß meine Patientin bald wieder wohlauf sein würde. Auf dem Heimweg konnte ich nicht widerstehen, denselben Weg zurückzufahren, den ich gekommen war, obwohl ich am anderen Ende der Stadt tanken mußte. Der Umzugswagen war weg, aber in der Einfahrt stand ein kleines, grünes Auto, auf dessen Rücksitz sich lauter Kleinkram stapelte. Das kleine Fahrrad stand jetzt neben der Veranda, wo sich auch eine Menge brauner Umzugskisten stapelten. Auf den Treppenstufen hockte ein Junge und starrte auf die Straße hinaus, das Kinn in eine Hand gestützt. Er war etwa zehn Jahre alt, und nach seinen hängenden Schultern zu urteilen, war er nicht gerade glücklich über seine augenblicklichen Lebensumstände. »Armer Kleiner«, dachte ich. »In ein neues Haus zu ziehen ist hart.« Aber ich brachte es nicht fertig anzuhalten und mit Dee Dees Sohn zu reden. Ich hätte auch nicht gewußt, was ich seiner Mutter sagen sollte. Es war fast fünfzehn Jahre her, seit ich sie das letzte Mal gesehen hatte, am Abend unseres Schulabschlusses im Juni 1982. In den Wo-

chen davor hatte ich mich entschlossen, ihr an jenem Abend zu sagen, wie sehr ich sie liebte, und sie endlich zu bitten, meine feste Freundin zu werden. Tagelang hatte ich geübt, wie ich mir meinen Schulring mit dem grünen Stein vom Finger ziehen und ihn auf *ihren stecken würde. Und genau das wollte ich tun,* als Dee Dee mir den Diamantring präsentierte, den Bobby Langford auf ebendiesen zarten Finger geschoben hatte. Was hatte ich mir eigentlich vorgestellt? Das hatte ich mich während der vergangenen Jahre immer wieder gefragt. Selbst nachdem ich Lydia kennengelernt und geheiratet hatte, ließen mich diese Fragen zu meinen ersten Schritten in Sachen Liebe nicht los. Wie konnte ein stiller, schüchterner junger Mann wie ich, einer, der seine Zukunft bereits fest geplant hatte, jemals glauben, er könne so einen sorglosen Freigeist wie Dee Dee Michaud erobern? Sie war die Sorte Mädchen gewesen, die sich einfach vom Strom des Lebens mitreißen ließ. Und ich war ein Junge von der Sorte gewesen, der am Ufer steht und sich vor der Strömung fürchtet. Aber die erste Liebe stirbt unendlich schwer. Diese frühen Bilder von ihr verfolgten mich noch immer: Dee Dee im Tarnanzug, wie sie auf dem Bauch durch einen Garten robbt, um einen Hund zu befreien, der von seinem Besitzer an einer viel zu kurzen Kette gehalten wurde. Dee Dee, die rittlings auf dem Geländer der Brücke zwischen Fort Kent und Canada sitzt und auf französisch *und* auf englisch droht zu springen. Dee Dee, die sich die Augen ausweint, weil Natalie Wood ganz allein in den dunklen Wassern vor der Küste Kaliforniens ertrunken ist. »Weißt du noch, wie sie in *Fieber im Blut* beinahe ertrunken wäre, Sammy?« schluchzte sie. »Als sie wußte, daß sie Warren Beatty für immer verloren hatte?« Dee Dee Michaud kam Jahre zu spät auf die Welt. Sie war ein Blumenkind, das versuchte, in der harten Welt der »Ego«-Generation irgendwie zu überleben.

Ich gab Gas und fuhr die Bay Street hinunter, fort von dem Haus Nummer 204 und dem traurigen Jungen auf den Stufen. Was würde Lydia von mir denken? Ein verheirateter Mann, der noch immer seiner Jugendliebe nachhing, einer Liebe, die bei einem anderen schon vor Jahren verloschen wäre. Es gab andere Dinge, auf die ich mich konzentrieren mußte an jenem milden Mainachmittag, der abendliche Regenschauer befürchten ließ. Ich hatte eine Tierarztpraxis, um die ich mich kümmern mußte, und ein Haus, das gebaut werden wollte. Außerdem würde Dee Dee Michaud schon wissen, wo sie mich finden konnte, wenn und falls sie die Vergangenheit wieder aufleben lassen wollte.

3

Läufst du schnell und trödelst nicht,
kannst du dort sein bei Kerzenlicht ...

KINDERREIM

Fort Kent ist ein kleiner Ort, in dem sich Nachrichten mit Lichtgeschwindigkeit verbreiten. Am nächsten Morgen rief mich Ross Cloutier an, eine Erregung in der Stimme, die er nicht verbergen konnte. Ross versorgte mich stets mit den wichtigsten Neuigkeiten über alles, was sich im St. John Valley abspielte. Er wußte, daß ich die meiste Zeit in der Praxis oder unterwegs zu den umliegenden Farmen verbrachte. Aber ich merkte sofort, daß er diesmal besonders aufgeregt war. Und dabei redete er um den heißen Brei herum und begann eine Diskussion über das Wetter; es war bewölkt und sah nach Regen aus.

»Ich wünschte, sie hätten diese Ampel nicht aufgestellt«, sagte Ross und wartete auf meine Antwort. Es stimmte, Fort Kent hatte gerade seine erste Ampel bekommen, gegenüber von Quigley's Eisenwarenladen auf der East Main Street. Sie sollte den

Abbiegern von der East Main Street in Richtung College mehr Sicherheit verschaffen, aber die Leute in der Stadt waren da geteilter Meinung. Einige hielten es für das Beste, das seit Jahren getan worden war, während andere vermuteten, daß mit Sodom und Gomorrah vielleicht alles in Ordnung gewesen sei, bis *dort* die erste Ampel installiert worden war. Schließlich kam Ross auf das zu sprechen, weswegen er angerufen hatte. Es tat mir leid, ihm seine Pointe zu ruinieren, aber nach all dem Getue konnte ich nicht widerstehen.

»Ach, übrigens«, fügte Ross hinzu, als wäre es ihm gerade erst wieder eingefallen. »Rate mal, wer wieder in der Stadt ist.« Ich wartete etwa eine Dreiviertelsekunde lang.

»Dee Dee Michaud?« Einen Moment lang herrschte Schweigen in der Leitung.

»Woher weißt du das?« fragte er.

»Sie haben es auf CNN gebracht«, erwiderte ich.

»Verdammt, Sam«, sagte Ross, »ausgerechnet du solltest nicht immer alles glauben, was die im Fernsehen erzählen.«

»Ich kann mich entweder vor die Glotze hocken oder in die Stadt gehen und mir ansehen, wie die neue Ampel funktioniert.«

»Tja«, sagte Ross, offenbar keineswegs belustigt, »Dee Dee hat jedenfalls nach dir gefragt. Wir sollten uns mal wieder alle treffen. Wie in alten Zeiten.« Dann legte er auf, ohne sich zu verabschieden, nur das Klicken in der Leitung sagte mir, daß das Gespräch beendet war. Ich konnte nicht widerstehen, Ross auf diese Weise zu ärgern, seit wir in der zweiten Klasse zusammen in der Jugendmannschaft Baseball gespielt hatten, und er hatte immer noch nicht gelernt, meine schnellen Bälle im voraus zu erahnen.

Ich dachte über das nach, was Ross gesagt hatte. *Wir sollten uns mal wieder alle treffen. Wie in alten Zeiten.* Ich fragte mich, ob das möglich sein würde. Ich hatte immer viel auf das gegeben, was Thomas Wolfe über das Zurückkehren gesagt hat, nämlich, daß es *unmöglich* ist. Deswegen war ich nie länger fortgegangen. Ich wollte nicht, daß das Gefühl in mir aufkam, zu Hause sei irgendwo anders als in Fort Kent. Ich hatte gesehen, was die Zeit mit den Gefühlen der Leute machte, die ihr ganzes Erwachsenenleben aus beruflichen Gründen in irgendeiner Großstadt verbracht und nur auf den Tag gewartet hatten, an dem sie pensioniert wurden und zurück in den Norden kommen konnten, um sich ein Häuschen am Flußufer zu kaufen. Für die meisten von ihnen hatte sich über die Jahre alles zu drastisch verändert, und der Ort, den sie einst so geliebt hatten, existierte nur noch in ihrer Erinnerung und auf vergilbten Fotos. Es war so, als würden sie versuchen, sich in einen altmodischen Anzug zu zwängen, der zu allem Überfluß auch noch im Trockner eingelaufen war. Sie schauen den Anzug an und wissen, es ist ihrer, aber er paßt einfach nicht mehr. Häufig läßt die Zeit auch die Kindheit schrumpfen: Dieser riesige Baum im Garten ist ja gar keine dreißig Meter hoch; der endlos lange Weg zum Supermarkt ist gar nicht zehn Kilometer lang, sondern nur einen Steinwurf weit; das große Feld hinter dem Gebrauchtwagenhändler, wo man einfach so Baseball spielte, ist plötzlich so schmal wie eine normale Einfahrt und mit Büscheln von Fingergras übersät. Was bedeutete die Rückkehr für Dee Dee? Würde sie den Übergang schaffen? Und sie hatte jetzt auch noch einen Sohn, um den sie sich kümmern mußte.

Zwei Tage vergingen, ohne daß ich von Dee Dee hörte. Ich nahm es nicht persönlich. Sie würde sich ein bißchen eingewöhnen wollen, bevor sie Kontakt zu ihren alten Freunden aufnahm. Aber auf meinem Rückweg aus Eagle Lake, wo ich ein Pferd untersucht hatte, das bald fohlen würde, beschloß ich, einen kleinen Umweg durch die Bay Street zu machen. Im großen Garten des Hauses Nummer 204 kickte der Junge mit einem Football herum und wirkte so einsam, wie ein Junge in einer fremden Stadt nur wirken konnte. Ich sah ihm zu, bis er aus meinem Rückspiegel verschwand.

In der Praxis ging ich sofort ins Hinterzimmer und öffnete den Käfig, in den Lydia und ich den schwarzen Welpen gesetzt hatten – ein Mischling, halb Labrador, halb Eskimohund. Er war vor einer Woche zu uns gekommen, nachdem Sherry Sullivan ihn mitten auf der Caribou Road entdeckt hatte, wo er verängstigt und hungrig herumlief und beinahe von einem

Lastwagen überfahren worden wäre. Sherry hatte in der Straße an alle Türen geklopft, aber niemand schien den Hund zu kennen oder auch nur zu wissen, wo er hingehörte. Ich vermutete, daß irgendein Trottel ihn einfach loswerden wollte. Ich nahm den Welpen aus dem Käfig, trat an das schwarze Brett an der Anmeldung und entfernte den Zettel mit der Aufschrift **Welpe sucht liebevolles Zuhause**. Dann ging ich zurück zu meinem Pick-up, den Welpen auf dem Arm.

Ich parkte am Straßenrand gegenüber von Haus Nummer 204 in der Bay Street. Der Junge war immer noch im Garten. Ich nahm den Hund vom Beifahrersitz, stieg aus und überquerte die Straße, bemüht, möglichst nicht aufzufallen. Dann setzte ich den Welpen im Vorgarten ab und ging zurück zu meinem Wagen, von wo aus ich den Hund im Auge behalten konnte. Ich wartete ab, was passieren würde. Es dauerte nicht lange. Kaum flog der Football wieder durch die Luft, als der Welpe auch schon losrannte, um ihn zu ergattern. Der Junge tat, was ein einsamer Junge tut, wenn er einen Welpen sieht: Er nahm ihn in seine Arme.

»Mama!« rief er. »Schau mal, was ich gefunden hab!« Und dann verschwand er im Haus. Ich mußte lächeln. Dee Dee hatte in all den Jahren, in denen ich sie gekannt hatte, noch nie ein herrenloses Tier abgelehnt. Der Welpe hatte ein gutes Zuhause gefunden.

Später an jenem Nachmittag war ich ziemlich beschäftigt, als ich hörte, wie es an der Haustür klingelte. Ich hatte gerade ein paar Tabletten für Larry Fitzherberts Katze abgezählt – seine Frau Judy wollte sie am Abend abholen –, und ich verschloß das Röhrchen, um an die Tür zu gehen und zu hören, was dieser späte Kunde brauchte. Es war Diana Catherine Michaud. Dee Dee. Fast fünfzehn Jahre waren vergangen, seit wir uns das letzte Mal gegenübergestanden hatten. Was soll ich sagen? Sie war immer noch schön, wenn auch ein wenig blaß, aber sie war schließlich eine Stadtpflanze geworden, und Städter sind meistens etwas blasser. Und sie war schlank, ganz im Gegensatz zu der alten Dee Dee, die stets fünf Kilo zuviel mit sich herumgetragen hatte. Ich brachte kein Wort heraus. Ich muß wohl ziemlich dumm aus der Wäsche geschaut haben, wahrscheinlich kam ich ihr vor wie ein Dorftrottel, wie ich so mit offenem Mund dastand, das Pillenröhrchen in der Hand. Komisch, aber ich hatte sie erwartet. Tief in meinem Innern hatte ich gewußt, daß sie an diesem Tag kommen würde. Und doch hatte sie es wieder geschafft, mich völlig zu überraschen, und da stand sie nun, sprachlos, und das in meiner eigenen verdammten Praxis.

»Sammy«, sagte sie. »Wie ich dich vermißt habe.« Ich schlang meine Arme um sie – und es war, als würde ich einen alten Traum in den Armen halten, etwas, das wirklich war und zugleich flüchtig. Die Zeit lief mit uns davon. Die Zeit lief zurück, und die Jahre verschwanden, als wir so engumschlungen dastanden, meine Arme um ihre zarte Gestalt. Ihre Haut duftete immer noch so kühl und frisch, nicht nach Parfüm, sondern nach etwas, das an die freie Natur erinnert, an den Geruch eines kleinen Bachs am frühen Morgen, wenn der Morgennebel sich vom Wasser hebt. Ich hielt sie ein Stück weit von mir fort, um sie anzusehen, den kleinen braunen Schönheitsfleck – sie nannte ihn Muttermal – über ihrer Oberlippe, die blaugrauen Augen, die perfekte Nase. Ihr Haar war kürzer und dunkler, mit blonden Streifen durchsetzt – oder wie auch immer Frauen das nennen, was sie mit ihrem Haar machen, um es aufzuhellen. Dee Dee Michaud war zurück.

»Ich habe dich seit dem Abend nach unserem Schulabschluß nicht mehr gesehen«, sagte ich, als ich endlich meine Sprache wiedergefunden hatte. »Das muß ja eine ganz besondere Schachtel Zigaretten gewesen sein, die du da geholt hast. Du hast beinahe fünfzehn Jahre dafür gebraucht.« Sie lächelte, ihre Augen schienen noch grauer zu werden in dem Licht der Praxis, und auf ihren Wangen erschienen kleine Grübchen. Hatte ich die Grübchen vergessen?

»Ich habe gehört, du bist der James Herriot von Fort Kent«, sagte sie. »Schön für dich, Sammy. Ich bin stolz auf dich.«

»Na ja«, erwiderte ich. »Du solltest nicht alles glauben, was Ross dir erzählt.« Das gefiel ihr. Das alte Sam Thibodeau-Ross Cloutier-Spielchen kannte sie in- und auswendig. »Ich freue mich, daß du wieder da bist, Dee Dee«, fügte ich hinzu. »Aber du brauchst ein bißchen Farbe im Gesicht. Und ein bißchen mehr Speck auf den Knochen.« Bevor sie antworten konnte, kam der Junge in die Praxis gestürmt, den Welpen auf dem Arm.

»Lancelot hat sich gerade mit einem anderen Hund angefreundet«, sagte der Junge, während der Welpe in seinen Armen zappelte. Dee Dee deutete auf das Hundebaby.

»Du weißt nicht zufällig, wie dieser Welpe in die Arme meines Sohnes gekommen ist?« fragte sie. Ich schüttelte den Kopf.

»Tut mir leid«, sagte ich. »Ich bin Tierarzt, kein Polizist. Wenn du einen Polizisten brauchst, ruf Billy Caron an. Wußtest du schon, daß Billy bei der Kriminalpolizei gelandet ist?« Aber Dee Dee ließ sich nicht beirren.

»Kannst du mir dann vielleicht sagen, wie ich den Hund operativ aus den Armen meines Sohnes *entfernen* lassen kann?« fragte sie. Ich schüttelte erneut den Kopf. Sie lächelte und bedeutete dem Jungen, auf mich zuzugehen, was er schüchtern tat. Dee Dee legte ihre Hände auf seine schmalen Schultern. »Das ist mein Sohn«, erklärte sie mir. »Das ist Martin Samuel Langford, aber du darfst ihn Trooper nennen.« Darüber mußte ich lächeln.

»Martin *Samuel*?« fragte ich. Dee Dee nickte.

»Ich hoffe, es macht dir nichts aus«, sagte sie. Wo dachte sie hin? Ich fühlte mich geehrt.

»Hallo, Trooper«, sagte ich und reichte ihm die Hand. »Wie alt bist du?«

»Neun«, sagte er. »Vielen Dank für den Hund. Mama sagt, du hast ihn mir geschenkt.«

»Weißt du was«, sagte ich. »Ich habe ein Sonderangebot für jeden neuen Einwohner von Fort Kent. Kostenlose Kastration und ein Jahr lang kostenlose Spritzen und Pillen. Eine Art Begrüßungsgeschenk für alle neuen Haustiere.«

»Das kann ich mir vorstellen«, sagte Dee Dee grinsend. »So bleibt man im Geschäft.« Der Junge wiegte den Welpen in den Armen, seinen neuen besten Freund.

»Ich hab ihn Lancelot getauft«, erklärte er. Dee Dee zerzauste ihm das Haar.

»Was für ein schöner Name«, sagte ich. »Lancelot war der tapferste Ritter der Tafelrunde.« Der Junge nickte zustimmend.

»Ich glaube nicht, daß es seine Tapferkeit war, die Guinevra angezogen hat«, flüsterte Dee Dee. »Ich wette er hatte einen Knackarsch.« Dann zwinkerte sie mir über Troopers Kopf hinweg zu. Dieselbe alte Dee Dee. Älter vielleicht. Weiser vielleicht. Aber dieselbe alte Dee Dee.

»Willkommen zu Hause«, sagte ich. Noch nie hatte ich eine nette Floskel ehrlicher gemeint.

»Und wann wirst du mir deine Frau vorstellen?« fragte sie, als die Türglocke läutete und Alain Ouellette mit seinem Schäferhund an der Leine hereinkam. Der Schäferhund hinkte.

»Er hat sich eine Scherbe in den Fuß getreten«, erklärte Alain, als Dee Dee ihren Sohn und den zappelnden Welpen zur Seite schob.

»Gehen Sie nur schon mit ihm hinein«, sagte ich und deutete auf die Tür zu Zimmer 2, wo der Untersuchungstisch stand. Ich wandte mich wieder Dee Dee zu. »Kommt einfach mal zum Abendessen«, sagte ich. »Alle beide. Dann lernt ihr Lydia kennen, und wir können über alte Zeiten plaudern.«

»Einverstanden«, sagte Dee Dee. »Sag mir nur, wann.« Dann stellte sie sich auf die Zehenspitzen und drückte mir einen Kuß auf die Wange. »Vielen Dank, Sammy. Für den Hund. Für alles. Es ist schön, wieder zu Hause zu sein.«

Ich schaute den beiden nach, als sie zusammen mit Lancelot die Treppen der Praxis hinuntersprangen und sich auf den Weg in Richtung Bay Street machten. Ich konnte nicht genau sagen, was es war – und im nachhinein bin ich mir sicher, daß ich nicht die geringste Ahnung hatte –, aber es kam mir vor, als ob irgend etwas in Dee Dees Blick fehlte, das alte Feuer in ihren Augen, das früher nie verloschen war. Aber ich hatte keine Zeit, nachzugrübeln: Ich mußte einem gereizten Schäferhund eine Scherbe aus seinem verbundenen Lauf entfernen.

Später am selben Abend, auf der Heimfahrt von Alton Martin, dessen Kühe ich geimpft hatte, dachte ich, es könnte nicht schaden, wenn ich einen Schlenker durch die Bay Street machte, um zu sehen, was sich in dem Haus tat, jetzt, wo es wieder bewohnt war. Die Fenster waren warm und hell erleuchtet, und auch draußen sah man, daß hier wieder Leben eingekehrt war: Troopers Fahrrad, Dee Dees grünes Auto, Tontöpfe mit Ringelblumen und ein Windspiel aus Muscheln, das über der Veranda baumelte. Das Interessanteste jedoch war ein kunstvoll geschnitztes hölzernes Schild, das Dee Dee in ihrem Vorgarten aufgestellt hatte. Ich fuhr langsamer, um in der Abenddämmerung die Aufschrift lesen zu können: **Bay Street-Kerzen** tat das Schild der in der Dunkelheit des Abends versinkenden Welt kund. Ich gab Gas und beeilte mich, nach Hause zu kommen. Es war ein langer, anstrengender Tag gewesen. Und jetzt hatte ich eine Bißwunde auf meinem rechten Handrücken von einem gewissen Schäferhund, dessen linken Hinterlauf jetzt eine saubere Naht zierte.

Als ich nach Hause kam, saß Lydia in unserem kleinen Wohnzimmer und las, die Brille auf der Nasenspitze. Ich beugte mich zu ihr hinab und gab ihr einen Kuß auf den Kopf.

»Die Brille steht dir gut«, sagte ich. Sie schaute auf und lächelte.

»Ich weiche meine Kontaktlinsen gerade ein«, erwiderte sie. »Hast du Hunger?« Ich nickte.

Wir setzten uns einander gegenüber an den Küchentisch und aßen ein Sandwich und etwas von der Gemüsesuppe, die Lydia am Vormittag gekocht hatte. Ich war hundemüde. Trotzdem bemühte ich mich, aufmerksam zuzuhören, als Lydia mir erzählte, was sie den Tag über als Kleinstadttierärztin erlebt hatte. Am Nachmittag, während ich zu den umliegenden Farmen unterwegs war, hatte sie ein Kätzchen einschläfern müssen. Offenbar hatte ein Hund das hilflose Tier geschnappt und geschüttelt, bis sein Rückgrat gebrochen war. Lydia war immer noch ganz mitgenommen. Sie hatte Tränen in den Augen, als sie mir die Einzelheiten schilderte. Ich ließ meine Suppe Suppe sein – ich war so müde, daß ich sowieso kaum etwas herunterbrachte – und ging zu Lydia hinüber, die mit angezogenen Knien auf ihrem Stuhl kauerte. Ich nahm sie in die Arme und tat mein Bestes, um sie zu trösten. Mein Leben lang würde ich niemals das erste Tier vergessen, das ich hatte einschläfern müssen. Es war auch eine Katze gewesen, damals während des Studiums. Mit der Zeit, je mehr man mit dem Leben und dem Tod von geliebten Haustieren zu tun hat, um so mehr gewöhnt man sich an das, was man zu tun gezwungen ist, und stumpft ein wenig ab. Aber es fällt einem nie *leicht*. An der Uni sagen sie einem, ein guter Tierarzt soll mit den Tieren und ihren Besitzern so mitfühlend wie möglich umgehen und gleichzeitig in der Lage sein, eine professionelle Distanz zu wahren. Wie macht man das, würde mir das bitte jemand sagen? Wie zum Teufel macht man das? Lydia war keineswegs zum erstenmal in diese Situation gekommen. Aber sie war auch nur ein Mensch.

»Komm«, sagte ich, »wir legen uns ins Bett und sehen uns David Letterman an. Der bringt uns schon wieder zum Lachen.« Sie lächelte und wischte sich die Augen.

»Und wie ist *dein* Tag gewesen?« fragte sie. »Irgendwas Außergewöhnliches?« Ich dachte einen Moment lang nach. Wie war mein Tag gewesen? Nachdem ich meine Vormittagssprechstunde beendet hatte – und von Alains Hund gebissen worden war –, hatte ich Lydia die Praxis überlassen und war losgefahren, um diese Kühe zu impfen, nach dem trächtigen Pferd zu sehen, ein paar Medikamente abzuliefern. Lauter alltägliche Dinge. Ach ja, und meine Jugendliebe war nach fünfzehn Jahren wieder aufgetaucht. Ob irgend etwas Außergewöhnliches geschehen war, wollte meine Frau wissen.

»Eigentlich nicht«, sagte ich.

Wir lagen schon im Bett, im Schlafanzug, Lydia zappte gerade durch die Programme, auf der Suche nach der David Letterman-Show, und ich war mit meiner Antwort immer noch nicht fertig. »Ach ja«, fuhr ich schließlich fort, als wäre mir der Gedanke eben erst gekommen. »Eine alte Freundin von mir, meine beste Schulfreundin, ist gerade wieder zurück in die Stadt gezogen.« Lydia ließ die Fernbedienung sinken und schaute mich an. In dem flackernden Licht des Fernsehers wirkte ihr Gesicht bläulich und geisterhaft.

»Dee Dee Michaud?« fragte sie. Ich starrte sie einfach nur an, so, wie ich Dee Dee am Nachmittag angestarrt hatte. Ich hatte Lydia niemals – nicht einmal während der Zeit der ersten Verliebtheit, in der Männer und Frauen dumm genug sind, sich gegenseitig *alles* zu beichten – von Dee Dee erzählt. Dabei kann ich gar nicht sagen, warum, außer vielleicht, daß ich die Erinnerung für mich behalten, sie schützen wollte.

»Woher weißt du das?« brachte ich schließlich heraus.

»Ross«, antwortete Lydia. »Ich habe ihn vorgestern auf der Post getroffen. Er hat mir gesagt, ich soll dich nach Dee Dee Michaud fragen, aber dann hab ich's vergessen.« Ich lächelte verschmitzt. Ross. Dieser Hurensohn. Damit zahlte er mir heim, daß ich ihm seine Pointe versaut hatte. Ich nickte nur.

»Sie war meine erste Freundin«, sagte ich. Es kam mir vor, als würde ich lügen. Aber zwischen Dee Dee und mir war nie etwas. Warum also reagierte ich so? Ich wußte, warum. Weil ich mir so sehr *gewünscht* hatte, daß etwas geschehen wäre. »Sie und Ross und ich haben viel Spaß miteinander gehabt.« Ich wartete. Was hatte Ross ihr sonst noch erzählt?

»Laß sie uns doch zum Abendessen einladen«, sagte Lydia. Dann lehnte sie sich zurück und schaute sich die Letterman-Show an.

In jener Nacht schlief ich so gut wie seit Jahren nicht. Komisch, aber zu wissen, daß Dee Dee wieder da war, ein paar Straßen weiter in ihrem Haus hier in Fort Kent, reichte aus, um mir das Gefühl zu geben, daß mein Leben in Ordnung war. Es war, als hätte ich ein Puzzleteil, das jahrelang verloren gewesen war, plötzlich wiedergefunden. So ist das in kleinen Städten. Jeder kennt jeden seit unzähligen Generationen, und man kommt sich schließlich so vor, als gehörte man zu einer einzigen riesigen Familie. Und Dee Dee Michaud, die verlorene Tochter, war endlich zurückgekehrt, träumte in ihrem Bett in der Bay Street, während in der Ferne die Glocken der katholischen Kirche Mitternacht schlugen, wie sie es seit fünfzig Jahren taten. Von der kanadischen Seite her war das Geräusch eines Lastwagenmotors zu hören, der gerade einen anderen Gang einlegte, dann wurde es wieder still. Eine leichte Brise blähte die Gardinen auf und füllte das Zimmer mit dem frischen Duft des leichten Regens, der eben gefallen war. Ich kuschelte mich eng an Lydias warmen Körper. Durch das Fliegengitter hörte ich die ersten Ziegenmelker dieses Sommers, die auf der Jagd nach Insekten um das Licht herumflatterten. Und am Fuß des Hügels plätscherte leise das Wasser des St. John, des Flusses, an dessen Ufern Dee Dee und ich als Kinder jedes Jahr auf Flußkrebsfang gegangen waren. Fort Kent richtete sich auf eine friedliche Nacht ein. Ich schloß die Augen und stellte mir vor, ich sei wieder in meinem alten Zimmer, an der Wand die Wimpel der Red Sox, unter dem Bett versteckt ein Stapel Playboyhefte. Aber diesmal war Lydia bei mir. Ich hatte sowohl die Vergangenheit als auch die Gegenwart, sagte ich mir, als der Schlaf mich schließlich in seine Arme nahm. Wie konnte ich noch irgend etwas falsch machen?

4

Seite an Seite liegen wir heute,
wie zwei neue Kerzen auf glänzendem Holz …

In deinem Leib ganz tief verborgen,
da tanzen unsere Glühwürmchenkinder.

Aus Widow's Walk. Eine Gedichtsammlung

Als Dee Dee und Trooper am Mittwoch abend zum Essen kamen, zogen sich Regenwolken über Fort Kent zusammen, und ein leichter Schauer überraschte sie in der Einfahrt. Ich riß die Tür auf, und die beiden rannten ins Haus, den Rücken naß von dicken Regentropfen. Dee Dee hatte eine in buntes Papier gewickelte Schachtel unter dem Arm, Trooper machte ein Gesicht, als wollte er sagen: *ein ganzer Abend unter Erwachsenen …*

»Ich wüßte mal gern, was Noah gedacht hat, als die ersten Tropfen fielen«, sagte Dee Dee, zog ihre Tennisschuhe aus und stellte sie auf die Fußmatte neben der Tür, eine Geste der Höflichkeit, die weder Lydia noch ich von unseren Gästen erwarteten. »Ich meine, ob er gewußt hat, daß es *der* große Regen war?« Trotz seines bereits gefällten Urteils über Erwachsene mußte Trooper lächeln. Aber ich merkte sofort, daß er mehr von seiner

Mutter hielt als von allen anderen Menschen über Achtzehn.

»Es wäre ein guter Zeitpunkt gewesen, den ersten Regenschirmladen zu eröffnen«, sagte ich. Und dann, die Stimme eines Fernsehsprechers imitierend, fuhr ich fort: »Was hat diese Dame dort in ihrer Schachtel, Don Pardo?« Ich deutete auf das Geschenk unter Dee Dees Arm. Diesmal lächelte Trooper tatsächlich. Es bestand noch Hoffnung auf einen netten Abend.

»Das ist für Lydia«, sagte Dee Dee, während sie und Trooper mir ins Wohnzimmer folgten. Lydia war noch in der Küche und damit beschäftigt, Paprikaschoten für den Salat zu hacken.

»Lydia«, rief ich und schenkte Dee Dee ein Glas Wein ein, »sie sind da, und sie haben ein Geschenk mitgebracht.« Lydia erschien in der Wohnzimmertür, ein Küchentuch in den Händen und ein Lächeln im Gesicht.

»Gut«, sagte sie, »das sind mir die liebsten Gäste.« Dann reichte sie Dee Dee die Hand.

Ich hatte mir den ganzen Tag lang diesen Augenblick vorgestellt, die Sekunde, in der Lydia und Dee Dee sich zum erstenmal begegnen würden, die beiden Frauen, die mein Leben wie Wandelsterne umkreisten. Ich hatte nicht gerade erwartet, daß sie wie zwei Hyänen aufeinander losgehen würden, dennoch hatte ich mir vorgenommen, auf der Hut zu sein. Ich wollte nicht, daß Lydia eifersüchtig wurde, und deswegen sollte Lydia mich nur ja nicht dabei erwischen, daß ich Dee Dee wie ein liebeskranker Schüler anstarrte. Die nackte Wahrheit war nämlich die, daß – während der Mann in mir glücklich mit Lydia verheiratet war – der Schuljunge immer noch *unsterblich* in Dee Dee verknallt war. Unerwiderte Liebe ist die schlimmste Sorte. Man fühlt sich unweigerlich wie jene sprichwörtliche einzelne Socke, die im Wäschetrockner vergessen wurde. Aber wenn ich mich erst einmal daran gewöhnt hatte, daß Dee Dee wieder zu meinem Leben gehörte, würde ich bestimmt jenen Abend 1982 verwinden, den Abend nach unserem Schulabschluß, den Abend, an dem ich sie bitten wollte, meine feste Freundin zu sein. Die Dinge würden zur Ruhe kommen, wie Flußschlamm, und unser Leben würde sich wieder normalisieren. Alles, was ich tun mußte, war, meine Verliebtheit vor meiner Frau zu verbergen.

Was als nächstes passierte, warf mich regelrecht um. Dee Dee überreichte das Geschenk, das Lydia begierig öffnete. In der Schachtel lagen zwei lange, handgezogene weiße Kerzen.

»Die habe ich selbst gemacht«, sagte Dee Dee, als Lydia die Kerzen aus dem zarten Seidenpapier wickelte.

»Sie sind wunderschön!« rief sie aus, und es war nicht zu übersehen, daß sie es ernst meinte, was mir nur recht war, bloß daß Lydia normalerweise keinen besonderen Wert auf solche Dinge legt. Sie stapft lieber in alten Stiefeln durch den Wald, um nach Pilzen zu suchen, als sich in der Kunst des Serviettenfaltens zu üben. Und nun sprudelte sie über vor Begeisterung über Dee Dees selbstgemachte Kerzen.

»Die hast du wirklich selbst gemacht?« fragte Lydia, während Dee Dee stolz nickte. Lydia fuhr andächtig mit einem Finger über das Wachs.

»Ich zeige dir irgendwann mal, wie das geht«, sagte Dee Dee. »Es ist ganz einfach.«

»O ja, das wäre schön«, sagte Lydia. »Du bist wirklich talentiert.«

»Du auch«, gab Dee Dee zurück. »Nach allem, was man in der Stadt so hört, bist du eine hervorragende Tierärztin.«

»Danke«, sagte Lydia. »Komm. Laß uns die Kerzen auf den Tisch stellen.«

Wie zwei aufgeregte Gänse verließen sie das Zimmer. Von wegen Hyänen. Gut, daß ich keine Eintrittskarten verkauft hatte. Ich schaute zu Trooper hinüber. Auch er starrte den beiden mit großen Augen nach, die Brauen fragend hochgezogen. Wir beide taten mir plötzlich richtig leid. Es stimmte: Manchmal haben wir Männer einfach keine Ahnung, was vor sich geht.

»Möchtest du 'ne Cola?« fragte ich ihn schließlich. »Oder lieber Orangensaft?« Er schaute zu mir auf, diesen typischen *Männer-unter-sich*-Blick in den Augen.

»Klar«, sagte er, als spürte er, daß mich das wieder mit der Welt versöhnen würde.

»Zu Tisch, die Herren«, rief Lydia aus dem Eßzimmer und rettete Trooper und mich aus unserer Verlegenheit.

Wir gingen in das kleine Eßzimmer, wo Lydia dabei war, nach Streichhölzern zu suchen und Dee Dee gerade einen Stuhl für Trooper zurechtrückte. Er kletterte auf den Stuhl und stützte sich demonstrativ mit den Ellbogen auf dem Tisch auf, während Dee Dee ihm gegenüber Platz nahm. Ich ging in die Küche und nahm ein Briefchen Streichhölzer vom Regal über dem Herd. *Thibodeau-Versicherungen* stand auf der Klappe. Die Versicherungsgesellschaft war eine der ältesten Firmen der Stadt, gegründet von einem entfernten Verwandten, und ich hatte schon immer eine gewisse Ironie darin gesehen, daß sie ausgerechnet Streichholzbriefchen als Werbeträger benutzten. Wir waren schließlich auch bei Thibodeau versichert, und wie würde es wohl aussehen, wenn unser Haus letztendlich wegen *ihrer* Streichhölzer in Brand geriet? Lydia nahm die Streichhölzer, riß eins an und zündete vorsichtig die beiden Kerzen an. Die Dochte fingen schnell Feuer, und zwei gelbe Flammen leuchteten auf.

»Jedesmal, wenn wir eine Kerze anzünden«, sagte Dee Dee, während sie die Flammen betrachtete, »wird ein Engel geboren.« Trooper schüttelte den Kopf.

»Ach, Mama«, sagte er. »Fang doch nicht schon wieder mit diesem Engelquatsch an.«

»Was für eine wunderschöne Vorstellung«, sagte Lydia zu Dee Dee. »Ich kann nicht sagen, daß ich an

Engel glaube, aber es ist ein schönes Bild.« Trooper warf mir einen Blick zu, von Mann zu Mann. Mit Trooper würde ich mich gut verstehen, keine Frage. Wir waren aus demselben Holz geschnitzt, wenn es auch nicht das edelste war. Vielleicht konnten wir beide uns nach dem Essen, wenn Lydia und Dee Dee sich über Engel und Kerzen unterhielten, das letzte Inning des Spiels der Red Sox ansehen.

Nachdem wir alle am Tisch Platz genommen hatten, gab Lydia jedem eine Portion von dem Auflauf, den sie zubereitet hatte, Auberginen mit Parmesankäse überbacken, eines der wenigen Gerichte, die sie kochen konnte. Mittlerweile hatten alle unsere Freunde in Fort Kent ihn schon mehrmals vorgesetzt bekommen. Ross nannte ihn »Auberginen à la Lydia«. Die Farbe des Weines an unserem Abendbrottisch mochte variieren, aber beim Hauptgericht gab es kaum Abweichungen: Es war gewöhnlich violett.

»Dee Dee«, sagte meine Frau, »Sam hat mir erzählt, daß du in Montana einen Kunsthandwerkladen hattest.« Sie reichte Dee Dee ihre Ration Auberginenauflauf – jedenfalls für diesen Abend –, und Dee Dee nahm den Teller und stellte ihn Trooper hin. Sie selbst wartete auf die nächste Portion. Es war nicht zu übersehen, daß Trooper in ihrem Leben an erster Stelle kam.

»Es war nur ein kleiner Laden«, sagte sie, »wo ich allen möglichen Krimskrams verkauft habe. Hauptsächlich handgearbeitete Dinge von Leuten aus dem Ort. Und natürlich Kerzen. In Montana habe ich das

Kerzenmachen gelernt. Ich habe sogar Kurse im Kerzenmachen gegeben, um über die Runden zu kommen.«

»Ich habe dein Schild gesehen«, sagte ich. Ich fürchtete allmählich, die beiden Frauen könnten vergessen, daß ich auch noch da war, daß ich überhaupt existierte, daß ich derjenige war, der sie an diesem regnerischen Abend zusammengebracht hatte. »Bay Street-Kerzen. Das klingt ansprechend.«

»Das Kerzenmachen ist meine größte Leidenschaft«, fuhr Dee Dee fort. »Zugegeben, man kann nicht viel Geld damit verdienen, aber es macht sehr viel Freude.«

»Du könntest doch auch hier in Fort Kent Kurse anbieten«, sagte Lydia. Dee Dee überlegte.

»Glaubst du, so was würde hier ankommen?« fragte sie. Lydia ließ sich in ihrem Enthusiasmus nicht stoppen. Vielleicht würde sie sich tatsächlich gerne einen Nachmittag lang im kunstvollen Falten von Servietten üben, vielleicht hatte sie die ganze Zeit nur auf eine solche Gelegenheit gewartet. Trooper aß seinen Auberginenauflauf. Er hatte längst aufgehört, mir kurze, entschuldigende Blicke zuzuwerfen. Ich war jetzt auf mich gestellt, hatte er offenbar beschlossen.

»Oh, das würde bestimmt sehr gut ankommen!« versicherte Lydia ihr. »Ich würde auf jeden Fall teilnehmen.« Da sieht man es mal wieder. Man glaubt, man kennt einen Menschen, man glaubt, man kennt seine eigene Frau, und dann. Gut, daß wir nicht in einer Spielshow für frischverheiratete Paare waren. Auf unserem Punktekonto wäre nie mehr als eine dicke, fette Null zu sehen, und ganz Amerika würde sich amüsieren.

»Vielleicht sollte ich *tatsächlich* Kurse anbieten«, sagte Dee Dee. Das flackernde Kerzenlicht verlieh ihrer Haut einen goldenen Glanz. Die blonden Strähnen in ihrem Haar schienen Feuer zu fangen. *Starr sie nicht so an*, sagte ich mir, als mir bewußt wurde, daß ich sie so versunken betrachtet hatte wie ein berühmtes Gemälde. *Um Gottes willen, glotz nicht*. Ich schaute zu Lydia hinüber. Sie war zu sehr mit dem Gedanken an einen Kurs im Kerzenmachen beschäftigt, um etwas zu bemerken.

»Wir können hier in der Praxis mit einem Plakat für die Kurse werben«, schlug Lydia vor. »Und bei Paradis IGA gibt es eine Anschlagtafel. Und du könntest eine Anzeige in die St. John Valley Times setzen.« Bla bla bla. Trooper nahm sich ein zweites Stück Brot, wahrscheinlich nur, um etwas zu tun zu haben. Mitfühlend reichte ich ihm die Butter.

»Abgemacht«, sagte Dee Dee, während sie mir einen anerkennenden Blick zuwarf. »Ich werde einen Kurs im Kerzenmachen geben, und ich habe bereits meine erste Schülerin.« Sie und Lydia hoben ihre Gläser und stießen an. Hoffentlich würde ich nie mehr in meinem Leben neben zwei so boshaften, gemeinen Hyänen sitzen müssen. Ich stieß Trooper in die Rippen.

»Hast du Lust, dir das letzte Inning der Red

Sox mit mir anzusehen?« fragte ich, und sein Gesicht erhellte sich, als hätte er das ganze Briefchen Streichhölzer von Thibodeaus Versicherung verschluckt.

»Nach dem Nachtisch, okay?« schlug Lydia vor. Ich nickte. Klar, warum nicht. Warum sollte ich nicht noch ein paar weitere Minuten in Gesellschaft des Clubs zur gegenseitigen Bewunderung aushalten, der sich an meinem Eßtisch gebildet hatte? Ich hätte Lydia auf den Mond schießen können. Fühlte sie sich denn kein bißchen bedroht? Schließlich war Dee Dee schön, gefühlvoll, intelligent und, nicht zu vergessen, ein *Single*. Ich begann schon wieder, mich wie die vergessene Socke zu fühlen, und zwar wie eine mit einer Menge Fusseln an der Ferse.

»Woher hast du eigentlich deinen Spitznamen, Trooper?« fragte ich den Jungen. Ich fürchtete, er könnte sonst einschlafen. Seine schmalen Schultern hoben sich, er zuckte mit den Achseln.

»Mama nennt mich immer so«, sagte er. Dee Dee hatte meine Frage gehört und unterbrach ihr Gespräch mit Lydia, die ihr gerade erklärte, daß Louise's Magic Mirror der beste Frisörladen in der Stadt sei.

»Weil man ein Trooper, ein Soldat sein muß, um das Leben zu meistern«, sagte sie und zwinkerte Trooper zu. Ich stand auf und bedeutete Trooper mitzukommen.

»Komm, Trooper«, sagte ich. »Ich zeige dir die Praxis, und dann sehen wir uns das letzte Inning an.« Trooper sprang auf, als hätte er nur auf dieses Stichwort oder auf irgendeine himmlische Erlösungsglocke gewartet.

Zuerst gingen wir zu den Tieren, die im Hinterzimmer in Käfigen saßen, zwei Hunde und drei Katzen. Zwei der Tiere brauchten eine Zahnreinigung, und die anderen sollten am nächsten Morgen kastriert werden. Hunde und Katzen stimmten ein Bell- und Miaukonzert an, als wir den Raum betraten, und die Katzen drückten sich an die Gitterstäbe ihrer Käfige, um gestreichelt zu werden. Trooper steckte seine Finger durch die Stäbe und streichelte die Tiere, so gut er konnte. Er war völlig fasziniert von der Praxis, von den mit Flaschen gefüllten Regalen, dem OP-Tisch, dem Röntgengerät, den Narkosegeräten, dem Thermokauther, der Waage, von meinem großen Mikroskop. Ich ließ ihn mit dem Stethoskop hantieren und mit dem Perkussionshammer, den ich benutzte, um die Reflexe zu testen. Neugierig betrachtete er das Ophthalmoskop. Dann ließ er seinen Blick durch den Raum schweifen, beeindruckt von den Kanülen, den Spritzen, den Flaschen mit Injektionslösung, den verschiedenen Lösungen und Salben. In jeder Tierarztpraxis ist es üblich, eine Katze zu halten, als potentielle Blutspenderin für den Fall, daß es schnell gehen muß. Manche halten sich zusätzlich einen Hund. Unsere Praxiskatzen, Ralph und Simon, die wir als abgemagerte Streuner aufgegriffen hatten, waren inzwischen dick und verwöhnt. Trooper grinste, als er sie faul auf dem Fensterbrett neben der Hintertür liegen sah.

»Tolle Praxis«, sagte er, und ich lächelte. Sie war wirklich toll. Schon als kleiner Junge wollte ich Tierarzt werden, um Tieren das Leben retten zu können. Alles, was ich dafür auf mich nehmen mußte, waren die vier langen Jahre am College, mit Schwerpunkt Biologie und Chemie, und dann vier weitere Jahre an der Veterinärmedizinischen Fakultät, die ich mit fünfzigtausend Dollar Schulden Studentenkredit auf dem Buckel verließ. Aber ich hatte es geschafft. Ich war Doktor vet. Ich schaute mich noch einmal um, sah die Praxis mit Troopers Augen und war von Stolz erfüllt. Es war wirklich eine tolle Praxis.

Es war beinah neun Uhr, und Trooper schlief schon fast neben mir ein, als Dee Dee und Lydia aus Lydias Werkstatt heraufkamen. Lydia hatte Dee Dee ihre Blumenpresse vorgeführt, mit deren Hilfe sie die verschiedenen Pflanzenarten in der Gegend erforschte. Lydia hatte ein besonderes Interesse an den seltenen Pflanzen entwickelt, die am Ufer des St. John wuchsen, vor allem für das Furbish-Läusekraut, eine Pflanze, die nach Louise Furbish benannt war und lange als ausgestorben gegolten hatte, bis man entdeckte, daß sie ausschließlich noch im St. John-Tal vorkam.

»Hey«, sagte Dee Dee, als sie sich schließlich von dem Gespräch losriß und bemerkte, daß wir beide noch lebten. »Habt ihr euch nett amüsiert?« Trooper stand auf und streckte sich.

»Männer amüsieren sich nicht nett, Mama«, erklärte er ihr trocken.

»Genau«, sagte ich beipflichtend. »Wir vegetieren hin und wieder gemeinsam dahin, aber auf keinen Fall amüsieren wir uns.« Dee Dee lächelte. Sie schnürte ihre Tennisschuhe zu und bedeutete Trooper, seine Schuhe ebenfalls anzuziehen.

»Wir müssen los, Troop«, sagte Dee Dee. »Lancelot wird uns bestimmt schon vermissen.«

»Sam?« sagte Lydia. »Du fährst die beiden doch sicher nach Hause, nicht wahr?« Ich stand auf und streckte mich wie Trooper zuvor. Das Spiel gegen Baltimore war etwa so interessant gewesen wie das Kerzenmachen.

»Klar«, sagte ich. Warum nicht. Die beiden Prinzessinnen hatten genug geplaudert. Zeit für die Mäuse, sich in Lakaien zu verwandeln und eine von ihnen nach Hause zu begleiten. »Mach ich doch gerne«, fügte ich hinzu. In Wahrheit konnte ich es kaum erwarten, Dee Dee für mich zu haben. Lydia hatte sie den ganzen Abend mit Beschlag belegt. Komisch, anfangs hatte ich befürchtet, Lydia könnte eifersüchtig werden, und nun war ich derjenige, der vor Eifersucht platzte. Dee Dee schüttelte den Kopf.

»Laß uns zu Fuß gehen, Sammy«, sagte sie. »Wie in alten Tagen. Weißt du noch, wie wir immer davon geträumt haben, endlich den Führerschein zu ma-

chen, damit wir nicht mehr zu Fuß gehen müssen?«
Ich nickte und nahm meine Jacke vom Haken. Trooper sprang vor uns die Treppe hinunter und lief zu seinem Fahrrad. An der Tür zur Veranda verabschiedete Lydia sich von Dee Dee. Die beiden umarmten sich und versprachen, sich bald wieder zu treffen. Dann gingen Dee Dee und ich los, durch die sommerlichen Straßen von Fort Kent nach Hause in die Bay Street.

»Erinnerst du dich noch an das blaue Fahrrad, das ich mir von dem Geld aus der Kartoffelernte gekauft hab?« fragte Dee Dee, während wir Trooper dabei zusahen, wie er auf der leeren Straße seine Kreise drehte. Ich erinnerte mich gut daran. Sie hatte es an Jimmy Desjardins verkauft, als sie fand, daß sie zu groß sei, um noch Fahrrad zu fahren. Sie mußte damals etwa dreizehn gewesen sein. Ich konnte mich gut an diese Zeit erinnern, denn in jenem Sommer hatte sie angefangen, sich zu verändern, unter ihrer Bluse wölbten sich kleine Hügel, die nachts in meinen Träumen zu Bergen anwuchsen.

»Ich würde alles darum geben, dieses Fahrrad wiederzuhaben«, sagte Dee Dee. »Das wäre eine gute Möglichkeit, fit zu bleiben. Ich wünschte, ich hätte es noch, um es an Trooper weiterzugeben. Weißt du, als eine Art Andenken an meine Vergangenheit.«

Ein lieblicher Maiabend hatte sich über die Stadt gelegt, und in der Luft lag der Duft von wilden Kirschen. An der Main Street bogen wir nach Westen ab und gingen vorbei an den altvertrauten Läden, J. C. Penny's, Laverdiere's Drug, Nadeau's Furniture. Dee Dee machte im Vorbeigehen eine Bemerkung darüber, daß es Martin's Pharmacy nicht mehr gab. Statt dessen befand sich jetzt dort ein Hi-Fi-Laden, aber früher bei Martin hatten wir uns immer auf den Hockern mit den roten Plastikpolstern gedreht, die entlang der Getränketheke standen. Wir hatten Eiersalatsandwiches gegessen und Cola getrunken und hatten darauf gewartet, daß die Zeit uns endlich von unserer verschlafenen Jugend erlösen würde. Statt dessen warteten in dem Laden jetzt CDs von Heavy Metal-Gruppen, Fernseher und Stereoanlagen auf ihre Käufer. »Erinnerst du dich noch an Warren Harvey?« fragte ich Dee Dee. Sie nickte. »Ihm gehört der Laden jetzt«, sagte ich. Als wir weitergingen, wurde Dee Dee ganz still. Kurz bevor wir die Bay Street erreichten, schaute sie mich traurig an.

»Trooper hat seinen Vater nie gekannt«, sagte sie. Ich schaute dem Jungen zu, der uns mit dem Fahrrad vorausfuhr. »Er war noch kein Jahr alt, als Bobby nach Alaska ging, auf der Jagd nach irgendeinem Traum. Wir haben keinen Kontakt mehr zu Bobby. Ich glaube, er wollte eigentlich nie ein Kind.« Ich legte meinen Arm um ihre Schulter, um ihr ein bißchen Trost zu geben.

»Aber *du* hast es gewollt«, sagte ich. »Das kann jeder sehen. Er hat auf jeden Fall eine gute Mutter.« Sie nickte, und wir gingen langsam weiter über die alten Gehwege der Stadt, die uns beiden so vertraut waren.

»Komm mir jetzt bloß nicht mit ›*Ich hab's dir ja gleich gesagt*‹«, flüsterte Dee Dee. Ich schüttelte den Kopf.

»Noch nicht«, sagte ich. »Ich warte noch den passenden Moment ab.« Sie stieß mich in die Seite, direkt unterhalb der Rippen. Dee Dees Knuffer. Ich fragte mich, wie viele davon ich über die Jahre abbekommen hatte.

»Ich möchte, daß Trooper in dieser Stadt aufwächst«, sagte Dee Dee, als wir am Country Cottage vorbeigingen und einen Blick auf die Bücher und Geschenkartikel im Schaufenster warfen. Dee Dee war wieder ernst geworden. »Genau wie ich. In Fort Kent wird es immer Leute geben, die sich um ihn kümmern, falls mir mal was passiert.«

In der Bay Street blieben wir vor der Nummer 206 stehen und betrachteten das Haus, das fast mein ganzes Leben lang mein Zuhause gewesen war. Die Familie, die es gekauft hatte, hatte es mit neuem Leben gefüllt. Hinter den zugezogenen Vorhängen waren hin und wieder Schatten zu sehen, die wieder verschwanden, wenn die Leute den Raum verließen. Die Menschen hier lebten ihr Leben. Genau wie meine Familie hinter diesen Fenstern, hinter diesen Türen gelebt hatte. Jetzt war es eine andere Familie.

»Es ist ein komisches Gefühl, dich nicht mehr als Nachbar zu haben«, sagte Dee Dee. »In den letzten Nächten bin ich immer wieder wach geworden und konnte nicht mehr einschlafen. Jedesmal bin ich aufgestanden und ans Fenster gegangen und habe *dein* altes Fenster angeschaut, genau wie ich es als Kind immer getan habe, wenn ich mich vor der Dunkelheit fürchtete. Es hat mich immer so sehr getröstet zu wissen, daß du in der Nähe warst, Sammy. Manchmal konnte ich dich beinahe im Schlaf atmen hören.« Ich nickte. Ich wußte, was sie meinte. Ich war dort gewesen. Hatte dasselbe getan.

»Hör zu«, sagte ich. Wir standen auf der Veranda von Nummer 204 und warteten darauf, daß Trooper sein Fahrrad die Stufen herauftrug. »Ich könnte einen Helfer in der Praxis gebrauchen. Für leichte Aufgaben, wie zum Beispiel Käfige säubern, Tiere füttern, Hunde ausführen, solche Sachen. Wenn Trooper Lust hat. Sagen wir, dreimal die Woche, nach der Schule? Die Bezahlung ist nicht fürstlich, aber ein paar Comichefte kann er sich davon schon leisten.« Dee Dee gefiel die Idee sofort.

»Hey, Troop«, sagte sie. »Sam braucht einen Helfer in der Praxis, einen, der sich um die Tiere kümmert. Würde der Job dich interessieren?« Mit dem rechten Fuß klappte Trooper den Ständer seines Fahrrads herunter und stellte es ab. Dann kam er zu uns und schaute mich mit seinen braunen Augen forschend an.

»Meinst du das wirklich ernst, Sam?« fragte er.

»Klar«, sagte ich. »Wenn du Lust dazu hast.« Er strahlte, als ich ihm die Hand reichte. »Kannst du diese Woche anfangen?« Er sah fragend zu Dee Dee hinüber, und sie nickte.

»Super!« sagte Trooper, dann rannte er ins Haus, um Lancelot zu begrüßen.

»Vielen Dank, Sam«, sagte Dee Dee. »Er braucht dringend eine männliche Bezugsperson.« Nun, davon brauchte sie mich nicht zu überzeugen, nicht nach dem Abend, den wir gerade gemeinsam verbracht hatten. Ich schaute Dee Dee an, und in ihren blaugrauen Augen sah ich die Entschlossenheit, diesen Jungen zu beschützen. Aber es lag auch eine tiefe Traurigkeit in ihren Augen, und das machte mir Sorgen. Welche Dämonen hatten sie nach Fort Kent verfolgt? Zweifellos Dämonen, die Bobby Langford in die Welt gesetzt hatte.

»Du kannst immer auf mich zählen, wenn du irgendwelche Probleme hast«, sagte ich. Sie nickte.

»Wie in alten Tagen, was?« fragte sie. Ich beugte mich zu ihr und küßte sie auf die Wange, so leicht, als würde ich ein seidenes Blütenblatt küssen.

»Es tut so gut, wieder zu Hause zu sein, Sammy«, flüsterte sie und umschlang mich zum Abschied mit ihren zarten Armen.

Auf dem Heimweg schaute ich zu den Lichtern hinüber, die auf der kanadischen Seite flimmerten, und fragte mich, ob ich den Kuß so freundschaftlich gemeint hatte, wie Dee Dee ihn angenommen hatte. Ich fühlte mich immer noch unwiderstehlich zu ihr hingezogen. Aber wem würde es anders ergehen? Wie konnte man jemandem, der so sehr vor Leben sprühte, nahe kommen, ohne Feuer zu fangen? Ohne sich von ihrem Lebensdurst anstecken zu lassen? Dee Dee hatte immer noch diese Wirkung auf mich, auf die Menschen, die sie umgaben. Lydia würde es mir jetzt bestätigen können.

In jener Nacht liebten Lydia und ich uns zum erstenmal seit Wochen. Es war, als würde uns die Arbeit in der Praxis, unsere krampfhafte Teilnahme an dem kleinstädtischen Wettrennen um Ansehen und Erfolg, so sehr vereinnahmen, daß wir abends nur noch Energie genug hatten, um uns Lettermans Monologe anzuhören. Aber nicht an diesem Abend, einem Abend, der mit Auberginenauflauf und selbstgemachten Kerzen begonnen hatte, an dem eine kleine, flackernde Flamme in mein Leben zurückgekehrt war wie eine zarte Motte. Ein verzauberter Abend.

Später lag Lydia mit ihrem Kopf auf meiner Brust, während ich ihr erzählte, daß ich Trooper als Helfer in unserer Praxis angeheuert hatte. Ihr gefiel die Idee sofort.

»Er ist so einsam«, sagte sie. »Das wird ihm guttun. Und dir auch.« Ich war mir nicht sicher, was sie mit ihrer letzten Bemerkung gemeint hatte. Nachdem einige Minuten vergangen waren, Minuten, in denen ich darüber nachdachte, was es sein mochte, das Dee Dee Michaud dazu bewegt hatte, nach Hause zurückzukehren, glaubte ich, Lydia sei eingeschlafen. Ich lauschte auf die Geräusche, die von der

Straße zu uns heraufdrangen, wahrscheinlich ein paar Jugendliche, die sich an der Tankstelle etwas zu trinken holten. Bier, falls sie jemanden fanden, der es für sie kaufte. Dee Dee und ich hatten es früher oft genug genauso gemacht. Aber nach einer Weile begann Lydia im Dunkeln zu sprechen, ihre leise Stimme kam mitten aus der Nacht.

»Weißt du, Sammy«, sagte sie, »es ist in Ordnung, wenn du Dee Dee immer noch ein bißchen liebst.« Ich schaute zu ihr hinunter, auf ihr Gesicht, das in dem fahlen Licht, das von draußen hereinfiel, kaum zu erkennen war, und ich war dankbar für das Halbdunkel. Dankbar, daß sie mein Gesicht, meine Augen nicht sehen konnte. Ich bin noch nie ein guter Lügner gewesen.

»Wovon redest du überhaupt?« fragte ich. Lydia lachte.

»Ich rede davon, daß du in Dee Dee verknallt bist«, sagte sie. Ich war schockiert und sagte es ihr.

»Wie kommst du bloß auf so was?« wollte ich wissen. Darüber mußte sie noch mehr lachen. Sie hob den Kopf und sah mich direkt an. Nach einer Weile konnte ich ihre Augen ausmachen, dunkle Ovale, direkt vor mir.

»Du nimmst mich doch auf den Arm, nicht wahr?« fragte Lydia. Ich schüttelte den Kopf. Ich war so verlegen wie ein Teenager, der mit den Händen unter der Bettdecke erwischt wird. Aber diesmal war es meine *Frau*, nicht meine *Mutter*, die mich ertappt hatte.

»Dee Dee ist eine Sandkastenfreundschaft«, sagte ich. »Genau wie Ross.«

»Ich sage ja nur, es ist in Ordnung, daß du in sie verknallt bist«, sagte Lydia. »Ich finde das ganz natürlich. Ich bin schließlich auch immer noch in Freddy Stolinski verknallt.«

»Ich bin *nicht* in Dee Dee Michaud verknallt«, beharrte ich. Ich spürte, wie mein Gesicht und mein Hals ganz heiß wurden, und war erneut dankbar für die Dunkelheit. Ich trat mit den Füßen gegen die Bettdecke, um das untere Ende zu lösen. Ich konnte es nicht ausstehen, wenn sie am Fußende unter der Matratze eingeklemmt war.

»Ich finde es einfach süß«, sagte Lydia. »Das ist alles.«

»Da gibt es gar nichts süß zu finden«, sagte ich, diesmal ein bißchen zu ungehalten. Mir war klar, daß Lydia genau darauf wartete: Wenn ich anfing, mich zu ärgern, wußte sie, daß sie den Nagel auf den Kopf getroffen hatte. »Verdammte Decke!« fluchte ich und trat noch einmal mit den Füßen. Lydia kicherte triumphierend und drehte mir den Rücken zu. Mit einem Ruck zog sie ihren Teil der Decke über sich. Lange sagte ich nichts. Wir lagen nebeneinander, und in der Dunkelheit hörte ich an meiner Seite Lydias regelmäßigen Atem. Ich beobachtete die Lichter der vorbeifahrenden Autos, die über die Zimmerdecke huschten – Autos auf dem Heimweg nach dem Spätfilm im Kino in der Hall Street. Als ich mir sicher war, daß Lydia eingeschlafen war, stieß ich mit den Zehen an ihr nacktes Bein unter der Decke.

»Hey«, sagte ich. »Hey, du. Wach auf.« Lydia stöhnte schläfrig.

»Was?« murmelte sie schließlich.

»Wer zum Teufel ist Freddy Stolinski?« fragte ich.

5

Wie weit die kleine Kerze Schimmer wirft!
So scheint die gute Tat in arger Welt.

William Shakespeare

Trooper entpuppte sich als fleißiger Helfer. Und obendrein war er von den Tieren in der Praxis vollkommen begeistert. Ihn anzuheuern war eine gute Entscheidung gewesen. Und Dee Dee hatte recht: Er brauchte eine Vaterfigur in seinem Leben. So wie ich die Sache sah, würden wir beide davon profitieren. Troop würde einen Ersatzvater bekommen, und ich hatte Gelegenheit, mich in der Rolle des Vaters zu üben für den Tag, an dem Lydia und ich unsere eigenen Kinder haben würden. Ich dachte gerade darüber nach, ob es einen Unterschied machen würde, Mädchen oder Jungs großzuziehen, und ob die Natur uns Gelegenheit geben würde, beides kennenzulernen, als das Telefon klingelte. Es war Clarence Freebaker, dessen Farm etwa sechs Kilometer außerhalb der Stadt in einem Pappelwäldchen lag. Clarence Freebaker, der eine trächtige Stute im Stall hatte. Seine Stimme klang erregt, und ich merkte, daß er sich alle Mühe gab, nicht in Panik zu geraten. Aus dem, was er sagte, schloß ich, daß die Stute große Probleme beim Fohlen hatte.

»Ich fürchte, daß ich sie verliere, Sam«, sagte er. Ich bat ihn, sich keine Sorgen zu machen, und versicherte ihm, daß ich, bis er den Hörer aufgelegt, sich einen Whisky eingeschenkt, ihn gekippt hatte und zurück in den Pferdestall gegangen war, bei ihm sein würde. Das schien ihn zu beruhigen. Er bedankte sich und legte auf.

Ich rief nach Trooper, der gerade dabei war, die Regale im Hinterzimmer aufzuräumen. Das war eine gute Gelegenheit für den Jungen mitzuerleben, was man in meinem Beruf so alles meistern mußte, vor allem, da er mir vom ersten Tag an erklärt hatte, er wolle ebenfalls Tierarzt werden. Ich konnte nur hoffen, daß seine Mutter ihn nicht für zu jung hielt, um das größte Wunder der Natur mitzuerleben, das Wunder der Geburt. Auf keinen Fall konnte ich mir vorstellen, daß eine Frau wie Dee Dee einem Kind erzählte, Babys würden auf Kohlfeldern wachsen oder vom Klapperstorch gebracht werden. Außerdem wußten alle Kinder, die auf einer Farm aufwuchsen, von klein auf über diese Dinge Bescheid. Und Trooper entwickelte sich zu einem echten Farmerkind. Er liebte es, in meinem Pick-up mitzufahren, wenn ich meine Runde bei den umliegenden Farmen machte. Ich brauchte nur einmal zu rufen, und schon war er mir auf den Fersen, als ich zu meinem Wagen lief und einstieg, um zu Freebakers Farm zu fahren.

Clarence stand in der Scheunentür und begrüßte uns mit grimmigem Gesicht. Ich ging an ihm vorbei und in die Richtung, in die er mit dem ausgestreckten Arm deutete. Die Stute lag auf der Seite und hatte heftige Wehen. Normalerweise braucht ein Tierarzt, wenn eine Stute fohlt, nichts weiter zu tun, als danebenzustehen und zuzusehen. Aber in diesem Fall versuchte die Stute schon seit geraumer Zeit, das Fohlen herauszupressen, doch es bewegte sich nicht durch den Geburtskanal. Sie brauchte Hilfe. Das bedeutete, daß ich ihr ein mildes Beruhigungsmittel geben mußte. Da ich diese Stute bereits kannte und wußte, daß sie ein sanftes Gemüt besaß, beschloß ich, ihr 5 cl Detomidine in die rechte oder linke Jugularvene zu injizieren, beide leicht zu finden. Da sie auf der linken Seite lag, wählte ich die rechte.

»Das nennt man Venenwinkel«, sagte ich zu Trooper und ertastete mit dem Finger die Partie zwischen Unterkiefer und Hals der Stute. Trooper hörte aufmerksam zu, während er neben meinem Instrumentenkoffer stand und auf meine Anweisungen wartete.

»Es wirkt in etwa fünf bis zehn Minuten«, erklärte ich ihm, und er nickte, die Augen vor Aufregung geweitet. Das Mittel würde die Situation weniger gefährlich machen, sowohl für die Stute als auch für mich. Wenn das Beruhigungsmittel erst einmal wirkte, würde sie aufhören, sich abzumühen, und ich konnte mit der Geburtshilfe beginnen.

Während Trooper mir über die Schulter schaute, krempelte ich meine Ärmel auf und führte eine vaginale Untersuchung durch. Ich mußte mich vergewissern, daß das Fohlen in der Gebärmutter in einer normalen Position lag. Mit Erleichterung stellte ich fest, daß es sich in Brustlage befand, die Vorderbeine nach vorn ausgestreckt, wie es sich gehörte.

»Es liegt genau richtig«, sagte ich zu Trooper und Clarence, der sich über Trooper beugte, um zuzusehen. »Wie jemand, der einen Kopfsprung machen will«, erklärte ich dem Jungen, als ich seinen fragenden Blick sah. »Beide Vorderbeine sind nach vorne ausgestreckt, das eine ein bißchen weiter als das andere, und das Kinn liegt auf den Knien.« Ich demonstrierte es ihm, indem ich die Arme ausstreckte. Trooper nickte. »Wenn der Kopf zu einer Seite geneigt wäre, anstatt nach vorne, dann hätten wir ein großes Problem. Das würde eine Geburt unmöglich machen.« Aber diese Gefahr bestand nicht. Clarence' Fohlen würde gesund auf die Welt kommen.

Wie ich erwartet hatte, dauerte es nicht lange, bis die winzigen Hufe herauskamen. Ich sah, daß sie nach unten zeigten, in Richtung der Hufe der Mutter. Perfekt. Jetzt brauchte ich nur noch jedesmal, wenn die Wehen kamen, sanft an den Beinen des Fohlens zu ziehen. Ich bedeutete Trooper, mir die Geburtsketten zu reichen, was er eilig tat. Im Gegensatz zu dem, was man im allgemeinen mit *Ketten* assoziiert, bedeuten diese Ketten aus rostfreiem Stahl kein traumatisches Erlebnis für das Fohlen. Ich bat Trooper, mir zu helfen, als ich die Ketten an den Vorderbeinen des Fohlens befestigte, direkt oberhalb der Fesseln. Jetzt war es Zeit zu ziehen, und zwar kräftig. Ein Fohlen sollte immer innerhalb von zwanzig bis fünfundzwanzig Minuten geboren werden, egal, ob die Stute es allein schafft oder nicht. Aber mit Hilfe der Ketten und zusammen mit den Wehen der Stute ist der Geburtsprozeß gewöhnlich in fünf Minuten vorbei.

»Mach es so«, sagte ich zu Trooper. Er nahm eine der Ketten in seine kleinen Hände und zog, genau so, wie er es bei mir gesehen hatte. Sein Mund war leicht geöffnet, und ich hörte seinen schnellen, aufgeregten Atem, als zuerst das kastanienfarbene Knie des Fohlens erschien, dann das weiche, nasse Maul und der Kopf, auf dessen Stirn ein weißer rautenförmiger Stern leuchtete. Dann kamen die Schultern – der schwierigste Teil der Geburt – und schließlich der Rumpf des Fohlens, die Hüften, die Hinterbeine. Es war geschafft. Clarence Freebakers Fohlen hatte in seiner zukünftigen Heimat im nördlichen Maine das Licht der Welt erblickt, einer Welt, die aus zwanzig Morgen umzäunten Weidelandes bestand, einer ziemlich neuen Scheune mit einem leuchtend roten Dach, einem kühlen Bach, der in dem Wäldchen plätscherte, wo es in den heißen Sommermonaten Kühlung finden konnte, in einer Welt mit einem

Überfluß an Hafer und bergeweise Heu vom vergangenen Jahr. Das Fohlen glitt in seine sichere, kleine Welt, gefolgt von einem Sturzbach warmen Fruchtwassers.

Eine kühle Brise wehte durch die weit offene Scheunentür, und ich spürte, wie mir der Schweiß über Stirn und Gesicht lief. Ich wischte ihn mit dem Hemdsärmel ab, schaute zu Trooper hinüber und lächelte. Obwohl ich es in der Vergangenheit schon so oft erlebt hatte – immer und immer wieder, leichte Geburten, schwere Geburten, Totgeburten, was auch immer –, war ich doch jedesmal wieder von neuem überwältigt, stockte mir jedesmal wieder vor Ergriffenheit der Atem. Vor mir lag das Ergebnis eines genetischen Cocktails, ein winziger Bauplan, der vor Monaten angelegt worden war, und nun, dank dieses einen DNS-Codes, sah ich ein perfektes kleines Pferd vor mir, bereit, sich in wenigen Minuten auf die Füße zu stellen und seine neue Welt zu erkunden.

»Wir müssen der Mutter und dem Baby ein bißchen Zeit lassen, sich auszuruhen«, sagte ich zu Trooper. Ich sah, daß das Fohlen, ein Hengst, normal atmete. »Er muß sich erst an sein neues Leben gewöhnen«, fügte ich hinzu. Als ich aufblickte, sah ich Clarence Freebaker an die Scheunenwand gelehnt stehen, einen Ausdruck großer Erleichterung im Gesicht. Clarence war immer der Meinung gewesen, daß die Natur ein Tier schon mit allem ausstattet, was es braucht, um natürliche Vorgänge zu meistern. Tierärzte waren überflüssig und kosteten nur Geld. Jedenfalls war das seine Einstellung, bis sich während meines ersten Jahres in der Praxis ein Vorfall ereignete, der ihn endgültig eines Besseren belehrte. Um zwei Uhr früh riß das Telefon mich aus dem Schlaf, und kurze Zeit später fuhr ich über die dunkle, regennasse Straße zu Freebakers Farm hinaus. Damals hatte eine andere Stute Probleme beim Fohlen gehabt. Und er hatte beschlossen, der Natur freien Lauf zu lassen, keinen Tierarzt zu rufen. Als er sich dann doch meldete, war es zu spät, und wir konnten zwar die Stute, nicht aber das Fohlen retten. Es ist so gut wie unmöglich, ein Fohlen im Uterus zu drehen. In Extremfällen kann man der Stute eine Epiduralanästhesie geben, aber wenn das Fohlen nicht spätestens dreißig Minuten nach Einsetzen der Wehen das Licht der Welt erblickt, wird es aufgrund von Sauerstoffmangel fast immer tot geboren. Natürlich kann man auch eine Sectio durchführen, aber dazu muß man das Pferd in eine Klinik bringen. Und einen Kaiserschnitt draußen auf dem Feld durchzuführen, ist einfach nicht zu empfehlen. Die Chance, daß eine Stute das überlebt, ist gering. Also hatte Clarence in jener Nacht sein Fohlen verloren. Ich nehme an, daß ihm das eine Lehre gewesen war. Von da an behielt er seine Stuten immer genau im Auge, wenn sie kurz vor einer Geburt standen. »Falls es irgendwie kritisch aussieht«, hatte Clarence gesagt, »rufe ich sofort an.« Es war seine Art, mir zu sagen, daß er seine Meinung geändert und eingesehen hatte, daß auch die Natur hin und wieder einen kleinen Schubs braucht.

Während wir warteten, stand die Stute langsam auf. Da riß die Nabelschnur, und die Nachgeburt ging ab. Jetzt war das kleine Fohlen endgültig auf sich gestellt. Aber die Mutter würde noch eine ganze Weile in seiner Nähe bleiben. Sie hatte bereits angefangen, das Neugeborene gründlich abzulecken, und liebkoste es dabei mit der Schnauze. Ich sah, wie Troopers Augen sich weiteten.

»Wenn ich das Mama erzähle«, sagte er. »Was machen wir jetzt, Sam?«

»Jetzt müssen wir das Fohlen untersuchen«, erwiderte ich, »um uns zu vergewissern, daß alles an ihm richtig funktioniert.« Darüber mußte er grinsen. »Wir fangen mit der Nase an und arbeiten uns vor bis zum Schwanz«, fügte ich hinzu, während ich das kleine Maul öffnete und feststellte, daß der Gaumen in Ordnung war.

»Ich sehe nur nach, ob er eine Gaumenspalte hat«, beantwortete ich Troopers fragenden Blick. Dann leuchtete ich mit einer Taschenlampe in die weit offenen Augen und sah, daß sie ganz normal auf das Licht reagierten. Ich hörte das Herz ab. Der Herzschlag war normal. Keine Herzgeräusche. Auch der Nabel schien in Ordnung zu sein. Kein austretender Urin. Ich desinfizierte ihn mit einer einfachen Jodlösung, die seit vielen Jahren von Tierärzten verwendet wird. Zum Schluß prüfte ich, ob eventuell Hernien vorlagen, stellte fest, daß die Genitalien normal ausgebildet und alle Reflexe vorhanden waren.

»Ein perfektes Pferdebaby«, sagte ich zu Trooper, der vor Freude darüber breit grinste. »Wir warten noch ein bißchen, bis es aufsteht und trinkt«, fügte ich hinzu. »Wenn das nicht innerhalb einer Stunde passiert, könnten wir ein Problem haben.« Da alles in Ordnung zu sein schien, hätte ich alles weitere normalerweise der Natur und der Pferdemutter überlassen. Ich mußte am Nachmittag noch zwei Kastrationen vornehmen. Aber ich wollte, daß Trooper erlebte, wie das Fohlen aufstand.

Clarence' Frau erschien mit einem Krug Saft und drei Gläsern. Aber Trooper wollte nichts trinken. Statt dessen setzte er sich auf den Boden und ließ das Fohlen nicht aus den Augen. Hin und wieder schaute er auf und fragte: »Wie lange schon, Sam?« Der genetische Code, diese erstaunliche Botschaft aus dem Gehirn, sagte dem Fohlen schließlich, daß es an der Zeit war, seine neuen Beine auszuprobieren. Fast eine Viertelstunde hatte es reglos neben seiner Mutter gelegen, und jetzt war es soweit. Während wir gespannt zusahen, versuchte das Fohlen immer wieder, sich auf seine dünnen Beinchen zu stellen. Doch es fiel jedesmal wieder hin. Schließlich, nach fünfzehn Minuten vergeblicher Mühe, der Erfolg! Das Fohlen stand auf wackeligen Beinen, die sich bogen wie zarte Zweige im Wind.

»Wow«, sagte Trooper. Treffender hätte auch ich es nicht sagen können. *Wow*. Was für ein Wunder, geboren zu werden und gleich laufen zu können! Jetzt begann das Fohlen, sein weiches Maul in den Bauch seiner Mutter zu drücken, bis es gefunden hatte, was es suchte. Ich hob die leere Spritze auf und warf sie in Clarence' Mülleimer in der Ecke, dann nahm ich meine Tasche. Clarence reichte mir seine Hand.

»Schicken Sie mir dir Rechnung«, sagte er. »Sie sind jeden Penny wert«, fügte er hinzu, als Trooper und ich zu meinem Wagen gingen. Ich mußte lächeln. Das war Clarence Freebakers Art, mir zu sagen, daß er in jener verregneten Nacht vor ein paar Jahren einen Fehler gemacht hatte. Deutlicher konnte er es nicht sagen, und mir reichte es. Die meisten Farmer sind wortkarge Menschen. Ich nickte.

»Keine Sorge, die Rechnung kriegen Sie schon«, sagte ich. Clarence nahm seinen Hut in die Hand, wischte sich die Stirn mit dem Hemdsärmel ab und ließ den Blick über seine Weiden gleiten, die bereits mit lauter gelben Punkten gesprenkelt waren, den ersten Butterblumen des Jahres. Schon bald würden die Wiesen ein Teppich aus rotem und orangefarbenem Habichtskraut sein, über dem nachts Tausende von Glühwürmchen tanzten, und dann würde es Sommer werden.

»Wir werden Regen bekommen«, bemerkte Clarence Freebaker und machte mit dem Kinn eine Bewegung in Richtung Himmel. Ende des Gesprächs über Pferde. Ich verstand den Wink, stand da, betrachtete das Firmament und genoß den Augenblick, der andauern würde, bis ich das Gefühl hatte, daß es in Ordnung war, in meinen Wagen zu steigen und loszufahren. Es stimmte. Die Haufenwolken, diese duftigen Schönwetterwolken, die zuvor am Himmel gestanden hatten, hatten sich zu blumenkohlartigen Gebilden aufgetürmt und waren zweifellos dabei, sich zu einem Cumulonimbus, zu Gewitterwolken zusammenzuballen. Clarence mochten solche lateinischen Begriffe wie *Cumulus* und *Cirro* nicht geläufig sein, aber nachdem er ein Leben lang die Anzeichen für einen Wetterumschwung beobachtet hatte, wußte er, daß Regen auf seine Farm zukam. Ich nickte zustimmend.

»Den Regen können wir gebrauchen«, sagte ich. Und dann konnten Trooper und ich den Kiesweg entlang bis zur Straße fahren, die uns zurück in die Stadt bringen würde.

Auf dem Heimweg stellte Trooper mir die Fragen, mit denen ich gerechnet hatte: *Was passiert, wenn das Fohlen nicht richtig rauskommt? Hatte ich schon einmal erlebt, daß eins tot geboren wurde? Tut es der Pferdemutter weh?* Das Übliche.

»Wo ist der Pferdevater?« fragte er plötzlich. Darüber mußte ich einen Moment lang nachdenken, denn diese Frage kam überraschend. Sonnte der Pferdevater sich gerade auf einem Hof in Südfrankreich? Oder trank er an einem Bach auf einem Korral mit Blick auf die Bucht von Montego?

»Nun«, sagte ich und wählte meine Worte sorgfältig – schließlich war das eigentlich Dee Dees Aufgabe. »Ich nehme an, es ist einer von den Hengsten auf Mr. Freebakers Weiden. Weißt du, was? Ich denke, wir haben noch genug Zeit, um zu McDonald's zu fahren und uns einen ordentlichen Vanille-Milchshake zu gönnen. Zur Feier des Tages sozusagen. Was hältst du davon?« Trooper schien der Vorschlag zu gefallen, aber noch bevor wir die Straße erreichten, die in die Stadt führte, war er tief in seine Gedanken versunken, den Kopf an die Tür gelehnt, folgte sein Blick jeder einzelnen Reihe der neu bepflanzten Kartoffelfelder, an denen wir vorbeifuhren.

»Du hättest wohl lieber noch eine Riesenportion Fritten zu dem Milchshake, was?« sagte ich und stieß ihm scherzhaft in die Rippen. Er schaute auf, beinahe verblüfft darüber, daß er neben mir in dem Pick-up saß. Er zuckte die Achseln. Nach weiteren Minuten des sturen Schweigens schaute er mich an.

»Sam?« fragte er. »Hast du meinen Vater gekannt?« Ich bemühte mich um einen möglichst neutralen Gesichtsausdruck und tat so, als würde ich mich auf den Verkehr konzentrieren.

»Ich habe ihn nicht gut gekannt«, erwiderte ich. »Er ist ja erst in dem Jahr nach Fort Kent gezogen, als er deine Mutter kennengelernt hat. Ein Jahr bevor ich aus der Schule gekommen bin.«

»Hat er hier Freunde gefunden?« fragte Trooper. »Es ist ganz schön hart, wenn man in eine andere Stadt zieht. Man muß sich von allen alten Freunden trennen.« Ich lächelte ihn an, während ich über seine

Frage nachdachte. Hatte Bobby Langford Freunde gefunden? Wie konnte ich ihm sagen, *Klar, Troop, er war mit allen Leuten gut Freund, die dringend Marihuana bei ihm kaufen wollten?*

»Er hatte eine Menge Freunde«, sagte ich. »Aber er war älter als du. Er ging auf die Highschool. Ich glaube, es ist schwerer, sich in einer neuen Stadt zurechtzufinden, wenn man in deinem Alter ist.« Trooper nickte, und er schien mir dankbar dafür zu sein, daß ich seine bittere Einsicht teilte: *Es ist schwerer, wenn man in meinem Alter ist.* Das schien seine Stimmung zu heben. Er bekam Lust zu reden.

»Wie war mein Vater, Sam?« fragte er. Ich betete, das McDonald's-Schild würde endlich auftauchen. Vor so einem Gespräch mit Trooper hatte ich mich die ganze Zeit gefürchtet. Und ich hatte mir vorgenommen, Dee Dee zu fragen, was ich tun sollte, welche Antworten ich ihm geben sollte, wenn es soweit war. Aber ich hatte es genauso vor mir hergeschoben, wie ich das Ausfüllen der Steuererklärung vor mir herschob, bis ich Fristverlängerung beantragen mußte. Ich hatte es einfach verdrängt, und jetzt stürzte die Realität auf mich ein wie ein verdammter Habicht.

»Wie er war?« wiederholte ich, um ein bißchen Zeit zu schinden. »Laß mich mal überlegen. Er war sehr beliebt. Ein guter Basketballspieler. Und er war einer von der Sorte, die immer eine Menge Leute um sich herum haben. Er war ein cooler Typ. Wie Fonzie.« Trooper hörte mir zu und nickte zu jedem Satz.

Ihm gefiel, was er hörte, vor allem die Bemerkung über Fonzie. Es war noch nicht einmal gelogen. Bobby Langford, der so gut ausgesehen hatte wie James Dean, war beliebt, wie so ein Kerl es eben ist – deshalb war Dee Dee Michaud auch auf ihn geflogen –, wahrscheinlich wäre er selbst dann beliebt gewesen, wenn er kein Marihuana in den Straßen von Fort Kent verkauft hätte. Und ein paarmal hatte ich tatsächlich beobachtet, wie er mit den Jungs auf dem Schulhof ein paar Körbe warf. Er warf den Ball ziemlich treffsicher, und er konnte dribbeln, als wäre ihm die Drogenfahndung auf den Fersen. »Und er sah sehr gut aus«, sagte ich, »genau wie du.« *Wo bleibt das verdammte McDonald's-Schild*, dachte ich, als Fort Kents einzige Ampel auf Grün sprang und ich nach links abbiegen und dem Milchshake entgegenfahren konnte. Aber Trooper hatte nicht vor, sich mit Milchshake und Eis abspeisen zu lassen, nicht nach dem, was er eben in Clarence Freebakers Scheune erlebt hatte.

»Mama sagt, er war ein Träumer«, fuhr Trooper fort. Er sprach mehr zu sich selbst als mit mir. »Sie sagt, er ist nach Alaska abgehauen wie ein Troll auf der Suche nach einem Goldschatz. Mama sagt, ich soll ihm nicht böse sein, von einem Träumer kann man nichts anderes erwarten.« Ich lächelte. Es paßte zu Dee Dee, Trooper die Wahrheit in einer schönen Verpackung zu verkaufen.

»Jeder hat andere Träume, Troop«, sagte ich. »Mein Traum war es, Tierarzt zu werden und hier zu leben, in Fort Kent, Maine. Es war kein hochfliegender Traum, nicht wie der Traum, den Mount Everest zu besteigen oder mit dem Kanu über den Amazonas zu paddeln. Aber es war ein *Traum.*« Der erste der beiden gelben Bogen von McDonald's tauchte vor uns auf, und er kam mir so schön vor, wie der Stern von Bethlehem für die drei Weisen aus dem Morgenland gewesen sein muß.

»Trotzdem«, sagte Trooper, als ich einparkte. »Manche Träume sind ganz schön bescheuert.« Ich schaute ihn einen Moment lang an und wußte nicht, was ich sagen sollte. Ich kam mir so hilflos vor wie das neugeborene Fohlen, das so schwer kämpfen mußte, um sich auf die Füße zu stellen.

»Was hältst du davon, wenn wir zum Nachtisch noch eine Apfeltasche nehmen?« fragte ich schließlich.

6

Die Nacht hat ihre Kerzen ausgebrannt,
der munt're Tag erklimmt die dunst'gen Höhn …

William Shakespeare

In meiner Praxis hängt ein Poster, ein Andenken an meine vier langen, harten Jahre an der Veterinärmedizinischen Fakultät der Uni Boston. Es hängt hinter der Tür zu meinem Sprechzimmer, wo die Leute es nicht sehen können. Aber philosophisch gesehen faßt es ein paar Aspekte der Veterinärmedizin zusammen, die den meisten meiner wohlmeinenden Klienten unbekannt sind.

Warum ich Tierarzt werden will

1. Weil ich mir dekorative Narben an Händen, Armen und im Gesicht wünsche.
2. Weil ich halb soviel verdienen will wie ein Humanmediziner, wenn ich doppelt soviel arbeite.
3. Weil man Tiere ungestraft beschnüffeln darf, aber Menschen …

4. Es war ein Irrtum. Ich dachte, das hier sei die Juristische Fakultät.
5. Weil Formaldehyd mich anmacht.
6. Weil ich ein Masochist bin. Ich liebe die 60-Stunden-Woche.
7. Weil die Welt da draußen ein Zoo ist.
8. Wegen des überaus großen gesellschaftlichen Respekts, der Tierärzten entgegengebracht wird.
9. Weil ich Analdrüsen besser ausdrücken kann als meine eigene Meinung.
10. Damit ich mir mein Leben lang Fragen anhören kann wie: »Warum sind Sie eigentlich kein *richtiger* Arzt geworden?«

In der Regel bemühe ich mich, verständnisvoll zu sein, wenn meine Klienten in eines der oben genannten Fettnäpfchen treten, aber ich muß gestehen, daß die letzte, die *Nummer 10*, mich selbst nach all den Jahren schneller auf die Palme bringen kann als alle neun anderen zusammen. Und häufig kommt die Frage von Leuten, die es eigentlich besser wissen müßten. Einer davon ist Perry Peterson, der mit mir zusammen die Highschool besucht hat. Perry Peterson hatte Medizin studiert, war Gynäkologe geworden und war, wie einige von uns, zu seinen Wurzeln zurückgekehrt. Er hatte in Fort Kent eine Praxis eröffnet und sich daran gemacht, Frauenleiden zu kurieren und seinem Teil von Fort Kentern auf die Welt zu helfen. Aber jedesmal, wenn Perry bei mir einen Termin für seine verdammte Katze oder seinen verdammten Hund vereinbarte, sträubten sich mir die Nackenhaare. Manchmal rief Lydia ihn hinter meinem Rücken an und dachte sich irgendeine Ausrede aus, warum sein Termin verschoben werden und er mit seinem Tier zu *ihr* kommen mußte. Lydia wußte aus Erfahrung, daß es Tage dauern konnte, bis ich mich von einem Termin mit Perry Peterson erholt hatte, Tage, an denen ich Flaschen zerbrach und Rezepte wortlos auf den Tresen an der Anmeldung warf und, was das Schlimmste war, Tage, an denen ich meine unschuldige und liebevolle Frau grundlos anschrie, ohne es auch nur zu merken.

An jenem *Gott-sei-Dank-es-ist-Freitag*-Freitag wäre Lydia wahrscheinlich von Entsetzen gepackt worden, wenn sie gewußt hätte, daß Perry, der es offenbar satt hatte, daß seine Termine dauernd verschoben wurden, völlig unangemeldet mit seiner Katze unter dem Arm in der Praxis aufkreuzte. Es war ein langer, harter Tag gewesen, und ich holte tief Luft in der Erwartung, daß er noch härter werden würde. Die Katze hatte einen Atemwegsinfekt, so schien es jedenfalls, nachdem ich ihre Temperatur gemessen und ihr Herz abgehört hatte. Also spritzte ich ihr ein Antibiotikum und erklärte, die Katze müsse dieses Antibiotikum noch zehn weitere Tage lang bekommen. Perry war wie vom Donner gerührt.

»Unglaublich«, sagte er und starrte auf das Rezept, als handle es sich um den Stein von Rosette. »Genau das würde ein *richtiger* Arzt auch verschreiben.«

Als Lydia nach Hause kam, merkte sie sofort, daß mein Nervenkostüm schweren Schaden genommen hatte. Sie legte einen Stapel Briefe auf den Schreibtisch und stellte eine braune Papiertüte mit einer Flasche Sake daneben ab, die sie besorgt hatte, weil ich versprochen hatte, ein chinesisches Gericht zum Abendessen zu kochen. Dann trat sie hinter meinen Stuhl und begann, mir den Nacken zu massieren. Es tat gut, aber als Gegenmittel für meinen Ärger war es nicht stark genug.

»Darf ich dich etwas fragen?« Ich nickte. »Ist Perry Peterson zufällig hiergewesen, während ich fort war?« Ich warf meinen Füller so wütend auf den Schreibtisch, daß er über die Kante schlitterte und zu Boden fiel.

»Dieser egoistische, eingebildete Fatzke«, sagte ich. Lydias Finger gruben sich noch tiefer in meine Muskeln. »Wie kommst du darauf?«

»Nur so«, erwiderte sie. Dann drehte sie meinen Stuhl herum, so daß sie mich ansehen konnte.

»Du telefonierst mit Ross. Ich rufe Dee Dee und Trooper an«, sagte sie. »Und dann gehen wir ins Kino und sehen uns die Sieben-Uhr-Vorstellung an. Das hat der Onkel Doktor verordnet.« Ich überlegte.

»Ein *richtiger* Arzt?« fragte ich. Lydia runzelte die Stirn.

»Ach Gott«, sagte sie. »Perry ist also tatsächlich dagewesen.«

Lydia und ich gingen zu Fuß zur Bay Street, um Dee Dee und Trooper abzuholen, die beide fanden auch, daß ein spontaner Kinobesuch ein guter Abschluß für einen langen Tag war. Kurz vor Dee Dees Haus bemerkte Lydia Lisa Ornstein, die Volkskundlerin und Direktorin des Acadia-Archivs auf der anderen Straßenseite. Lisa und ihr Mann Nick waren beide sehr gute Musiker, und Lydia träumte davon, Geige zu lernen. In der Hoffnung, Lisa könnte ihr sagen, wo sie einen geeigneten Lehrer finden könnte, lief sie über die Straße, um sie abzufangen. Ich stieg die Stufen zu Dee Dees Veranda hinauf. Die Haustür stand einen spaltbreit offen, und da die beiden wußten, daß wir sie abholen würden, betrachtete ich dies als Aufforderung einzutreten.

Es war niemand zu sehen, aber ich hörte Stimmen aus dem Hinterzimmer, wo Dee Dee ihre Kerzenmacherei betrieb, oder wie immer man das nennt. Ich ging den Stimmen nach. Wie erwartet, fand ich Dee Dee und Trooper im Hinterzimmer. Dee Dee stand über einen dampfenden Topf gebeugt, in dem anscheinend Paraffin geschmolzen wurde, und es sah so aus, als wäre sie dabei, Trooper beizubringen, wie man Kerzen zieht. Ich blieb in der Tür stehen und wartete auf eine Gelegenheit, mich bemerkbar zu machen. Aber Dee Dee war in ihrem Element.

»Denk dran, Troop«, sagte sie. »Jedesmal, wenn du eine Kerze anzündest, wird ein Engel geboren. Das Flackern, das man sieht, ist der erste Atemzug, den der Engel macht.« Trooper seufzte.

»Es ist doch bloß eine Kerze, Mama«, sagte er. Ich lächelte mitfühlend. *So ist's recht, Troop*, dachte ich.

Aber Dee Dee ließ sich von der Teilnahmslosigkeit ihres Sohnes nicht beirren.

»Es ist nicht *bloß eine Kerze*«, widersprach sie. »Kerzen werden mit großer Sorgfalt hergestellt, Schicht um Schicht, genauso wie ein Mensch sich entwickelt, Jahr um Jahr. Wenn du einmal traurig und einsam bist, brauchst du nur eine Kerze anzuzünden und dir fünf Minuten Zeit zu nehmen, um zuzusehen, wie sie brennt. Das ist doch nicht zuviel verlangt, oder? Du brauchst nur die Kerzenflamme anzuschauen, und schon bald ist das, was dir auf dem Herzen liegt, nicht mehr so schlimm. Versprichst du mir, daß du das tun wirst?« Ein weiterer tiefer, mir nur zu gut verständlicher Seufzer von Trooper.

»Ich versprech's dir«, sagte er. Dee Dee beugte sich zu ihm und drückte ihm einen Kuß auf den Kopf.

»Gut«, sagte sie. »Auf diese Weise werde ich immer bei dir sein, falls mir einmal irgend etwas zustoßen sollte, und erst recht, wenn du mich besonders vermißt.« Ich hatte mich gerade in das Gespräch einschalten wollen, als Dee Dee diese letzte Bemerkung machte. Mit einemmal war aus der Situation ein sehr persönliches Gespräch zwischen Mutter und Sohn geworden, und ich kam mir vor wie ein Eindringling. Auf Zehenspitzen schlich ich zur Haustür zurück, gerade als Lydia auf die Veranda trat. Gut. Es würde so aussehen, als wären wir gerade gemeinsam eingetroffen.

»Ich glaube, sie sind in der Küche«, sagte ich und schlug die Tür hinter uns zu.

Wenige Minuten später schlenderten Dee Dee, Trooper, Lydia und ich zusammen die Bay Street entlang, auf dem Weg zur Hall Street, wo wir mit Ross vor dem Kino verabredet waren. Ross hatte sich vor über einem Jahr scheiden lassen, eine traurige Zeit für ihn und auch für uns, seine Freunde, die mit ihm fühlten. Amy, seine Exfrau, war mit Randy, ihrem gemeinsamen Sohn, nach Portland gezogen. Aber der zehnjährige Randy hatte Schwierigkeiten gehabt, sich in der neuen Schule einzugewöhnen. Er vermißte seinen Vater, und er vermißte Fort Kent. Also hatte Amy ihm erlaubt, nach Fort Kent zurückzukehren und bei seinem Vater zu leben. Einmal im Monat kam sie her, um ihren Sohn zu besuchen, und Ross fuhr einmal im Monat mit ihm nach Portland. Beide taten, was sie konnten, um es Randy so leicht wie möglich zu machen, sich an die neue Situation zu gewöhnen. Und nun, wo es zwischen Ross und Vickie, seiner Kollegin, ernst zu werden schien, würde Randy auch eine gute weibliche Bezugsperson um sich haben.

Ross hatte mir erzählt, daß Randy wieder bei ihm war, aber ich hatte ihn noch nicht zusammen mit dem Jungen gesehen. Jetzt stand er mit seinem Vater vor dem Kino und sah so aus, als könnte er einen guten Freund für Trooper abgeben. Als ich die beiden einander vorstellte, fragte ich mich, warum mir dieser Gedanke nicht schon früher gekommen war. Während wir alle zusammen vor dem Kino standen und plauderten, fanden die Jungs schnell ein eigenes Gesprächsthema. Sie schienen sich sofort gut zu verstehen und konnten es kaum abwarten, ins Kino zu kommen und sich die Vorschau für die neuesten Filme anzusehen.

»Wißt ihr, was«, sagte Lydia, »ich bin eigentlich gar nicht so erpicht auf einen Film. Ich wollte nur dafür sorgen, daß Sam aus dem Haus kommt und mich nicht den ganzen Abend verrückt macht. Unser berühmter Dr. Peterson war heute mit seiner Katze in der Praxis. Mehr brauche ich wohl nicht zu sagen.«

»Dieser großspurige kleine Scheißer«, schnaubte ich.

»Ein egoistisches Arschloch«, knurrte Ross so leise, daß die Jungs ihn nicht hören konnten. Ich nickte. Seine Unterstützung tat mir gut.

»Ich habe auch keine große Lust, ins Kino zu gehen«, sagte Dee Dee. »Ich wollte nur ein bißchen aus dem Haus kommen. Ich bin seit Ewigkeiten nicht mehr ausgegangen.«

»Ich auch nicht«, sagte Vickie.

»Was haltet ihr davon, zu Bee Jay's zu gehen und da Löcher in die Decke zu starren?« schlug Ross vor, und alle nickten zustimmend. Es war genau das, was wir brauchten. Ein kühles Bier und Erdnüsse in Bee Jay's Tavern direkt an der Brücke über den St. John. Eine gemütliche Kneipe, wo Ölgemälde von Hobbykünstlern aus Fort Kent an den Wänden hingen. Und wo es einen Billardtisch gibt und ein paar Cribbage-Bretter für Leute, die Lust auf ein Kartenspiel haben. Und wo an der Decke ein Firmenschild neben dem anderen angebracht ist, hauptsächlich als Werbung für Geschäfte und Firmen von den Söhnen und Töchtern des St. John-Tals. Es war die beste Idee für diesen lauen Frühsommerabend. Und da die beiden Jungs sich so gut vertrugen, konnten sie sich den Film gemeinsam ohne uns ansehen.

»Nach dem Kino«, sagte Ross zu Randy, während er ihm einen Fünfer zusteckte, »könnt ihr euch bei McDonald's was zu essen holen. Trooper ist dein Gast, okay?« Die Jungs waren heilfroh, die Erwachsenen los zu sein, und rannten ins Kino. Eine gute Entscheidung. Randy und Trooper waren nicht nur zwei Jungs, auf die man sich verlassen konnte, Fort Kent war auch ein Ort, wo Kinder sich sicher bewegen konnten. Und wir alle hofften, daß das so bleiben würde.

Es herrschte kaum Verkehr in der Stadt, nur wenige Menschen waren unterwegs, um Besorgungen zu machen. In den Straßen von Fort Kent, Maine, trifft man immer wieder Freunde oder Bekannte. Man kann zwar nicht behaupten, daß hier *jeder jeden* kennt, aber fast ist es schon so.

»Ich kann es gar nicht glauben, daß es J.C. Penny's nicht mehr gibt«, sagte Dee Dee im Vorbeigehen. Es stimmte. Der alte Penny's Supermarkt – der schon bald, nachdem meine Generation alt genug war, um Geld auszugeben, geschlossen wurde, um der Lone Star Bar zu weichen – war vor zwei Jahren bis auf die Grundmauern abgebrannt. Niemand wußte, wie eine Bar in Nord-Maine zu einem Namen wie »The Lone Star« kam, an den Wänden gemalte Kakteen und Cowboys. Wir nahmen an, daß es ein typischer Fall von Wunschdenken sein mußte, das diesmal während eines besonders langen Winters im Kopf des Eigentümers entstanden war. Aber jetzt gab es die Bar nicht mehr, und mit ihr war eines der ältesten Gebäude von Fort Kent verschwunden, eines mit Blendfassade, eine Architektur, die ein Gebäude größer wirken läßt, als es in Wirklichkeit ist.

»Aber wenigstens ist das alte Hotel noch da«, fügte Dee Dee hinzu. Es stand direkt auf der gegenüberliegenden Straßenseite, und die Bar dort war offenbar immer noch gut besucht. Um die Jahrhundertwende erbaut, gehörte das Hotel zu den älteren, historischen Gebäuden der Stadt.

Bei Bee Jay's Tavern angekommen, blieben wir noch eine Weile draußen stehen und schauten auf die kanadische Seite hinüber, zu der kleinen Stadt Clair, wo gerade die Straßenlaternen in der Abenddämmerung angingen. Zwischen den beiden Städten herrschte ein reger Austausch, und die Einwohner von Clair und Fort Kent lebten meistens mit einem Fuß im anderen Land. Lydia und ich fuhren gern hin und wieder zu einem entspannenden Candlepin-Spiel in das Bowling Center von Clair. Außerdem gingen wir gern in das chinesische Restaurant Maple

Leaf. »Ich weiß ja, daß wir hier in Kanada sind, aber wieso nennen sie ein chinesisches Restaurant ausgerechnet ›Maple Leaf‹?« Darauf konnte ich ihr eine Antwort geben: Es war ursprünglich einfach ein kleines kanadisches Restaurant gewesen. Die Bambussprossen und der gebratene Reis und das Schweinefleisch süßsauer waren erst später gekommen.

Wir fünf standen da und betrachteten die große, grüne Brücke, die den St. John überspannte und die beiden Länder miteinander verband. Wir sahen, wie Anne Jandreau in ihrer Uniform aus dem Zollhäuschen kam. Sie winkte uns zum Gruß zu und beugte sich dann zu dem Fahrer des Wagens hinunter, der gerade die Zollkontrolle passierte. Dee Dee schüttelte den Kopf.

»Manche Dinge ändern sich nie«, sagte sie. »Es kommt mir so vor, als hätte ich mein Leben lang nach Kanada hinübergeschaut.«

»Naja«, sagte ich, »Kanada ist immer noch da, und wir sind auch immer noch da. Wir haben nur darauf gewartet, daß du endlich zu uns zurückkommst.« Das schien ihr zu gefallen. Ross Cloutier, den alten Hippie, brachte mein Spruch auf eine ganz andere Idee.

»Hey«, sagte er, »ich hab mir was überlegt. Wir sollten unsere alte Band wieder aufleben lassen. Diese Stadt ist mal wieder reif für die SPITZEN WINKEL. Oldies sind im Moment der Hit.« Dee Dee und ich lächelten. Typisch Ross, an so was zu denken. Sein halbes Gehirn war in den Sixties hängengeblieben, obwohl er doch noch ein Kind gewesen war, als dieses Jahrzehnt über die amerikanische Gesellschaft hereinbrach.

»Ich werde eure Managerin«, bot sich Vickie an.

»Und ich werde euer einziges Groupie«, sagte Lydia.

»Kommt überhaupt nicht in die Tüte«, sagte ich, und Dee Dee nickte zustimmend. Aber Ross war in seinem Element. Er bedeutete Dee Dee und mir, näher zu kommen.

»Don McLeans *American Pie*«, sagte Ross. »Vom Refrain an.« Und wie die Narren, die wir drei offenbar immer noch waren, standen wir vor Bee Jay's Kneipe neben dem riesigen Blumenkübel und sangen im Chor, während Vickie und Lydia so taten, als würden sie uns nicht kennen:

> »*Bye, bye, Miss American Pie, drove my Chevy to the levy but the levy was dry, them good ole boys were drinking whiskey and rye, singing this will be the day that I die, this will be the day that I die.*«

Dann folgte ernüchtertes Schweigen. Ich weiß es noch wie heute. Es war, als wäre ein sanfter Regenschauer über unseren Köpfen niedergegangen – nur über den Köpfen von uns dreien –, als wir dort in der Abendbrise vor Bee Jay's Tavern standen.

»Laßt uns ein Bier trinken«, sagte Dee Dee und brach das Schweigen. »Als ich aus Fort Kent weggezogen bin, war ich noch nicht alt genug, um Alkohol trinken zu dürfen. Lise hat mich jedesmal erwischt und rausgeworfen. Es ist bestimmt ein tolles Gefühl, am Tisch zu sitzen und ganz legal ein Bierchen zu trinken.«

»Hoffentlich hast du deinen Ausweis dabei«, sagte Ross, während er uns die Tür aufhielt. »Lise ist immer noch gnadenlos.«

Bee Jay's Tavern gab es schon, als ich noch ein kleiner Junge war. Das Haus wurde in den frühen sechziger Jahren erbaut und war der einzige Laden in der Stadt, wo man mitten im Winter an einem knisternden Kaminfeuer etwas trinken konnte. Manche Leute mögen das. Und sie mögen es, sich die von Freunden und Bekannten gemalten Ölgemälde anzusehen, die den Touristen zum Kauf angeboten werden. Sue Roy zum Beispiel malt gern Szenen aus der einheimischen Natur. Einen Elch, der knietief in irgendeinem See steht, umgeben von Frühnebel. Diese Bilder machen die Kneipe zu einer Art Museum. Und die Firmenschilder an der Decke machen sie zu einer Werbeagentur, die zugleich als Ahnengalerie fungiert. Neben dem alten Hotel gehört Bee Jay's Tavern zu unseren Lieblingstreffpunkten, wo man Leuten begegnet, die man sonst kaum sieht. Aber die Kneipe wäre nicht mehr dieselbe, wenn Lise Boucher nicht mehr dagewesen wäre. Die hübsche Kanadierin, die mittlerweile auf unserer Seite der Grenze lebte, hatte 1971 angefangen, in Bee Jay's Tavern zu arbeiten, und die meisten von uns freuten sich auf ihr Lächeln, wenn sie den Laden betraten.

»Einen Krug«, sagte Ross zu Lise, »es sei denn, ihr verkauft das Bier mittlerweile in *Fässern.*« Lise lächelte uns an und ging hinter den Tresen.

»Sie spricht ja immer noch mit französischem Akzent«, flüsterte Dee Dee. »Wie nett.«

Wie immer lief die Musikbox. Der Krug mit dem Bier wurde gebracht, und dann gingen die Geschichten los, die alle anfingen mit *Wißt ihr noch, wie wir dies gemacht haben* und *Wißt ihr noch, wie wir das getan haben.* Dee Dee schien das sehr zu genießen; schließlich war sie wieder da, wo sie hingehörte. Und Lydia amüsierte sich köstlich und freute sich darüber, die, wie sie es nannte, »weibliche Version« der Geschichten zu hören, die Ross und ich ihr über die Jahre erzählt hatten. Irgendwie wirkten wir in Dee Dees Version derselben Begebenheiten weit weniger mutig und geistreich als in unserer eigenen.

»Woran ich mich am liebsten erinnere«, sagte Dee Dee, plötzlich nachdenklich geworden, »ist der Winter, als wir nach Quebec auf die Kirmes gefahren sind. Wißt ihr noch, wie wir zusammengelegt haben, damit wir im Château Frontenac übernachten konnten?« Ross und ich nickten. Es war eine Riesengaudi, als wir ohne Wissen der Hoteldirektion zu acht in Schlafsäcken auf dem Fußboden des Hotelzimmers genächtigt hatten. Und wir hatten französischen Wein getrunken und den Sonnenaufgang über dem Sankt Lorenz Strom beobachtet. Das hatte uns restlos beeindruckt. Vor fast vierhundert Jahren waren unsere Vorfahren über genau diesen Fluß ins Land gekommen. Ein langes, solides Band verknüpfte uns mit der Geschichte, die dort draußen vor diesem Fenster lag. Und jung und betrunken, wie wir waren, spürten wir es alle im Innersten unseres Herzen.

»In solchen Augenblicken meint man, man würde ewig leben«, sagte Dee Dee, und wir nickten feierlich. Ewig. Und dann drückte jemand *Leaving Las Vegas* von Cheryl Crow auf der Musikbox, und wie ein großer Vogel hob die düstere Stimmung ab und flog davon. Das Gespräch drehte sich jetzt um die Werbeschilder, die an der Decke hingen, auf sechzig mal neunzig vergrößerte Visitenkarten von irgendwelchen einheimischen Firmen oder von Leuten, die früher in Fort Kent gelebt hatten und nun ein Geschäft in einer anderen Stadt betrieben: **Elektro-Installationsdienst Gagnon, Bristol, Connecticut; Karosseriebau Cyr, Waterville, Maine; Maß- und Änderungsschneiderei Belanger, Bangor, Maine.** Lauter Leute mit einer Vergangenheit in Fort Kent, Maine. Lauter Leute, die durch diesen Ort miteinander verbunden waren. Und um einen Ehrenplatz an der Decke zu erhalten, brauchte man nichts weiter zu tun, als fünfunddreißig Dollar zu zahlen, dann wurde ein altes Schild heruntergenommen, ein neues gemalt und *voilà!* schon hing die überdimensionale Visitenkarte an der Decke, als hinge sie am Himmel. Ross hatte heimlich eine für die Tierarztpraxis anfertigen lassen, kurz nachdem Lydia und ich nach Fort Kent gezogen waren und unsere Praxis eröffnet hatten. Amy und er hatten uns in Bee Jay's Tavern zu einem Bier eingeladen, den Tisch direkt unter dem Schild gewählt und nach ein paar Bier einfach nach oben gedeutet. Mit dem Schild **Tierarztpraxis, Nord-Maine** waren wir damals dann offiziell eingeführt. Ross machte Dee Dee gerade auf unser Schild aufmerksam, und sie kicherte erfreut, als sie hinaufschaute und unsere Namen las. Ich blickte lächelnd nach oben. Ross hatte es geschafft, das Schild an einem guten Platz anbringen zu lassen, direkt über dem Kamin und dem großen Tisch, an dem wir am liebsten saßen. Daneben hing ein Schild, das an einen Sommerkurs für freies Schreiben erinnerte; es hatte die Form eines Grabsteins, auf dem die Namen aller Teilnehmer verzeichnet waren und ein Dankeswort an die Lehrerin, eine Ms. Pelletier. Auf der anderen Seite befand sich eine Werbung für Bouchards Kettensägen, ein Schild, das schon so lange dort hing, daß man die Schrift kaum noch lesen konnte. Aber das schönste und glänzendste Schild war unseres. Manche mögen sagen, zuviel Stolz gehört sich nicht. Aber ich habe das Herz eines Kleinstädters, und dies ist meine Stadt.

»Gut, daß es keine Prostituierten in der Stadt gibt«, sagte Ross, während er mit dem Kopf in Richtung Decke deutete. Darüber mußten die anderen herzhaft lachen. Aber irgend etwas hatte sich mir wieder auf die Seele gelegt, und diesmal umgab es mich wie eine unendliche, dunkle, kalte Wolke. Lise kam an den Tisch, um zu fragen, ob wir noch einen Krug Bier wollten, und ich hörte Dee Dee freundlich ablehnen. Wir müßten nach den Jungs sehen, erklärte sie Lise. Ich war hier mit meinen besten Freunden, mit meiner Vergangenheit, die sich wie Perry Petersons Katze an unseren Füßen unter dem Tisch zusammengerollt hatte, und dennoch betrachtete ich meine Freunde wie aus der Ferne. Es war wie bei einem Autounfall, wenn alles in Zeitlupe abläuft und man plötzlich genau sehen kann, welches Schicksal einen erwartet in dem Haufen aus zerbeultem Blech und zerborstenem Glas. Und da saß ich, am Steuer dieses verdammten Wagens. Ich schaute in die fröhlichen Gesichter meiner Freunde, Gesichter, die den Augenblick genossen und die Musik, die aus der Musikbox zu uns herüberklang. Gerade lief *The French Song*, ein jahrhundertealtes Volkslied, das unter Frankoamerikanern so beliebt war, daß es fast in jeder Musikbox zu finden war, ein Lied, das wir in unserer Jugend auf allen Hochzeiten im St. John-Tal gehört hatten, ein Lied, das zu unserer Tradition gehörte: *Quand le soleil dit bonjour aux montagnes, Et que la nuit rencontre le jour, Wenn die Sonne die Berge begrüßt, und die Nacht dem Tag weicht*. Aber anstatt mich glücklich zu fühlen, mit ein paar Bier im Bauch, die dem Glücksgefühl eigentlich hatten nachhelfen sollen, überkam mich eine Traurigkeit, die ich mir nicht erklären konnte. Ich betrachtete Dee Dees schönes Gesicht, ihre immer noch leuchtenden Augen und spürte, wie ich von einer schrecklichen Angst gepackt wurde. *Je suis seul avec mes rêves sur la montagne, Une voix me rappel-*

le de toi, Ich bin allein auf dem Hügel mit meinen Träumen, Ich höre deine Stimme, obwohl du fort bist.

Als wir die Kneipe verließen, war ich immer noch wie benommen von dem Gefühl der Angst. Es war eine wunderbare Nacht, wie eine Wolke trieb der Frühling auf den Sommer zu. Ich konnte nur hoffen, daß der Spaziergang mir einen klaren Kopf verschaffen, mich von den düsteren Spinnweben befreien würde.

Bei McDonald's warteten die Jungs schon auf uns. Ross sagte Randy etwas von Hausaufgaben, und Dee Dee erinnerte Trooper daran, daß sie vor dem Schlafengehen noch ein Diktat schreiben wollten.

»Seine Rechtschreibung ist so schlecht wie meine«, flüsterte sie mir zu.

»Ich bin todmüde«, sagte Lydia. »Manchmal ist es gar nicht so schlecht, dem Kindesalter entwachsen zu sein, jetzt zum Beispiel.« Über uns funkelte der Sternenhimmel. Beim Weitergehen hörte ich, wie Dee Dee Trooper die hellsten Sterne zeigte und ihm die Sternbilder erklärte, zu denen sie gehörten.

»Die Sterne werden immer für dich dasein, Troop«, sagte sie. »Sterne sind auch Kerzen. Kerzen der Nacht.« Trooper hatte gerade den Science-fiction-Film *Men in Black* gesehen, in dem Tommy Lee Jones und Will Smith gegen alle möglichen seltsamen und komischen außerirdischen Geschöpfe kämpfen mußten. Er kaufte seiner Mutter kein Wort von all dem ab, erst recht nicht vor seinem neuen Freund.

»Ach, Mama, Sterne sind Sterne«, sagte er trocken, als wir gerade an der Ecke zu unserer Straße ankamen. Und dann trennten Lydia und ich uns von den anderen. Ich schaute meinen alten Freunden nach, bis sie immer kleiner wurden und schließlich am Ende der Straße verschwanden.

»Geht es dir gut, Sammy?« hörte ich Lydia fragen. »Du wirkst ein bißchen abwesend. Zuviel Bier?« Ich nickte, ja, vielleicht hatte ich wirklich ein Glas zuviel getrunken, obwohl es nur drei gewesen waren. Ich konnte Dee Dee und Trooper von weitem immer noch hören, wie sie über die Sterne-und-Kerzen-Theorie debattierten. Lydia hakte sich bei mir ein, und wir gingen nach Hause. Ein ganz normales junges Ehepaar auf einem Spaziergang. Ich versuchte mir vorzustellen, wie wir, untergehakt wie jetzt, dieselbe Straße entlanggingen, wenn wir über Siebzig waren, unsere Kinder und Enkel wie Löwenzahnsamen auf dem Planeten verstreut: Lydia und ich, nur noch wenige Tage, Monate, Jahre vor uns, Lydia und ich, am Abend unseres Lebens. Diese Gedanken über unsere eigene Sterblichkeit machten mich unendlich traurig. Obwohl ich nicht an ein Leben nach dem Tod glaubte, überfiel mich hin und wieder der Gedanke, wie schrecklich unfair eine solche Vorstellung doch war. Wir leben, um zu sterben. Ich hatte immer versucht, mein Leben nach einer simplen Philosophie auszurichten: Wenn es in fünfzig Jahren keine Rolle spielt, sollte es auch heute keine Rolle spielen. Ich mußte an das denken, was Dee Dee am frühen Abend zu ihrem Sohn gesagt hatte. *Falls mir mal etwas zustößt, Trooper, wirst du mich immer in der Nähe spüren, vor allem, wenn du mich vermißt.* Diese Worte waren mir den ganzen Abend lang nicht mehr aus dem Kopf gegangen, hatten unablässig an mir genagt.

»Du arbeitest zuviel«, hörte ich Lydia sagen. Die Stimmen meiner Freunde waren nun nicht mehr zu hören, auch ihre Schritte nicht, und ihre lachenden Gesichter hatten sich in Luft aufgelöst. Ich hatte plötzlich das Gefühl, sie für immer verloren zu haben.

»Ich brauche ein heißes Bad«, sagte ich zu Lydia. Mir war auf einmal kalt geworden, ich fror bis auf die Knochen. Nur das warme Licht, das aus unserer hart verdienten Praxis drang, als wir auf unser Haus zugingen, konnte mir wieder ein Gefühl von Sicherheit geben. Aber selbst das schien flüchtig und geisterhaft, wie ein zerbrechlicher Teil des Amerikanischen Traums.

7

Es ist nicht unbedingt notwendig,
bei Sonnenlicht eine Kerze anzuzünden.

ALGERNON SIDNEY

Unser Leben ging mit jenen langsamen, geordneten sicheren Schritten voran, die dem Leben in einer Kleinstadt eigen sind. Ich war auf den umliegenden Farmen mit den Frühjahrsgeburten und Impfungen beschäftigt, während Lydia sich um die Praxis kümmerte. In unserem Leben hatte sich nichts geändert, bis auf eins: Lydia hatte sich für Dee Dees Kurs angemeldet, und auf unserem Küchentisch türmten sich nun die Materialien und Werkzeuge, die sie für das Kerzenmachen brauchte. Die interessantesten Gespräche, die ich mit meiner Frau führte, begannen neuerdings damit, daß ich sie fragte: »Wozu zum Teufel brauchst du *das* denn?« Aber Lydia schien von ihrem neuen Hobby restlos begeistert zu sein, und solange der Kurs ihr Freude machte und ihr Gelegenheit gab, aus dem Haus zu kommen und neue Leute kennenzulernen, sollte es mir nur recht sein. Aber ich war nicht darauf vorbereitet, daß mit den Dämpfen beim Schmelzen und Kühlen von Paraffin ein solcher Mystizismus aus den Töpfen aufstieg.

An dem Abend, als der Kurs anfing, stand ich in unserer Schlafzimmertür und sah Lydia zu, wie sie ihr Haar bürstete und wie üblich im Nacken zusammenband. Dann puderte sie ihre Nase und schminkte sich die Lippen in ein paar schnellen Strichen mit einem hellroten Lippenstift.

»Gibt es in dem Kurs ein paar gutaussehende Männer?« fragte ich. Normalerweise schminkte Lydia sich kaum. Ihre natürliche Schönheit war das erste, was mir an ihr so gut gefallen hatte. Wie die meisten Männer bevorzuge ich Frauen ohne lange, rote Fingernägel, die dazu taugen würden, einem das Fleisch von den Knochen zu reißen, und ohne ein halbes Kilo Farbe im Gesicht. Aber hin und wieder benutzte Lydia ein bißchen Lippenstift und Puder. Ich durchschaute nie, wann sich diese seltene Stimmung einstellte oder was sie verursachte. Nur einmal hatte ich sie danach gefragt. »Ich mache es einfach zur Abwechslung«, war ihre Antwort gewesen, und ich hatte mich damit zufriedengegeben. Als ich ihr nun dabei zusah, wie sie sich anzog, wirkte sie beinahe wie ein Schulmädchen, das sich für den ersten Schultag zurechtmachte. Aber Dee Dee hatte schon immer ein Händchen, das Kind in den Leuten um sie herum zu wecken.

»Dee Dee hat eine bestimmte Philosophie«, sagte Lydia, als sie einen grünen Pullover aus dem Schrank nahm. »Sie ist so kitschig, richtig süß. Sieh dir bloß die Anweisungen an, die sie zu den Kerzen legt.« Sie deutete mit dem Kinn auf eine rosafarbene Schachtel auf dem Bett. Ich öffnete sie und fand unter rosafarbenem Seidenpapier zwei handgezogene Kerzen, deren aus einem Stück bestehender Docht noch nicht durchgeschnitten war, und ein gefaltetes Blatt Pergamentpapier. Der Text war mit violetter Tinte geschrieben, in Dee Dees Handschrift:

»Lieber Kerzenfreund«, las ich vor. Ich schaute Lydia an. »Sag bloß, man braucht eine Gebrauchsanweisung für eine Kerze?« fragte ich. Sie runzelte die Stirn.

»Mach dich nicht lustig, Sammy«, sagte sie und zog sich den grünen Pullover über den Kopf. Eine Frau einen Pullover oder eine Bluse überziehen zu sehen, hat für mich schon immer etwas Poetisches gehabt. Die Arme erhoben, den Kopf nach hinten gestreckt. Es erinnerte mich jedesmal an dieses Gedicht von Robert Frost, das von zwei von einem Eissturm gebeugten Birken erzählt, die so aussehen wie zwei vornübergebeugte Frauen, denen die Haare über den Kopf hängen. Reine Poesie. Vielleicht hatte ich doch den Beruf verfehlt, war dem falschen Traum gefolgt. Vielleicht hätte ich Dichter werden sollen. Darüber würde ich später mit Trooper diskutieren.

»Würdest du bitte aufhören, mich anzustarren wie ein Serienmörder?« sagte Lydia. »Lies einfach den Zettel.« In Ordnung. Okay. Ich hatte also meine

Frau angestarrt, die Frau, die ich liebte, die Frau, mit der ich Kinder haben wollte. Sollte mich doch einer erschießen. Ich nahm mir den Zettel wieder vor.

> Lieber Kerzenfreund. Jede Kerze hat ihren Zauber. Jede Kerze hat ein Eigenleben. Wenn Du einsam und traurig bist, wenn Du zornig bist, zünde eine Kerze an. Dann nimm Dir ein paar Minuten Zeit und sieh zu, wie sie brennt. Sie wird Dich verwandeln, denn eine Kerze ist Dein Schutzengel.

»Mein Gott«, sagte ich. »Das ist mir ein bißchen zu esoterisch.«

»Ich weiß«, sagte Lydia, »aber ich finde, Fort Kent kann ein bißchen Kerzenzauber gebrauchen. Dee Dee klebt auch Zitate auf den Boden ihrer Schachteln. Manche sind aus Gedichten oder Romanen. Manche aus Liedertexten. Aber in jedem Zitat kommt das Wort *Kerze* vor. Nette Idee, oder?« Ich nickte sarkastisch und schaute auf dem Schachtelboden nach. Und siehe da, das Zitat des Tages: *Da der Mond schien, sahen wir die Kerze nicht.* Und darunter: *William Shakespeare (1564-1616).* Ich schaute Lydia an, die inzwischen in ihren Jeans steckte und gerade dabei war, ihre Tennisschuhe anzuziehen.

»Lydia«, sagte ich. »Das kommt mir allmählich ein bißchen Mun-Sekten-mäßig vor. Ich werde doch hoffentlich nicht so einen Spezialisten anheuern müssen, um dich kidnappen zu lassen, oder? Um dich aus diesem Kerzenkurs zu holen und deprogrammieren zu lassen?« Lydia nahm mir die Schachtel aus der Hand und stellte sich auf die Zehenspitzen, um mir einen flüchtigen Kuß zu geben.

»Wer weiß?« sagte sie. Ich schlang meine Arme um sie. Es tat gut, sie in meinen Armen zu halten. Durch unsere Arbeit in der Praxis waren wir viel zu selten zusammen, rannten den ganzen Tag in verschiedene Richtungen. Ich küßte ihr den Nacken.

»Weißt du, was meine Mutter immer gesagt hat?« fragte ich.

»Was denn?«

»Eine Frau und Leinen darf man nie bei Kerzenlicht aussuchen«, zitierte ich. »Das ist ein Sprichwort aus dem sechzehnten Jahrhundert.« Lydia schob mich von sich fort, ein schiefes Lächeln im Gesicht.

»Erstens gehört das tatsächlich ins sechzehnte Jahrhundert«, sagte sie, »und zweitens glaube ich nie im Leben, daß deine Mutter das gesagt hat. Mach dir einen schönen Abend mit Trooper.« Und dann war sie weg, unterwegs zum ersten Kurs in der Kunst der Wachszieherei, der in Fort Kent stattfand.

Normalerweise kam Trooper jeden Mittwoch gleich nach der Schule, um die Käfige im Hinterzimmer zu säubern und die Futter- und Wassernäpfe zu füllen. Anfang der Woche hatte er mich jedoch gefragt, ob er es an dem Abend machen könne, an dem der Kurs anfing. Ich hatte nichts dagegen. Nachdem er die Käfige gesäubert hatte, kam er in mein Sprechzimmer, wo ich gerade dabei war, allen möglichen Papierkram zu erledigen, und bat mich auf seine unnachahmliche Art, ob er von Mann zu Mann mit mir reden könne. Das bedeutete, daß er sich mit finsterer Miene auf einen Stuhl setzte, bis ich ihn dazu bringen konnte, mir zu erzählen, was er auf dem Herzen hatte. So erfuhr ich, daß er die Arbeit in der Praxis absichtlich auf den Abend gelegt hatte, an dem bei ihm zu Hause der Kerzenkurs stattfand. Wir beschlossen, daß er von nun an seine Arbeit immer an den Kursabenden verrichten würde, vorausgesetzt, seine Mutter war damit einverstanden. Er würde nie – jedenfalls nicht, solange wir beide es verhindern konnten – einer von diesen Kerzenliebhaberinnen begegnen müssen.

Als er mit der Arbeit fertig war, fragte Trooper, ob er nach oben gehen und fernsehen dürfe, bis Lydia nach Hause kam und er sicher sein konnte, daß zu Hause die Luft rein war. Ich sagte ihm, er solle sich ruhig eine Portion von den Spaghetti nehmen, die vom Abendessen übriggeblieben waren, und konzentrierte mich wieder auf meine Schreibarbeit. Ich mußte Medikamente und Verbandmaterial nachbestellen, und die Formulare, die ich ausfüllen mußte, schienen kein Ende zu nehmen.

Die Zeit verging wie im Flug, und schon stand Lydia wieder in der Haustür, die Arme voller Krempel und das Leuchten von Kerzenlicht in den Augen. Es hatte ihr unglaublich viel Spaß gemacht, erzählte sie mir, während ich dasaß und mir sagte, wie schön sie war in ihrem grünen Pullover, und mir vorstellte, wie all dieses Robert-Frost-Haar über ihre Schultern fallen würde, wenn sie ihn auszog. Ich schaute auf die Uhr. Es war erst neun. Der Rest des Schreibkrams konnte bis morgen warten. Mir fiel ein, daß in unserem kleinen Weinregal in der Küche sogar noch eine gute Flasche Wein lag. Ein Schaumbad, sagte ich mir, würde Lydia gefallen, und verdammt, ja, *Kerzenlicht*. Sie konnte sogar die Kerzen anzünden, die sie gerade gemacht hatte, es sei denn, sie waren fürs Museum bestimmt. Aber es sollte nicht sein.

»Wo ist Trooper?« fragte sie, plötzlich ganz ernst. Ich sagte, er sei wahrscheinlich vor dem Fernseher eingeschlafen, denn ich hatte seit fast einer Stunde nichts mehr von ihm gehört. Lydia wirkte mit einemmal ganz besorgt, deswegen stand ich auf, schob meinen Stuhl zurück und schloß die Tür.

»Was ist los?« fragte ich. Die gute Flasche Wein und einen romantischen Abend mit meiner Frau konnte ich in den Wind schreiben.

»Es ist Dee Dee«, sagte sie. »Ich mache mir Sorgen um sie, Sam. Sie wirkt so, ich weiß nicht, so *zerbrechlich*. Ich habe den Eindruck, es geht ihr nicht gut. Sie scheint nicht gerade besonders auf sich achtzugeben.« Ich hörte zu, aber ich sagte mir, daß das Leben einer alleinerziehenden Mutter ziemlich hart war, erst recht, wenn sie einen Jungen großzuziehen hatte und ein Vater fehlte, der einen Teil der Last übernehmen konnte. Dee Dee hatte immer schon viel überschüssige Energie, aber sie neigte auch dazu, sie restlos zu verbrauchen. »Bring Trooper nach Hause«, fügte Lydia hinzu. »Schau sie dir an. Wenn du glaubst, daß ich recht habe, kannst du vielleicht mit ihr darüber reden.« Ich überlegte. Meine Frau – die mir in diesem Augenblick so sexy und verführerisch vorkam wie noch nie, die mich dazu brachte, mir vorzustellen, wie sie ihren grünen Pullover auszog, wie sie den Reißverschluß an ihren Jeans öffnete, die mich wünschen ließ, der Wein würde den ganzen Abend im Überfluß fließen – meine *Frau* schickte mich *in diesem Zustand* los, um nach der einzigen anderen Frau zu sehen, nach der mich in meinem Leben je wirklich gelüstet hatte, meiner ersten Liebe. *Und noch dazu einer unerwiderten Liebe!* Es war, als würde man ein Streichholz auf eine Mission in ein Ölfeld schicken. Einen Feuerwerkskörper in die Hölle.

»Okay«, sagte ich und sah mich nach meiner Jacke um. Dann murmelte ich: »Aber sag mir hinterher nicht, ich hätte dich nicht gewarnt.«

»Was hast du gesagt?« fragte Lydia.

»Nichts«, erwiderte ich und ging nach oben, um Trooper zu holen.

Trooper war zu schläfrig, um sich auf der kurzen Fahrt in die Bay Street mit mir zu unterhalten. Es war mir nur recht. Das ist in Ordnung, unter Männern. Sie können stundenlang nebeneinander am Kai sitzen und angeln, ohne zu reden, und sich nur hin und wieder mit einem Knurren oder einem

Nicken verständigen. Auch auf langen Autofahrten wechseln sie oft kaum ein Wort. Ich versuchte, mir den Kerzenkurs vorzustellen, ohne daß dauernd geredet wurde. Unmöglich. Es gibt ein paar Unterschiede zwischen Männern und Frauen, und das ist einer davon. Ich nehme an, die Natur hat ihre Gründe dafür, vielleicht ist es deswegen so, weil Frauen für die Hege und Pflege des Nachwuchses zuständig sind und dazu auch das Besänftigen gehört. Ich wußte, daß Lydia sagen würde: Und Männer sind eben erwachsene Kinder, die gehegt und gepflegt werden müssen. Tja, nun sollte ich als fürsorglicher Freund die erste Liebe meines Lebens hegen und pflegen, und das an einem Abend, an dem mein Testosteronspiegel höher war als jemals in der Highschool.

Von der Straße aus sah ich, daß in Dee Dees Wohnzimmer lauter Kerzen brannten. Danny Nicholas fuhr gerade vor dem Haus los, seine Frau Naomi auf dem Beifahrersitz. Anscheinend nahm Naomi, die am College als Sekretärin arbeitete, auch an dem Kerzenkurs teil. Zwei weitere Frauen, offenbar die letzten der Kerzenrunde, kamen gerade aus der Haustür. Trooper richtete sich auf und schaute zu den Frauen auf der Veranda hinüber.

»Das ist Mrs. Chevalier«, sagte er mürrisch. »Die küßt mich immer ab, bis mein Gesicht ganz naß ist. Und sie kneift mich in die Backen.« Ich nickte. Ich wußte, wie dem Jungen zumute war. Mrs. Chevalier machte das auch immer noch mit *mir*, wenn sie mit ihrem verdammten Pekinesen in die Praxis kam. Ich schaltete die Scheinwerfer aus und fuhr den Pick-up hinters Haus, direkt vor die kleine Garage. Ich stellte den Motor ab und kurbelte mein Fenster herunter, damit wir die Stimmen auf der Veranda hören konnten. Und so saßen wir beide da, Trooper und ich, wie zwei kleine im Dunkeln wartende Monster, unsere Wangen trocken und ungeküßt, zumindest für den Augenblick. Schließlich hatten sich alle verabschiedet, und Mrs. Chevalier und die andere Frau waren weg. Dee Dee trat an den Rand der Veranda und lehnte sich über das Geländer, um nach uns zu sehen.

»Was macht ihr beiden Verrückten denn da im Dunkeln?« rief sie.

»Die Luft scheint jetzt rein zu sein«, sagte ich zu Trooper. »Laß uns gehen.«

Dee Dee brachte Trooper nach oben und verordnete ihm ein Bad vor dem Schlafengehen. Zumindest *einem* wurde das Vergnügen eines heißen Schaumbades gegönnt. Ich überlegte sogar, ob ich nach oben gehen und Trooper das Gedicht *Birken* aufsagen sollte, während er in der Wanne planschte, doch dann rief Dee Dee von oben und fragte mich, ob ich Zeit für ein Glas Wein hätte. Ich kam mir vor wie Faust, das arme Schwein, der drauf und dran war, einen Pakt mit dem Teufel zu schließen, einen Pakt, von dem es kein Zurück gab. Dankbar stellte ich fest, daß Dee Dee eine Schürze trug, und zwar fast genau so eine, wie meine liebe, fromme Mutter sie getragen hatte. Und an den Füßen hatte sie ein paar scheußliche, klobige Schuhe, die Art, wie Krankenschwestern sie tragen, wenn sie über die Flure von Krankenzimmer zu Krankenzimmer rennen. Für die Schürze war ich dankbar, aber über die Schuhe jauchzte ich innerlich: Es sind die spitzen, hochhackigen Dinger, die Männer zu Dummheiten verführen. Ein Glas Wein wäre perfekt, rief ich zu ihr hinauf. Dann ging ich ins Wohnzimmer. Und während ich auf sie wartete, legte ich mehr Keuschheitsgelübde ab als ein Mönch in seinem ganzen langen Klosterleben. Ich legte mehr Gelübde ab als Leonard Cohen in seiner kalifornischen Einsiedelei. *Denk einfach an Lydias Gesicht*, sagte ich mir immer wieder. *Oder sag das kleine Einmaleins auf. Oder was auch immer. Hauptsache, es hilft.*

Aber ich hätte mir keine Sorgen zu machen brauchen, denn Lydia hatte recht. Dee Dee sah nicht gut aus. Ihr Gesicht war zu blaß, und unter ihren Augen lagen dunkle Halbmonde. Entweder war sie erschöpft und überarbeitet, oder irgend etwas stimmte nicht.

»Dee Dee«, sagte ich, als sie mir ein Glas Wein reichte. »Du siehst müde aus. Lyddie ist es heute abend auch schon aufgefallen. Geht es dir gut? Vielleicht solltest du mal zum Arzt gehen.« Dee Dee lächelte nur, schenkte mir dieses schelmische Lächeln, das sie immer parat hatte, wenn ich zu sehr den großen Bruder spielte.

»Ich hab's in letzter Zeit einfach ein bißchen

schwer gehabt«, sagte sie. »Der Umzug von Wyoming hierher und all das war für Trooper und mich ziemlich anstrengend.« Sie schenkte sich ein Glas Wein ein, zog ihre Schürze aus, die sie anscheinend immer trug, wenn sie zusammen mit Mrs. Chevalier Paraffin schmolz, und setzte sich im Schneidersitz neben mich. Mit einemmal wirkte sie wie ein kleines Mädchen, und sofort bekam ich Schuldgefühle wegen meiner fleischlichen Gelüste.

»Sag mal, Sam«, begann Dee Dee und trank einen Schluck Wein. »Hast du dich jemals gefragt, wie dein Leben hätte verlaufen können, wenn du die Prioritäten anders gesetzt hättest?« Sie fuhr sich mit den Fingern durch das Haar und wartete. Eigentlich konnte ich mit solchen Fragen nichts anfangen. Es war, als würde man Poker spielen wollen, indem man sich vorstellte, wieviel Geld man setzen würde, wenn man *vier* Asse auf der Hand hätte anstatt *drei*, zwei *Könige* statt einem *Paar Zweien*. Eine reichlich müßige Übung, und das sagte ich Dee Dee. Was ich ihr nicht sagte, war, daß ich mich zwar davor hütete, die Karten, die das Leben mir zugeteilt hatte, in Gedanken neu zu mischen, das bei anderen jedoch häufig tat. Hatte ich mich je gefragt, was aus Dee Dee Michaud geworden wäre, wenn sie nicht im Alter von achtzehn Jahren mit dem wilden, gutaussehenden Bobby Langford durchgebrannt wäre? Allerdings hatte ich mich das gefragt. Das heißt, bis ich Trooper kennengelernt hatte. Dieser Junge, der mir immer mehr ans Herz wuchs, reichte aus als Rechtfertigung für einen im Eifer jugendlicher Leidenschaft begangenen Fehler. Seitdem ich Trooper oft genug in der Praxis erlebt und ihn immer wieder in meinem Pick-up mitgenommen hatte, empfand ich einen gewissen Respekt vor Bobby Langford. Der genetische Code, der mich jedesmal so beeindruckte, wenn ein Tier auf die Welt kam, war auch bei Trooper wirksam. Und die Hälfte seiner Gene hatte er von Bobby geerbt. Ich empfand Mitleid mit Bobby, weil er sich mit seinem dummen jugendlichen Leichtsinn darum gebracht hatte, diesen wunderbaren Jungen kennenzulernen.

»Nein«, sagte ich zu Dee Dee. »Ich frage mich nie, was gewesen wäre, wenn, weil es sinnlos ist. Vergeudete Energie. Ich mache mir nur Gedanken über die Dinge, die ich noch ändern kann.« Dee Dee schien die Antwort zu gefallen. Sie hob ihr Glas, als wollte sie mir zuprosten.

»Ich auch«, sagte sie. »Zumindest seit Trooper da ist, frage ich mich nicht mehr, was gewesen wäre.« Ich lächelte. Sie hatte den Nagel auf den Kopf getroffen. Trooper rechtfertigte alle Fehler. Man mußte sie ja nicht wiederholen.

»Auf deinen Sohn«, sagte ich und hob mein Glas. Ich konnte es immer noch nicht fassen, wie hohlwangig sie in so kurzer Zeit geworden war. *Zerbrechlich*, hatte Lydia es genannt, daran mußte ich immer wieder denken. Ich wartete darauf, daß sie etwas sagen würde, aber sie schien in Gedanken versunken, vielleicht dachte sie über ein anderes Leben nach, das wir alle gelebt haben könnten. Ihr Gesicht leuchtete im flackernden Kerzenlicht. Von draußen waren die Stimmen von ein paar Jungs zu hören, die sich auf der Straße stritten – so, wie wir uns früher gestritten hatten um Spielsachen, Süßigkeiten, Coladosen. Plötzlich schaute Dee Dee zu mir auf und erwischte mich unvorbereitet.

»Sam?« fragte sie. »Falls mir je etwas zustoßen sollte, würdet ihr beide, du und Lydia, euch um Trooper kümmern?« Ich war schockiert.

»Wie kommst du auf die Idee, mich so was zu fragen?« wollte ich wissen. »Das klingt ja richtig fatalistisch, das paßt doch gar nicht zu dir.« Dee Dee zuckte die Achseln.

»Wenn du erst mal selbst Kinder hast, wirst du es verstehen«, sagte sie. »Dahinter verbirgt sich nichts weiter als der Wunsch, sein Kind zu schützen.« Wahrscheinlich hatte sie recht.

»Natürlich würden wir uns um Trooper kümmern«, sagte ich. »Aber was sollte dir denn schon zustoßen, du hast gar keinen Grund, so zu reden.« Erneutes Achselzucken.

»Manchmal mache ich mir einfach Sorgen«, sagte sie, während sie den Wein in ihrem Glas kreisen ließ. Im Kerzenlicht schimmerte er tiefrot. »Ich habe keine lebenden Verwandten, Sam. Das bedeutet, daß Trooper ganz allein auf der Welt wäre.« Ich nickte.

»Also, diese Sorgen kannst du dir sparen«, sagte

ich. »Lydia und ich würden Trooper nie im Stich lassen. Hast du eine Ahnung, wie schwierig es heutzutage ist, einen Jungen zu finden, der als Aushilfe in der Praxis etwas taugt?«

Dee Dees Gesicht hellte sich auf, sie sah glücklich aus und blickte mich an, ihre Augen leuchteten aus weiter Ferne. »Aber du mußt mir versprechen, daß du zu einem Arzt gehst«, fügte ich hinzu. »Abgemacht?« Dee Dee nickte. Das würde sie tun.

Es war kurz vor zehn, als ich nach Hause kam. Auf dem Weg die Treppe hinauf zog ich mein Hemd aus und dachte an Lydia in ihrem grünen Pullover, so grün wie ein Kleefeld. Sie war nicht im Wohnzimmer, also warf ich mein Hemd auf das Sofa und ging ins Badezimmer. Ich stellte mir vor, wie sie in der Badewanne in einem heißen Schaumbad auf mich wartete, ein Glas Wein in der Hand, das Radio an. Ich steckte den Kopf durch die Badezimmertür und starrte auf die Wanne. Leer. Ich zog meine Hose aus, warf sie über die Duschvorhangstange und schlich auf Zehenspitzen ins Schlafzimmer. Ich würde aufs Bett springen und sie überraschen, während sie unter der Decke auf mich wartete, wahrscheinlich in dem rosafarbenen Negligé, das sie ab und zu hervorkramte, um mich zu verführen. Ich bog um die Ecke, bereit zum Sprung. Sie lag auf der Bettdecke und trug einen alten Flanellschlafanzug. *Meinen* alten Flanellschlafanzug. Von wegen rosafarbenes Negligé. Ich schob sie sanft zur Seite und zog die Decke unter ihr hervor. Irgendwie bekam ich sie dann ins Bett und erntete nichts weiter als ein schläfriges Grunzen als Reaktion. Das Kerzenmachen mußte ziemlich anstrengend sein.

»Gute Nacht, Liebes«, flüsterte ich ihr ins Ohr und knipste die Nachttischlampe aus.

8

It seems to me you lived your life
like a candle in the wind,
never knowing who to turn to
when the rain set in ...

Goodbye Norma Jean, ELTON JOHN

Der Sommer ging langsam vorüber, ein wunderbar langer Sommer, wie wir ihn sonst nur aus unserer Kindheit kennen, mit Tagen, die so lang und sonnig waren, daß sie nie zu enden schienen. Lydias Kerzenkurs war zu Ende, und ein paar Monate lang sahen wir Dee Dee kaum. Aber in Fort Kent war das Kerzenfieber ausgebrochen. Der Fanclub war so groß geworden, daß Dee Dee zwei parallel laufende Kurse abhalten mußte. Die St. John Valley Times, unser Lokalblatt, brachte einen Artikel über die Kurse und über Dee Dee, ihre Rückkehr zu den Wurzeln ihres Lebens. »Jede Frau in Fort Kent wird ein Haus voller Kerzen haben«, sagte Julia Bayly, die Herausgeberin, voraus. Das überraschte mich nicht. In unserem Haus gab es bereits mehr Kerzen als mir lieb war: schwimmende Kerzen, sternförmige Kerzen, rosenförmige Kerzen, spiralförmige Kerzen, Kerzen, die nach Vanille dufteten, Kerzen, die nach

Erdbeeren dufteten, Kerzen, die überhaupt nicht dufteten, Kerzen, die zum Trocknen in den Räumen hingen, fertig getrocknete Kerzen, Kerzen, Kerzen, Kerzen. Wie ich vorausgesagt hatte, wurden Lydia und Dee Dee dicke Freundinnen – sie waren seelenverwandt, wie Lydia es ausdrückte.

Dreimal pro Woche kam Trooper in die Praxis und erledigte seine Arbeit. Und mit der Präzision einer Schweizer Uhr tauchte er jeden Sonntagnachmittag bei uns auf, denn er wußte, daß ich sonntags zu Freebakers Farm hinausfuhr. Das neue Fohlen war so gesund und kräftig, wie ein junges Pferd nur sein kann. Und obwohl Clarence eine ganze Herde Kühe und andere Tiere besaß, die ich betreute, gab es eigentlich keinen Grund, seine Farm einmal wöchentlich aufzusuchen. Ich tat es in erster Linie, damit Trooper das Fohlen besuchen konnte. Ich wußte, daß die Geburt des Fohlens ein ganz besonderes Erlebnis für ihn gewesen war, und ich wollte ihm Gelegenheit geben, zu sehen, wie das Pferd größer und immer kräftiger wurde. Also fuhren wir jeden Sonntag zu Freebakers Farm hinaus und tranken ein Glas Saft, während wir dem Fohlen zuschauten, wie es über die Weide sprang. Es suchte immer noch die Nähe der Mutter, testete jedoch hin und wieder seine Unabhängigkeit, indem es spielerisch ein paar Meter weit weg galoppierte, wenn es ihn überkam. Clarence entging nicht, daß die regelmäßigen Besuche dem Jungen zuliebe stattfanden. Und es war nicht zu übersehen, daß Trooper die kleinen Ausflüge genoß, denn er hing jedesmal gedankenverloren über dem Zaun, völlig fasziniert vom Anblick solcher Anmut auf vier zarten Beinen.

Trooper war mittlerweile auch mutig genug, mir bei den Kastrationen zuzusehen. Und dazu hatte er reichlich Gelegenheit: Es wurden mehr Tiere denn je in die Praxis gebracht. Obwohl Lyddie und ich beide hart arbeiteten, kam es uns so vor, als hätten wir kaum noch Zeit füreinander. Meine Abende und die Sonntage verbrachte ich damit, zu den umliegenden Farmen hinauszufahren, um die Tiere für den Winter zu impfen. Und jede freie Minute, die übrigblieb, nutzte ich, um nach unserem neuen Haus zu sehen, das da draußen gebaut wurde, auf den fünfzig Morgen guten Boden von Maine.

Touristen schlenderten durch die Stadt, fotografierten das Fort Kent Block House, das während des Aroostook-Krieges um die Grenze zwischen Amerika und Kanada erbaut worden war. Oder sie kamen, um das Schild an der Brücke über den St. John zu sehen, ein Schild, das dastand, seit ich denken konnte: *Hier beginnt die Route One, die über 2.109 Meilen bis nach Key West, Florida, führt.* Auf den Juli folgte der August, auf den August der September. Und eh man sich's versah, war der Herbst eingezogen. Auf meinen Fahrten zu den Farmen konnte ich beobachten, wie die Lärchen sich von Tag zu Tag veränderten, wie ihre Nadeln so gelb wurden wie das Heu auf den Feldern. Und durch die Blätter, die sich rot und gelb färbten, leuchteten die Birkenstämme weißer denn je. Dann folgten die Eichen und die Zitterpappeln. Eichhörnchen flitzten über das Gras und sammelten Eicheln und Samen mit einem Eifer, der die langen, verschneiten Monate erahnen ließ, die vor uns lagen. Auf den Feldern welkte die Goldrute, und Zugvögel verdunkelten den Himmel, wenn sich die großen Schwärme sammelten, um für den Winter nach Süden zu ziehen.

Und dann, als fürchtete die Natur den eisigen Griff der kalten Decke, die sich unter dem Boden bereits bildete, verlangsamte sich das allgemeine Tempo. Draußen auf der Gagnon Road packten die Leute von der Baufirma ihr Werkzeug ein und überließen es unserem Traumhaus, sich ohne ihren Beistand auf den Winter einzustellen. Im Frühjahr würden sie mit dem Innenausbau beginnen. Die Farmer hatten die Kartoffelernte eingefahren, aber in der Luft lag immer noch der Geruch von Kartoffeln und der süße, satte Duft der aufgeworfenen Erde.

Das Leben in der Praxis normalisierte sich wieder. Die Monate, in denen Katzen und Hunde ihre Jungen werfen, waren vorüber, so daß die Anzahl ausgesetzter Tiere, die zu uns gebracht wurden, verschwindend gering war. Die Natur mahnte uns, innezuhalten und Bilanz zu ziehen und unser Tempo ein wenig herunterzuschrauben. Und so wurde uns mit einemmal bewußt, wie lange wir Dee Dee nicht mehr gesehen hatten. Ich machte mir Vorwürfe, weil ich die Zeit so achtlos hatte verrinnen lassen, sagte mir jedoch, daß Dee Dee mit ihrem kleinen Laden und ihrem Sohn und ihren beliebten Kerzenkursen ebenso beschäftigt gewesen war wie wir. Und Trooper sagte jedesmal, wenn ich ihn danach fragte, seiner Mutter gehe es gut.

Als ich endlich wieder zum Haus Nummer 204 in der Bay Street fuhr, war es Mitte Oktober, und die Blätter des Ahornbaums in Dee Dees Vorgarten hatten sich leuchtend rot gefärbt. Ich wünschte, ich könnte behaupten, ich wäre hingefahren, um nach ihr zu sehen, aber dem war nicht so. Es bedurfte einer Art Notruf, um mich aus der Selbstzufriedenheit zu reißen, die einen befällt, wenn man mitten in einer kleinen, ruhigen Stadt ein ausgefülltes Leben führt. Alles fing damit an, daß Lydia eines Abends völlig aufgewühlt vom Paradis IGA zurückkehrte. Sie hatte Dee Dee zufällig getroffen. Ich saß an meinem Schreibtisch in der Praxis und versuchte, die Buchhaltung aufzuarbeiten, die ich den Sommer über vernachlässigt hatte.

»Sam«, sagte Lydia. »Jetzt mache ich mir *wirklich* Sorgen um Dee Dee. Sie sieht so schlecht aus. Ach, Sammy, ich bin mir ganz sicher, daß mit ihr etwas nicht in Ordnung ist.« Ich war gerade dabei, Lydia zu versprechen, daß ich am nächsten Morgen nach ihr sehen würde, wenn ich Wallace Fongemies Stute eine Tetanusspritze verpaßt hatte. Da klingelte das Telefon. Es war Dee Dee. Ob ich Trooper gesehen hätte. Sie hatten sich gestritten, und sie hatte ihn auf sein Zimmer geschickt. Und jetzt war er weg. Sie hatte alle seine Freunde angerufen. Sie war mehrmals mit dem Auto durch die Stadt gefahren, ohne Erfolg. Er war nirgends zu finden, und es war fast neun Uhr, und sie ängstigte sich zu Tode.

»Mach dir keine Sorgen«, sagte ich. »Ich glaube, ich weiß, wo er ist.«

Ein früher Herbstmond, dreiviertel voll und so gelb wie ein Kürbis, stieg langsam hinter den Bäumen auf. Ich fuhr die Straße entlang, die zu Clarence Freebakers Farm führte. Zwei Weißwedelhirsche sprangen vor mir über den Asphalt wie zwei Balletttänzer über eine Bühne. Im nördlichen Maine ist das Wild zahlreich, und es empfiehlt sich, umsichtig zu fahren. »Dieser Planet gehört nicht uns allein«, hatte ich Trooper auf unseren gemeinsamen Ausflügen immer wieder erklärt, »er gehört allen Lebewesen. Das müssen wir respektieren.« Ich konnte nur hoffen, daß es mir gelingen würde, ihm dieses Bewußtsein zu vermitteln. Und das nördliche Maine war in dieser Hinsicht schon fast so etwas wie ein Exempel: Hier konnte man lernen, wie wichtig es ist, diesen kleinen Gesteinsbrocken, der unseren lichtspendenden Stern in dritter Reihe umkreist, mit all seinen Bewohnern zu teilen. Bevor meine Scheinwerfer den rohgezimmerten Zaun erfaßten, der Clarence' untere Weide umgibt, begegnete ich noch einem Fuchs, dessen schmale Augen kurz im Scheinwerferlicht aufflackerten, als er über die Straße huschte und in einem Heuhaufen verschwand. Kurz darauf gewahrte ich die Bewegung von Eulenflügeln, jedoch so flüchtig, daß ich nur vermuten konnte, daß es sich um einen Streifenkauz handelte, der sich auf seiner nächtlichen Jagd befand. Dann verließ ich den dichten Nadelwald und fuhr durch das offene Weideland von Clarence Freebakers Farm.

Ich ging nicht sofort zur Scheune hinüber, sondern klopfte zuerst an die Tür zum Farmhaus. Clarence' Frau öffnete mir, und ich erklärte ihr, warum ich an so einem lauen Oktoberabend so unerwartet kam.

»Ich glaube, daß er bei dem Fohlen ist«, sagte ich. Sie nickte und lächelte, und in diesem Augenblick tauchte Clarence hinter ihr auf.

»Wir bleiben hier und halten uns zurück«, sagte Ellen Freebaker. »Gehen Sie nur rüber zur Scheune.« Clarence nickte.

»Der Lichtschalter ist direkt neben dem Eingang«, sagte er. »Auf der rechten Seite.«

Ich hätte den Lichtschalter benutzt, wenn nicht der Mond durch das Fenster geschienen und das Heu in ein silbriges Licht getaucht hätte. Auch die Pferdeboxen schimmerten in dem Licht, das beinahe so hell leuchtete wie Dee Dees geliebte Kerzen. Der Duft von frischem Heu lag in der Luft, ein Parfüm der Natur. Ich blieb einen Moment lang stehen, damit meine Augen sich an die Formen und Schatten gewöhnen konnten, und da sah ich ihn. Trooper Langford. Neun Jahre alt. Er lag auf der Seite, eine Hand nach dem Fohlen ausgestreckt, das neben ihm lag, den Kopf erhoben, die Beine unter dem Rumpf gebettet. Trooper schlief tief und fest. Ich schüttelte ihn sanft, um ihn zu wecken. Er setzte sich auf und rieb sich die Augen, verblüfft, mich vor sich zu sehen.

»Sam«, sagte er. Es war keine Frage, sondern eine Feststellung.

»Du hast deine Mutter zu Tode geängstigt«, sagte ich ein wenig vorwurfsvoll. Ich war wahnsinnig erleichtert, daß ich ihn gefunden hatte. Aber ich wollte es ihn nicht zu sehr merken lassen. Nicht, daß er noch glaubte, ich würde sein Verhalten gutheißen. »Du kannst nicht jedesmal weglaufen, wenn du dich mit deiner Mutter streitest, Troop«, sagte ich. »Egal, mit wem du dich streitest. Jetzt komm, ich bringe dich nach Hause. Aber du mußt deiner Mutter versprechen, daß das nicht wieder vorkommt.« Als er sich aufrappelte, stand auch das Fohlen auf, immer noch irritiert von meinem plötzlichen Erscheinen, ich hatte die mondbeschienene nächtliche Stille in der Scheune gestört.

Während Trooper es sich in meinem Pick-up gemütlich machte, ging ich noch einmal zu den Freebakers, um ihnen gute Nacht zu sagen. Dann fuhren Trooper und ich nach Hause, und während sein schuldbewußter Blick auf die Bäume gerichtet war, die an seinem Fenster vorüberflogen, konzentrierte ich mich auf die Straße, um nach Hirschen oder Füchsen Ausschau zu halten, oder was die Natur mir sonst noch auf dieser nächtlichen Fahrt über Land in den Weg schicken mochte. Nach ein oder zwei Meilen riß Trooper sich von seinem Fenster los.

»Sam?« sagte er. »Was passiert mit den Katzen

und Hunden, wenn du ihnen, du weißt schon, wenn du ihnen das Zeug gibst, um sie einzuschläfern? Wachen die irgendwann wieder auf?« Ich war überrascht, gelinde gesagt, aber Lydia und ich hatten damit gerechnet, daß er eines Tages solche Fragen stellen würde. Schließlich wurde die Praxis immer mehr zu einem Teil seines Lebens, und es war unmöglich, ihm irgend etwas vorzuenthalten. Unmöglich und vielleicht sogar *falsch*.

»Nein, Troop«, erwiderte ich schließlich. »Diese Tiere wachen nicht mehr auf. Wir schläfern sie ein, weil sie sehr, sehr krank sind. Zu krank, um jemals wieder gesund zu werden. Und weil die Besitzer sie so sehr lieben, wollen sie ihnen ersparen, noch kränker zu werden und große Schmerzen zu erleiden.« Ich holte tief Luft. Ich spürte, wie mein Herz in meiner Brust pochte. Seltsam, wie Kinder einen Erwachsenen aus der Fassung bringen können. Trooper dachte lange über das nach, was ich ihm gesagt hatte.

»Wo gehen diese Tiere hin, wenn sie sterben, Sam?« fragte er. »Gehen sie auch dahin, wo die Menschen hingehen?« Diese Frage war noch schwerer zu beantworten, und ich zuckte die Achseln. Ich wollte ihm meine Überzeugung nicht so darlegen, als gäbe es keine andere. Ich hatte Antworten, die *mir* genügten, aber das bedeutete nicht, daß es die richtigen Antworten für Trooper waren.

»Ich weiß es nicht, Troop«, sagte ich seufzend, in der Hoffnung, mein Seufzer würde seine Neugier dämpfen. Schließlich war das Dee Dees Aufgabe. Eine weitere Minute verging, und ich glaubte schon, ich hätte die Inquisition überstanden. Aber ich hatte mich getäuscht.

»Glaubst du auch, was Mama sagt?« fragte Trooper. »Glaubst du, daß jedesmal, wenn man eine Kerze anzündet, ein Engel geboren wird?« Ich schüttelte den Kopf.

»Ich denke, daß das für deine Mutter einfach eine schöne Geschichte voller Poesie ist«, sagte ich. »Aber wer weiß?«

»Sam?« Der Junge war unnachgiebig. Worüber hatten er und Dee Dee sich überhaupt gestritten? »Was passiert, wenn wir sterben?« Ich spürte, wie ich immer mehr aus dem Konzept geriet, denn nun hatte er den Nagel auf den Kopf getroffen. Er hatte die entscheidende Frage gestellt. Was sollte ich ihm sagen? Ich hatte mich nie als religiösen Menschen empfunden, hatte stets zu einer wissenschaftlichen Weltsicht geneigt. Aber neben mir saß ein neunjähriger Junge, und er fragte mich nach dem größten Mysterium des Lebens. Ich tat einen tiefen Atemzug und ordnete meine Gedanken. Ich wußte, daß ich mir meine Antwort gut überlegen mußte. Vor mir leuchteten die leeren Kartoffelfelder im Scheinwerferlicht gelb auf und verschwanden dann wieder in der Dunkelheit.

»Ich weiß es nicht, Trooper«, sagte ich. »Ich wünschte, ich wüßte es, aber ich weiß es einfach nicht. Manche Menschen glauben, daß wir nach dem Tod in den Himmel kommen und bei Gott wohnen. Und daß wir uns im Himmel alle wiedersehen. Und es gibt Menschen, die glauben, daß wir einfach aufhören zu existieren, wenn wir sterben.« Trooper starrte aus dem Fenster zu den Sternen hinauf, die gerade hinter den Wolken am östlichen Himmel zum Vorschein gekommen waren. Er dachte über meine Worte nach. Ich war bereits von der Black Settlement Road auf die Route One eingebogen, als er zu sprechen begann.

»Ich glaube, Mama kommt in den Himmel, wenn sie stirbt«, sagte er schließlich. Ich schaute ihn an, den kleinen Jungen, wie er, das Gesicht an die Scheibe gedrückt, auf dem Beifahrersitz saß. Er machte sich Sorgen um seine Mutter. Er war ein Kind mit einem einzigen Elternteil. Das war verständlich. Ich tätschelte sein Bein und versuchte, ihn zu trösten, so gut ich konnte.

»Da hat der Himmel aber Glück«, sagte ich. »Sie wird allen Engeln beibringen, wie man Kerzen macht.« Darüber mußte er lächeln, ein trauriges Lächeln. »Aber es wird noch sehr, sehr lange dauern, bis sie in den Himmel kommt«, fügte ich hinzu.

Dee Dees Schild, **Bay Street-Kerzen**, prangte in ihrem Vorgarten, als ich vor dem Haus hielt. Während ich neben dem Wagen wartete, bis Trooper seine Handschuhe unter dem Sitz gefunden hatte, atmete ich die kalte Herbstluft ein und versuchte mir die Stürme vorzustellen, die im Dezember und im Januar aus den kanadischen Weiten herüberziehen würden, um uns lebendig zu begraben. Dann stieg ich, Trooper auf den Fersen, die Stufen zur Veranda hinauf und klopfte an Dee Dees Tür.

Ihr Anblick ließ mich verstummen. Die hohen Wangenknochen, die einmal ihre Schönheit ausgemacht hatten, traten erschreckend stark hervor, so sehr war sie abgemagert. Selbst ihre Arme wirkten zerbrechlich wie Streichhölzer. Als sie merkte, wie ich sie anstarrte, zog sie hastig einen Pullover über.

»Es wird kalt«, sagte sie, als bräuchte es eine Erklärung. »Bald kommt der Winter.« Ich hätte wetten mögen, daß Dee Dee in einem warmen Wintermantel gesteckt hatte, als Lydia ihr am frühen Abend begegnet war. Ihr ganzes Verhalten ließ darauf schließen, daß sie irgend etwas vor uns, vor der ganzen Welt verbarg. Ich wartete, bis sie Trooper in sein Zimmer geschickt hatte.

»Was zum Teufel ist los mit dir?« fragte ich in meinem trockenen *Erzähl-mir-keinen-Quatsch*-Tonfall, ein Tonfall, den Dee Dee gut kannte. Ich meinte es ernst. Genug war genug. Sie nickte, als würde sie zugeben, bei etwas Verbotenem erwischt worden zu sein.

»Ich bringe nur eben den kleinen Ausreißer ins Bett«, sagte sie. »In der Küche steht eine Flasche Wein. Nimm zwei Gläser aus dem Schrank. Es ist Zeit für ein offenes Gespräch zwischen uns beiden, Sammy. Ich habe es die ganze Zeit vor mir hergeschoben. Das ist alles.« Und dann, jede Stufe einzeln nehmend, ging sie langsam die Treppe hinauf.

Es kam mir vor, als dauerte es Stunden, bis Dee Dee wieder aus Troopers Zimmer kam. Ich saß im Wohnzimmer und wartete, nippte an meinem Wein, starrte in die flackernden Flammen der vielen Kerzen, die auf dem Fensterbrett standen. Als ich glaubte, die Anspannung nicht mehr aushalten zu können, stand ich auf und ging im Zimmer auf und ab, zählte meine Schritte, auf und ab. Und als ich sie endlich langsam die Treppe herunterkommen hörte, füllte ich ihr Weinglas und wartete auf sie. Dann stand sie dort, in der Wohnzimmertür, wie ein geisterhafter Schatten der alten Dee Dee. Was war in der kurzen Zeit mir ihr geschehen? Und wie hatte ich mich so sehr von den Banalitäten des Lebens vereinnahmen lassen können, daß ich keine Zeit gefunden hatte, es zu bemerken? Wo war Lydia? Und Ross? Und wir nannten uns Freunde, dachte ich. Ich reichte ihr das Weinglas.

»Weißt du«, sagte Dee Dee, »diesen Augenblick habe ich mir unzählige Male ausgemalt, Sammy, vor allem, wenn ich abends im Bett lag. Ich habe mir sogar eine kleine Rede ausgedacht, die ich dir halten wollte. Wie ich es dir sagen sollte. Aber jetzt kann ich mich an kein Wort davon mehr erinnern.« Sie ließ sich auf das Sofa sinken. Eine Weile verging, eigentlich nur ein oder zwei Minuten. Aber in dieser Zeit schien unser Leben vor uns abzulaufen wie ein alter Film: Dee Dee und ich in der Zinkwanne beim Planschen; Dee Dee und ich beim Plätzchenbacken, die ganze Küche mit Mehl bestäubt; Dee Dee, als wir unsere erste Zigarette rauchten und anschließend eine Stunde lang husten mußten; Dee Dee und ich auf dem Abschlußfest unserer Grundschulzeit; Dee Dee und ich beim Einüben irgendeines Stücks für unsere Band. Die Meilensteine unseres Lebens, so verronnen wie Regentropfen. Und ich wußte in diesem Augenblick, als ich dort saß und die Kerzen wie Sterne flimmern sah – sie flackerten, als würde ein heftiger, kalter Wind durch das Zimmer gehen –, daß ich nicht überrascht war. Eigentlich nicht. In diesem Augenblick gestand ich mir ein: *Ich hatte immer gewußt, daß ich sie verlieren würde.* Anfangs, als Bobby sie mir fortnahm, als er sie ihrer Familie und ihren Freunden und ihrer Heimatstadt stahl, da dachte ich, das sei der große Verlust. Aber ich hatte mir etwas vorgemacht. Zwischen Dee Dee und mir hatte immer etwas existiert, eine Art wolkenartiger sechster Sinn, den ich nie erklären konnte. Es hatte mich jedesmal unverhofft erwischt, immer wieder in den Jahren, in denen wir miteinander aufgewachsen sind. Wir konnten in der besten Stimmung sein, die schönsten Momente unseres Lebens erleben, und plötzlich packte mich die Wahrheit wie eine eiskalte Hand. *Gib acht*, flüsterte die Wahrheit. *Gib acht auf dieses Leben, das wie ein Stern auf seiner Umlaufbahn mit deinem kollidiert ist.* Nur bei Dee Dee hatte ich so etwas je empfunden. Nie bei Ross. Nie bei irgendeinem anderen Freund. Noch nicht einmal bei Lydia. *Dee Dee Michaud.*

»Es ist etwas Ernstes, nicht wahr?« hörte ich mich

sagen und war überrascht über meine eigene Unerschrockenheit. Wo kam sie her? Dee Dee seufzte, als würde ihr die Stärke in meiner Stimme Erleichterung verschaffen, als wäre jetzt die Zeit gekommen, sich an jemanden anzulehnen, an jemanden, dem sie vertraute. Sie nickte langsam.

»Ich sterbe, Sammy«, sagte sie. »Ich habe Krebs.« So schnell, mit diesen wenigen Worten, hatte Dee Dee alle ihre Karten auf den Tisch gelegt. Ich weiß nicht, was ich erwartet hatte. Was, dachte ich, würde in einem solchen Augenblick passieren? Würde sich das Zimmer um mich herum drehen? Würde die Vergangenheit im Zeitraffer vor meinem geistigen Auge ablaufen? Zum erstenmal in meinem Leben fand ich keine Worte. Ich konnte nur vor mich hin starren und die Erinnerungen kommen lassen, denn hinter Dee Dees eingefallenem Gesicht sah ich immer noch das Gesicht des zwölfjährigen Mädchens. *Ich will eine Revolutionärin sein, wenn ich groß bin, Sammy. Ich will so werden wie die Leute in dem Lied, die unter dem Sternenhimmel für die Freiheit kämpfen.* Meine Lippen wurden taub, und ich versuchte vergeblich zu schlucken. Es war, als würde sich mein Körper totstellen, als wäre er über das, was ich gerade gehört hatte, zu schockiert, um noch reagieren zu können. Es mußte doch eine Antwort geben, irgendeinen Spezialisten, irgendeine neuartige Behandlungsmethode, die gerade entwickelt wurde. Ich spürte, wie sich meine Augen mit Tränen füllten. Die Vorhänge bewegten sich in der Herbstbrise, die vom Fluß herüberwehte. Als der Luftzug die Kerzen erreichte, begannen sie erneut zu flackern. Dee Dee rückte näher an mich heran und legte die Arme um meine Schultern, um mich zu trösten. *Sie* tröstete *mich*!

»Ist schon gut«, flüsterte sie. »Ich habe das alles schon durchgemacht. Ich weiß, wie das ist. Das ist das Aufbegehren gegen das Schicksal.«

»Es ist nicht fair«, brachte ich schließlich heraus, aber ich hatte das Gefühl, als würde mein Hals jedes einzelne Wort abwürgen. Ich versuchte, tief einzuatmen, während Dee Dee mir sachte auf den Rücken klopfte. Ich kam mir vor wie ein kleines Kind, das von seiner Mutter getröstet wird. Es müßte eigentlich umgekehrt sein, dachte ich. *Ich* müßte *sie* in den Armen halten. Was war mit der Kraft geschehen, die ich noch vor wenigen Minuten verspürt hatte?

»Es ist einfach nicht *fair*«, flüsterte ich noch einmal. Darüber mußte Dee Dee tatsächlich lächeln.

»Seit wann erwartet der wissenschaftlich denkende Sammy Thibodeau, daß das Leben fair ist?« fragte sie. Sie hatte recht. Ich hatte immer behauptet, alles sei Zufall. Manche Menschen ziehen einfach schlechte Karten. Andere haben Glück und bekommen die Asse. »Wenigstens ist mir genug Zeit geblieben, um Trooper zu versorgen«, fuhr Dee Dee fort. »Um ihn vorzubereiten, um ihm eine sichere Umgebung zu verschaffen. Nicht alle Eltern haben diese Chance, Sammy. Manche rafft es ganz plötzlich dahin. Ich habe Gott gebeten, mir genug Zeit zu geben, um für Trooper Vorsorge treffen zu können. Im Gegenzug habe ich ihm versprochen, daß ich die Welt nicht im Zorn verlassen werde. Traurig, vielleicht, aber nicht im Zorn. Und Gott hat mich erhört, Sammy. Er hat mir Zeit gegeben, und das ist ein großes Geschenk.« Ich wischte mir die Augen und schaute sie an. Am liebsten hätte ich sie gefragt, was das für ein Gott war, der so etwas einem Fremden antun würde. Der so etwas einem seiner Kinder antat. Ich hätte sie gern gefragt, wieso Gott überhaupt das Recht hatte, die Karten auszuteilen. Aber ich brachte es nicht fertig, denn in ihren Augen sah ich soviel Sorge, soviel Liebe, und da wurde mir klar, daß für Dee Dee nur noch die Zukunft ihres Sohnes zählte. Dee Dee wußte, daß die Karten bereits ausgeteilt waren, daß das Spiel längst begonnen hatte. Es war nicht mehr wichtig, wer gemischt und gegeben hatte.

»Du hast es Trooper gesagt?« fragte ich, und Dee Dee nickte.

»Er ist todunglücklich, Sammy«, sagte sie. »Ich habe es ihm heute abend gesagt. Es mußte sein. Es ist Zeit. Darum ist er so wütend auf mich. Darum ist er fortgelaufen.« Ich nickte. Jetzt wurde mir alles klar, jetzt bergriff ich, warum Trooper mir diese Fragen über Leben und Tod gestellt hatte, warum er in so einer düsteren Stimmung gewesen war.

»Er hat eine Menge Fragen«, sagte ich. »Und ich auch.« Dee Dee nickte. Sie ließ ihren Rotwein im Glas kreisen und schaute zu, wie die Farbe im Kerzenlicht aufleuchtete. Ich schenkte mir nach und wartete.

»Was Bobby anging, hattest du natürlich recht«, sagte Dee Dee. »Nachdem er anfangs nur mit Marihuana gedealt hatte, ist er später auf härtere Drogen umgestiegen, und mit den Jahren wurde es immer schlimmer. Dann, kurz nach Troopers Geburt, kam er für ein halbes Jahr ins Gefängnis. Als er wieder draußen war, ist er nach Alaska gegangen, um an der Pipeline zu arbeiten, das sagte er jedenfalls. Er versprach, uns Geld zu schicken, aber wir haben nie auch nur einen Penny bekommen. Ungefähr zwei Jahre später kam ein Polizist zu mir. Er sagte, Bobby sei umgebracht worden. Bei einem Drogendeal, der schiefgelaufen war. Du siehst also, Sammy, Trooper und ich waren immer schon allein.«

Was hatte ich in meiner beständigen, sicheren Welt getrieben, während Dee Dee ihren Sohn allein großziehen mußte? Wahrscheinlich für meine Examen gebüffelt. Und gedacht, daß es das Wichtigste auf der Welt sei, mit einer guten Note abzuschließen. Dee Dee hatte nie jemanden um Hilfe gebeten, jedenfalls hatte ich nie davon gehört.

»Warum hast du mir nichts davon erzählt?« fragte ich. »Warum bist du einfach von der Bildfläche verschwunden?«

»Es ist schwer, so vielen Leuten gegenüber einzugestehen, daß man einen Fehler gemacht hat«, erwiderte sie. »Das ist einer der Nachteile an Kleinstädten, Sam. Man scheitert so öffentlich. Ich war jung und dickköpfig und wollte allen zeigen, daß es richtig gewesen war, mit Bobby durchzubrennen.« Ich nickte. Über Kleinstädte wußte ich Bescheid. Sie sind tatsächlich so etwas wie eine große Familie.

»Ich bin so froh, daß du wieder da bist«, sagte ich, und bemerkte, daß ich plötzlich wieder lächeln konnte. Dee Dee nickte, aber sie wußte, daß ich immer die eine Antwort hören wollte. Auf die eine große Frage.

»Es fing damit an, daß ich ständig müde war«, sagte sie, »vor ungefähr einem Jahr. Ich habe es lange vor mir hergeschoben, wie man das halt so macht. Aber schließlich bin ich dann zu einem Arzt gegangen. Ich habe ein Non-Hodgkin-Lymphom. Eine Art entfernter Vetter der Hodgkinschen Krankheit. Denk dir bloß, Sammy. Die Abkürzung dafür ist NHL. Als der Arzt mir das eröffnete, habe ich zu ihm gesagt: ›Soll das heißen, ich sterbe an der National Hockey League? Hören Sie mal, Doc, ich stamme aus Maine. Ich kenne Typen, die tatsächlich an so was gestorben sind. Ihre Frauen finden sie tot hinter dem Sofa, wenn die Hockey-Saison längst vorbei ist.‹« Ich versuchte, über ihren Witz zu lächeln – ich wußte, es würde ihr helfen, schließlich hatte sie mir das erzählt, um mich aufzumuntern – es gelang mir nicht. Ich konnte nur unverwandt ihr hohlwangiges Gesicht anstarren, während mir lauter Fragen durch den Kopf gingen.

»Kann man denn überhaupt nichts machen?« fragte ich. »Ich meine, wir schicken Menschen auf den Mond, Herrgott noch mal. Willst du mir im Ernst erzählen, daß es kein Heilmittel für dich gibt?«

»Es ist eine ganz seltene Krankheit, Sammy«, sagte sie. »Unter allen Krebsfällen, die neu erkannt werden, lautet die Diagnose in weniger als fünf Prozent auf NHL. Es kann erblich bedingt sein, aber mich hat es *de novo*, ganz unerwartet, getroffen. Das heißt, ich habe es einfach so bekommen. Ich habe halt Pech gehabt. Aber es ist eine Art Krebs, die nur junge Menschen befällt, und ich versuche, es von der positiven Seite zu sehen. Mit anderen Worten, ich bin mit meinen dreiunddreißig Jahren immer noch jung.«

»Nicht«, sagte ich. Ich konnte es nicht länger ertragen. Sie nahm meine Hand und begann, meine Finger abzuzählen, ein Zählspiel, das wir als Kinder gespielt hatten, als wir in der Schule die Zahlen lernten. Jetzt schien es mir, als würden wir ihre Lebensjahre zählen, die Jahre, in denen wir all das noch nicht geahnt hatten.

»Ich habe überall Metastasen«, sagte Dee Dee. »In den Lymphknoten, im Knochenmark, in der Leber.« Ich schloß die Augen. Ich wollte das alles nicht hören. Sie war endlich nach Fort Kent zurückgekehrt, um das Leben zu leben, das sie von Anfang an hätte führen sollen. Warum mußte das passieren?

»Was ist mit Chemotherapie?« hörte ich mich schließlich fragen, obwohl ich mich vor der Antwort fürchtete. Dee Dee zuckte nur mit den Achseln.

»Ich habe bereits eine kombinierte Chemotherapie hinter mir«, sagte sie. »Das haben mir die Ärzte in Wyoming empfohlen. Mein NHL ist nicht im Anfangsstadium, Sammy, es ist schon ziemlich weit fortgeschritten. Das heißt, sie können mir jedesmal nur eine Spritze geben. Aber das Zellwachstum konnte nicht gestoppt werden, wie die Ärzte gehofft hatten. Statt dessen werde ich immer kränker.«

»Es muß doch noch irgend etwas anderes geben, was man versuchen kann«, beharrte ich. Wir lebten schließlich in Amerika, dem Land der drahtlosen Kommunikation und des Cyberspace. Warum bot die moderne Technik keine Lösung an? Dee Dee nickte.

»Ich könnte es noch mal mit Chemotherapie versuchen«, sagte sie, »oder mit einer Knochenmarktransplantation. Aber ich habe schlechte Karten, Sammy. Jedenfalls diesmal. Mir würden alle Haare ausfallen, ich würde mich wochenlang übergeben, müßte zahllose Bluttransfusionen über mich ergehen lassen. Und es wäre alles umsonst. Ich sterbe, mein Lieber. Damit müssen wir uns abfinden.«

»Aber du mußt doch *kämpfen*«, insistierte ich. »Du darfst den *Mut* nicht verlieren.« Dee Dee lächelte, ich nehme an, weil sie mir meine Unerfahrenheit verzieh. Meine Unkenntnis. Meine Liebe zu ihr. Denn damals wußte ich noch nicht, was Mut wirklich bedeutete. Es war die Zeit der Unschuld.

»Manchmal, Sammy«, sagte sie, »erfordert es nicht den größten Mut zu kämpfen, sondern einzusehen, daß der Kampf verloren ist. Aber ich habe mich mit allen Mitteln ins Zeug gelegt. Ich möchte, daß du das weißt.«

»Wie lange noch?« fragte ich. Mir würde gleich das Herz stehenbleiben, dessen war ich mir sicher, denn ich spürte, wie es raste, als wollte es aus meiner Brust springen. Ich würde vor Dee Dee Michaud sterben. Der Schock, sie zu verlieren, würde mich umbringen.

»Ich hatte gehofft, bis Mai durchzuhalten, bis zu Troopers zehntem Geburtstag«, sagte Dee Dee. »Aber es geht jetzt alles so schnell, Sammy. Ich glaube nicht, daß ich es so lange schaffe. Ich bekomme nachts Schweißausbrüche, Leibschmerzen. Ich übergebe mich dauernd, kann kaum noch etwas bei mir behalten. In letzter Zeit bete ich, daß ich wenigstens Weihnachten noch erlebe.« Dee Dee und ihre Gebete! Am liebsten hätte ich ihr gesagt, sie solle endlich aufwachen und einsehen, daß Gebete sie jetzt auch nicht mehr retten konnten. Was hatten ihre Gebete ihr denn bisher genützt? Ich hatte das Bedürfnis, auf irgend jemanden, irgend *etwas* einzuschlagen, meine Wut an der Ungerechtigkeit auszulassen, denn ja, verdammt, es war *unfair*. Es war herzlos und grausam und unmenschlich. Ganz genau: Es war *unmenschlich*.

Ich betrachtete die winselnden Kerzen, denn genauso kam es mir vor, als ob sie lautlos *winselten*, mit ihren Lichtfingern an den Wänden des Wohnzimmers scharrten. Die Welt um mich herum kam mir mit einem Schlag häßlich vor. Gemein. Aber hatte ich die Welt nicht schon immer im Verdacht gehabt, häßlich und gemein zu sein? Ich hatte bloß bisher in einem sicheren kleinen Kokon gelebt, das war alles.

»Ich bin nach Fort Kent zurückgekommen, um Trooper in Sicherheit zu bringen«, fuhr Dee Dee fort. »Ich bin hergekommen, um neue Eltern für ihn zu finden. An dich habe ich dabei immer zuerst gedacht, Sammy, du warst immer so vernünftig und bodenständig. Und ich wußte, daß deine Frau genauso sein würde, wer es auch sein mochte. Du und Lydia, ihr wärt die besten Eltern für ihn.« Es dauerte ein paar Sekunden, bis ich ihre Worte begriff. Lydia und ich. Ich und Lydia. Sie bat uns, ihren Sohn aufzunehmen. Sie bat uns, für Trooper Mutter und Vater zu sein!

»Eltern?« wiederholte ich. Dee Dee nickte.

»Du bist die einzige Vaterfigur, die der Junge je gehabt hat, Sam«, sagte sie. »Und Lydia wäre eine perfekte Mutter.« Ich dachte über das nach, was sie gesagt hatte, darüber, wie der kleine Junge ohne sie aufwachsen würde. Die Geschichte von ihrem Leben müßte umgeschrieben werden. Dee Dee sollte eigentlich auf der Zuschauertribüne sitzen bei all den Basketballspielen, die mit Sicherheit kommen würden. Sie sollte bei den Baseballspielen dabeisein, beim ersten Prom, bei der Abschlußfeier am College, und sie sollte auch ihre Enkelkinder erleben, Blut von ihrem Blut. Ihr stand ein Platz im Hintergrund von Troopers Leben zu. Sie sollte eigentlich wie eine große, alte Eiche im Leben ihres einzigen Sohnes stehen, fest im Boden verwurzelt.

»Es wäre eine große Ehre für mich«, sagte ich. Dann schaute ich Dee Dee an, meine Sandkastenfreundin, meine erste große Liebe. »Ich werde mit Lydia darüber reden, wenn ich nach Hause komme.«

Nachdem ich ihr das versichert hatte, stand Dee Dee auf. Ich sah, daß sie erschöpft war, denn dieses Gespräch zwischen uns hatte sie aufgewühlt. »Aber du mußt mir auch etwas versprechen«, sagte ich. Sie hörte aufmerksam zu. »Keine Geheimnisse mehr«, fügte ich hinzu, »zumindest nicht zwischen dir und uns.«

»Versprochen«, sagte Dee Dee, und dann nahm ich sie zum Abschied in den Arm, drückte ihren zerbrechlichen Körper fest an mich. Ich trat hinaus in den kühlen Oktoberabend und sprang in meinen Wagen. Ich bemühte mich, an nichts zu denken, während ich den Motor anließ und losfuhr, aus Dee Dee Michauds Einfahrt, der Einfahrt neben meinem alten Elternhaus. Fort von dem Ort, der so voller Erinnerungen war, daß sie aus jedem Baum und aus jedem Strauch zu mir sprachen. Einem Ort, an dem die Erinnerungen wie Regen aus der Regenrinne tropften, wie Rauch aus dem Schornstein aufstiegen. Ein Haus, das an alte Zeiten gemahnte.

Ich mußte so schnell wie möglich von hier fort. Aber bevor ich am Ende der Straße um die Ecke bog, schaute ich noch einmal in den Rückspiegel. Ich sah das große Wohnzimmerfenster im Haus Nummer 204, hell erleuchtet von den vielen Kerzen, Dee Dees lebendigen Lichtern. Aber es war ein *verkehrtes* Bild, ein Bild, das mein Rückspiegel mir zeigte, als wäre er der verrückte Spiegel aus *Alice im Wunderland*, einem Land, in dem nichts wirklich ist. Ich hoffte, daß sich das alles am nächsten Morgen, wenn die goldene Oktobersonne hinter dem Berg jenseits des Flusses aufging und Fort Kent und Clair, New Brunswick, so gelb wie reifen Weizen färbte, als langer, schrecklicher Traum entpuppen würde. All das, was Dee Dee über ihre tödliche Krankheit gesagt hatte. Ich trat das Gaspedal durch und fuhr davon, so schnell, wie ich konnte, als könnte die Geschwindigkeit mich vor der Wahrheit in Sicherheit bringen, mich vor der Flut von Gedanken schützen. Auf einmal paßte alles zusammen: Dee Dees Zerbrechlichkeit, ihr Gespräch mit Trooper, als sie ihm das Versprechen abgenommen hatte, eine Kerze anzuzünden, wenn er sich einsam fühlte und sie vermißte, die Art, wie sie darauf gedrungen hatte, daß Trooper möglichst viel Zeit mit mir verbrachte. Wie eine verrückte Seifenoper mit tausend Folgen, in denen die verschiedenen Fäden schließlich zu einer einzigen Geschichte zusammenlaufen. Dee Dee hatte das alles von langer Hand geplant.

Ich fuhr in die Einfahrt vor meinem Haus und blieb in der Dunkelheit im Wagen sitzen. Ich konnte Lydia in der Praxis am Schreibtisch sitzen sehen, wo sie dabei war, allen möglichen Schreibkram zu erledigen, den Kopf schief gelegt und in eine Hand gestützt. Plötzlich fühlte ich mich von Liebe zu ihr überwältigt und wußte doch gleichzeitig, daß ich sie nie würde schützen können. Ebensowenig, wie ich Dee Dee oder Trooper Sicherheit geben konnte, weil wir alle sterblich und dem Schicksal oder einfach dem Pech ausgeliefert sind. Was war das lateinische Wort, das Dee Dee benutzt hatte? *De novo*. Manchen trifft es einfach so. Es ist nichts Persönliches. Mit einemmal wurde mir meine eigene Hilflosigkeit schmerzlich bewußt, und gleichzeitig überkam mich eine solche Trauer, daß ich meine Tränen nicht länger zurückhalten konnte. Ich legte den Kopf auf das Steuerrad und weinte. Ich wußte, daß ich stark sein mußte, für Trooper, für Dee Dee und für Lydia. Und ich war bereit dazu, bereit, meine Pflicht zu tun. Aber in diesem Augenblick, als ich vor meiner Praxis in meinem Wagen saß, gab ich mich der Trauer um diesen schrecklichen Verlust hin. Dee Dee an Bobby Langford zu verlieren, war eine Sache. Damals hatte ich mich immer noch mit dem Gedanken trösten können, daß sie irgendwo auf der Welt lebte, immer noch Dee Dee Michaud war, immer noch redete, als sei sie gerade den sorglosen Sixties entsprungen. Aber sie an die Ewigkeit zu verlieren, war etwas anderes. *De novo*. Mein wissenschaftlich gebildeter Verstand sagte mir, daß das bedeutete, sie für immer zu verlieren, denn ich sah die Welt nicht mit Dee Dees Augen. Beim Anblick einer Kerze – einem Klumpen Bienenwachs und Paraffin – sah ich keinen verdammten Schutzengel, der mich anlächelte. Und dann dachte ich an Bobby Langford, Troopers gutaussehenden, redegewandten Vater, der das wunderbare Kind, das Dee Dee und er in einer unschuldigen Nacht gezeugt hatten, nie kennenlernen würde, ein Leben, das sie geschaffen hatten wie eine von Dee Dees Kerzen.

Ich weinte um uns alle. Dann wischte ich mir die Augen ab und ging hinein, um Lydia zu gratulieren. Schließlich würden sie und ich zum erstenmal Eltern werden.

9

Ich liebe Euch so sehr,
daß jeder Tag allein schon hält, was er verspricht,
bei Sonnenschein und auch bei Kerzenlicht –

E. B. Browning,
auf einer von Dee Dees Kerzenschachteln

Und so kam es, daß der Stern von Dee Dees Leben zum zweitenmal mit meinem kollidierte. Und diesmal auch mit Lydias. Und das würde zur Folge haben, daß unser beider Leben mit dem Lebensstern eines verängstigten neunjährigen Jungen kollidierte. Das Universum kennt keine Logik. Nur den Zufall. Aber das konnte man Dee Dee nicht sagen. Sie glaubte nicht nur, daß irgendein intelligentes Wesen unser Schicksal leitete, sie hatte auch keine Probleme damit, diesem intelligenten Wesen *bei seiner Aufgabe zu helfen.* So war Dee Dee.

So sehr Lydia auch über die Nachricht von Dee Dees Krankheit erschüttert war, zog sie dennoch Kraft daraus, daß sie und ich Dee Dee in dieser ausweglosen Situation beistehen konnten, indem wir versprachen, Trooper wie unseren eigenen Sohn großzuziehen. In diesem Punkt brauchte Dee Dee sich keine Sorgen zu machen. Der Junge war Lydia ebenso ans Herz gewachsen wie mir. Aber in dem Bewußtsein, daß wir Dee Dee verlieren würden, fiel es uns schwer, uns die Freude auszumalen, die wir als Troopers Eltern erleben würden. Und ich war derjenige, dem es am schwersten fiel, die Wahrheit zu akzeptieren. In den folgenden Tagen verrichtete ich meine Arbeit wie ein Geist, wie eine Erscheinung, die den Haustieren von Fort Kent, Maine, ihre medizinischen Dienste zur Verfügung stellte. Ich sagte mir immer wieder, daß ich im Laufe der Zeit die Bestimmungen des Schicksals akzeptieren würde. Vielleicht würde ich, wenn ich gerade dabei war, eine Schnittwunde zu nähen, eine Scherbe aus einer Pfote zu ziehen oder einen Tumor zu entfernen, plötzlich aufblicken und sagen: »Ach, ist ja alles nicht so schlimm. Eines Tages müssen wir alle abtreten. *Que sera, sera.*« Aber das geschah nicht.

Doch ich blieb nicht der einzige Geist in der Stadt. Ende des Monats kam Halloween, und in den Straßen von Fort Kent, Maine, liefen die Geister in Scharen herum. Große, orangefarbene Kürbisse standen überall auf den Veranden, einige mit grinsenden Gesichtern, andere mit fürchterlichen Fratzen. Trooper verkleidete sich als einäugiger Seemann mit Holzbein, denn er hatte in der Schule gerade *Die Schatzinsel* gelesen. In Anbetracht dessen, daß viele seiner älteren Mitschüler sich als Arnold Schwarzenegger verkleidet hatten und bis an die Zähne bewaffnet durch die Straßen liefen, waren wir ziemlich stolz auf ihn. Zumindest waren wir stolz, bis wir erfuhren, daß Mrs. Joan St. Amant, Troopers Lehrerin, der Klasse erklärt hatte, sie hielte es für eine großartige Idee, wenn die Schüler ihre Kostüme nach den Themen wählten, die sie gerade in der Schule durchnahmen. Es kamen also den ganzen Nachmittag lang verkleidete Kinder in die Praxis und bettelten um Süßigkeiten, auf Madonna folgte Bruce Willis, und auf Ben Hur folgte Betsy Ross, je nachdem, ob die Kinder Mrs. St. Amants Rat befolgt hatten oder nicht. Lydia und ich mußten das große Glas mit den Süßigkeiten, das an der Anmeldung auf dem Tresen stand, immer wieder auffüllen.

»Iß nicht so viel süßes Zeug«, ermahnte Lydia Trooper, als er zum zweitenmal in das Glas langte, hinter ihm Randy Cloutier als Abraham Lincoln. »Denk dran, daß wir heute bei dir zu Hause noch eine Party feiern, da wird es noch viel Kuchen und Eis geben.«

»Ich wünschte, wir hätten einen kranken Papagei in der Praxis«, hörte ich Trooper zu Randy sagen, als die beiden hinausgingen. »Sam würde mir bestimmt erlauben, ihn auf der Schulter mit mir herumzutragen.« Darüber mußte ich lächeln, denn ich stellte mir vor, was der Besitzer dazu sagen würde, wenn er aus seinem Fenster schaute und seinen Papagei auf der Schulter von Long John Silver durch die Stadt paradieren sah.

»Um wieviel Uhr ist die Party?« fragte ich Lydia. An jenem Abend waren wir bei Dee Dee zu mehr als nur einer Halloween-Party eingeladen. Dee Dee hatte es sich in den Kopf gesetzt, daß eine verbindliche Erklärung nicht ausreichen würde, um sicherzustellen, daß Lydia und ich Trooper adoptieren würden. Sie wollte eine *Kerzenzeremonie*, so nannte sie es jedenfalls, mit Kerzen und Luftballons und Kuchen und Gott weiß was sonst noch. »Der Mensch braucht Rituale«, erklärte sie uns, als sie uns ihre Idee zum erstenmal unterbreitet hatte. »Rituale helfen uns, von einer Phase unseres Lebens in die nächste zu wechseln. Ich möchte Trooper das Gefühl geben, daß er in diese wichtige Entscheidung voll eingebunden ist.« Lydia gefiel die Idee, aber, um die Wahrheit zu sagen, mir trieb sie eher den Angstschweiß auf die Stirn. Eine *Kerzenzeremonie*? Was zum Teufel sollte *das* sein? Am selben Tag, als die beiden Frauen begannen, die Party zu planen, die gleichzeitig als Adoptionsritual dienen sollte, protestierte ich bei Lydia. Aber meine Worte trafen auf taube Ohren. Für Lydia war alles, was Dee Dee sagte, das Evangelium. Jetzt, an Halloween, versuchte ich noch einmal, das Unheil abzuwenden.

»Du kennst Dee Dee nicht so, wie ich sie kenne«, sagte ich zu Lydia, immer noch in der Hoffnung, der Sache etwas Vernünftiges abzugewinnen. »Bevor wir wissen, wie uns geschieht, läßt sie uns vor Miniaturpyramiden sitzen und zu Yanni beten.« Aber Lydia ließ sich nicht beirren.

»Das hört sich an, als könnte es ganz interessant

werden«, sagte sie. Seufzend schaute ich aus dem Fenster der Praxis und erblickte Long John Silver und Abraham Lincoln, die gemeinsam über eine Straße in Nord-Maine schlenderten, ein Anblick, von dem man nicht glauben würde, ihn jemals zu Gesicht zu bekommen. In diesem Augenblick bemerkte ich Lydia neben mir, spürte, wie sie ihre Hand um meine Taille legte.

»*Ihr* ist es wichtig, Sam«, sagte Lydia leise. »Und das ist im Moment das einzige, was zählt.« Ich nickte und beugte mich zu meiner Frau hinunter, um ihr die Stirn zu küssen.

»Wahrscheinlich hast du recht«, sagte ich.

»Außerdem, was für einen Schaden kann eine Kerze schon anrichten?« fragte Lydia und nahm ihre Handtasche und ihre Schlüssel. Sie hatte Dee Dee versprochen, ein bißchen früher zu kommen und ihr bei den Vorbereitungen zu helfen. Ich schnaubte über ihre naive Frage. *Was für einen Schaden kann eine Kerze schon anrichten?*

»Ha!« sagte ich. »Diese Frage solltest du lieber Mrs. O'Learys Kuh stellen.« Ich war mir sicher, sie damit geschlagen zu haben, und wartete auf ihre Reaktion.

»Ich glaube, es war eine Laterne, die die Kuh umgeworfen hat«, erwiderte Lydia mit einem schelmischen Lächeln, »keine Kerze.«

»Kein großer Unterschied«, sagte ich, als sie die Tür hinter sich schloß.

Ich mußte vor der Party noch einige Besorgungen machen. Und da Lydia schon vorausgegangen war, hatte ich genug Zeit, um zwei Überraschungen vorzubereiten, eine für Trooper und eine für Dee Dee. Diesmal würde auch Lydia große Augen machen, denn sie glaubte nicht, daß ich es fertigbrächte, etwas vor ihr geheimzuhalten. Aber ich hatte es geschafft. Tatsächlich hatte ich während der vergangenen Woche heimlich wie ein Heinzelmännchen eine ganze Menge erledigt. Und es hatte sich ausgezahlt. Trotz meiner Vorbehalte gegenüber der Kerzenzeremonie freute ich mich darauf, die Gesichter von Dee Dee und Trooper zu sehen, wenn ich meine Überraschungen aus dem Hut zauberte.

Wie man es mittlerweile von Dee Dee erwartete, war das große Fenster in der Bay Street Nummer 204 mit Kerzen vollgestellt; es war ein wogendes Meer von Kerzenflammen. Dee Dee öffnete die Tür, heiter und glücklich, zumindest in Anbetracht der Umstände. Sie strahlte regelrecht, doch ich wußte, daß sie in den Ärmeln ihres langen, fließenden Kleides ihre eigenen Tricks verborgen hielt. Ich vermutete, daß nicht nur ihre Hochstimmung, sondern vor allem Make-up ihre blasse Haut verdeckte. Aber wie immer war sie nicht unterzukriegen. Und in ihrem Haar trug sie ein kleines, mit Straßsteinen besetztes Diadem.

»Ich bin eine Prinzessin, Sammy«, sagte sie fröhlich und drehte sich langsam, um mir ihr schwingendes Gewand vorzuführen. Ich schenkte ihr mein bestes, tapferstes Lächeln.

»Sag mir was, das ich noch nicht weiß«, erwiderte ich.

»Ross und Vickie sind schon da«, sagte Dee Dee. »Sie sind in der Küche.« Ich warf einen letzten Blick auf meinen Pick-up und die schwarze Plane auf der Ladefläche, die meine Überraschung verbarg. Dann ging ich in die Küche, wo Ross gerade eine Bierflasche für mich öffnete.

Dee Dee hatte noch etwa ein Dutzend weitere Gäste eingeladen, alte und neue Bekannte, die fast alle an ihren Kerzenkursen teilgenommen hatten. Es waren Leute, die sie über ihre Krankheit unterrichtet hatte. Aber ich wußte, daß Dee Dee den anderen Einwohnern einer so kleinen Stadt etwas derartig Ernstes wie Krebs nicht vorenthalten konnte. Zweifellos kursierten bereits Gerüchte. Deswegen hatten Lydia und ich Dee Dee geraten, den Leuten einfach die Wahrheit zu sagen, vor allem, da sie mittlerweile keine andere Wahl mehr hatte. Sie konnte ihr Geheimnis nicht länger für sich behalten.

Bis alle eingetroffen waren – einschließlich Long John Silver und Abraham Lincoln –, hatte Ross bereits mehrere Lautsprecher und Mikrophone aufgebaut. Anfang der Woche hatten mehrere alte Freunde um einen Auftritt der SPITZEN WINKEL gebeten, sozusagen ein Wunschkonzert. Und Ross spielte gerade eine Melodie auf seiner Gitarre, um sich für den großen Auftritt aufzuwärmen. Ab und zu, wenn Dee Dee oder ich vorbeigingen, beugten wir uns über das Mikrophon und sangen ein bißchen mit. Es war wirklich wie in alten Zeiten. Man hätte fast meinen können, wir wären alle in Sicherheit, dort in dem fröhlichen Haus in der Bay Street Nummer 204; als wären wir plötzlich alle in Mull verpackt, wie wir ihn in der Praxis benutzten, um Schnittwunden zu verbinden. Aber ich kannte die Wahrheit: Alle Menschen leben und lieben und sterben ohne Sicherheitsnetz. Manchmal kann man seine Wunden nicht verbinden. Und diese Tatsache macht uns irgendwie *alle* zu Helden.

»Okay, Leute«, sagte Dee Dee und klatsche in die Hände. »Zeit, Kerzen zu machen. Auf diese Weise werden sie getrocknet sein, wenn die Zeremonie beginnt.«

Wir drängten uns in die Tür zu ihrer kleinen Werkstatt, nippten Wein und Bier und naschten von den Platten mit Sandwiches und anderen Köstlichkeiten. Ich schaute aufmerksam zu, wie Dee Dee den Brenner unter ihrem großen Kochtopf anzündete. Zu meiner Überraschung fand ich den Vorgang der Kerzenherstellung tatsächlich interessant. Zunächst erwärmte sich das Wachs in dem Topf, dann begann es zu schmelzen und kleine Strudel zu bilden. Ich trat zur Seite, um Vickie und Lydia und Diane Morneault Platz zu machen, die sich neben mir drängten. Ich war gespannt zu sehen, was als nächstes passieren würde, denn ich hatte noch nie gesehen, wie eine Kerze gemacht wird. Bisher hatte ich angenommen, Kerzen wüchsen an *Licht-*

nußbäumen in Kentucky. Ich schaute mich in der Werkstatt um und sah ganze Regale voller Kerzen, jede einzelne in Seidenpapier gewickelt. Ich nahm an, daß dies die Kerzen waren, die Dee Dee verkaufte. An den Wänden entdeckte ich lauter Nägel und fragte mich, welche Foltermethoden das Paraffin erwarteten.

»Ich komme mir vor wie in einer Szene aus *Das Kabinett des Professor Bondi*«, flüsterte mir Ross mit verrauchter Stimme ins Ohr. »Hast du Vincent Price hier irgendwo gesehen?«

Als das Wachs schließlich heiß genug war, bedeutete Dee Dee Trooper und mir, näher zu kommen. Dann nahm sie einen langen, weißen Docht aus einer Schublade.

»Ihr beide haltet jetzt den Docht genau in der Mitte fest«, wies sie uns an. »So habt ihr jeder ein Ende zum Eintauchen. Kerzen werden immer paarweise gezogen«, erklärte sie, als sie meinen fragenden Blick bemerkte. Während Trooper und ich unseren Docht in der Mitte festhielten, führte Dee Dee unsere Hände, und wir tauchten die Enden vorsichtig in das heiße Wachs.

»So«, sagte sie, »jetzt zieht die Enden heraus und wartet drei Minuten. Seht ihr? Das ist eure erste Schicht.« Und so war es. Dann wies sie uns an, den Vorgang zu wiederholen. Auf diese Weise fügten wir Schicht um Schicht hinzu, bis die Kerzen so dick waren, wie Dee Dee es wünschte.

»Und jetzt?« fragte ich in der Befürchtung, Trooper und ich würden dazu verdammt werden, die Dinger zu halten, bis sie getrocknet waren. *Das* stellte ich mir nicht besonders amüsant vor.

»Wir müssen dafür sorgen, daß die Kerzen sich nicht berühren«, erwiderte Dee Dee. »Und das machen wir so.« Dann hängte sie die beiden Kerzen, die durch den Docht immer noch miteinander verbunden waren, über zwei Nägel. »So können sie einzeln trocknen«, fügte sie hinzu.

Dann waren Lydia und Trooper an der Reihe. Nach all den Unterrichtsstunden wußte Lydia natürlich genau, was sie zu tun hatte. Sie wirkte wie ein Profi. Ich hätte nie gedacht, daß ich einmal stolz auf meine Frau sein würde, weil sie wußte, wie man Kerzen macht, aber ich war es tatsächlich. Sie und Trooper tauchten den Docht immer wieder in das Wachs, bis sie zwei perfekte, miteinander verbundene Kerzen hatten. Dann hängten sie sie zum Trocknen neben die ersten beiden.

»Jetzt müssen wir eine Stunde warten, bis sie trocken sind«, sagte Dee Dee.

Wir gingen alle durch die Küche zurück ins Wohnzimmer. Mittlerweile war klar, daß die SPITZEN WINKEL, Gott behüte unsere alternden Herzen – sich nicht länger vor dem Wunsch unserer Freunde drücken konnten, ein Lied zu singen. Also stellten Dee Dee und ich uns rechts und links neben Ross auf und gaben, obwohl wir seit Jahren nicht mehr zusammen geprobt hatten, unser Bestes. Wir sangen einen Song für unsere Freunde. Dee Dee hatte das

Stück ausgesucht, eins unserer Lieblingsstücke aus alten Zeiten.

»Wie ich Dee Dee kenne«, sagte Diane Morneault, die selbst in einer Band namens HIGH FIDELITY mitspielte, »ist das Stück entweder von ABBA oder von Van Morrison.« Sie hatte recht. Es war letzteres. Wir waren in den siebziger Jahren alle große Van Morrison-Fans gewesen. Hätte ich jedesmal, wenn ich *Brown Eyed Girl* gesungen hatte, oder jedesmal, wenn ich das Stück im Radio gehört und an Dee Dee gedacht hatte, einen Penny bekommen, wäre ich jetzt ein reicher Mann. Die Praxis könnte ich morgen schließen. Bevor wir anfangen würden, hatte ich aber noch ein paar Worte zu sagen.

»Dieses Stück ist für Brian«, erklärte ich unseren Zuhörern, »wo immer er jetzt sein mag.« Dee Dee und Ross nickten zustimmend. Brian LeBlanc war der vierte in unserer Band gewesen, bis er aus Fort Kent weggezogen war. Brian mit dem ewigen Lächeln, der im Alter von siebenundzwanzig bei einem Verkehrsunfall ums Leben gekommen war, als ein Betrunkener eine rote Ampel überfahren hatte. Das Stück konnte nur für Brian sein.

Als wir, wenn auch zunächst unsicher, zu singen begannen, kam die Erinnerung sofort zurück. Ich wünschte, Brian wäre dabei gewesen und hätte hinter uns auf seinem Schlagzeug gespielt. Aber er war nicht da. Er würde nie wieder dabei sein.

»We were born before the wind
Also younger than the sun
'Ere the bonnie boat was won as we
sailed into the mystic
Hark now hear the sailors cry
Smell the sea and feel the sky
Let your soul and spirit fly into the mystic.«

Gott, war das ein gutes Gefühl! So als wären wir unsterblich. Ich konnte Brian beinahe hinter mir spüren, als wäre er tatsächlich da, als ob der Beat seines Schlagzeugs uns begleiten würde. Ich wußte, daß Dee Dee es auch spürte, Ross ebenso. Einmal schaute ich mich sogar um. Ross zwinkerte mir zu, als er es bemerkte, und Dee Dee lächelte. Sie wußten Bescheid; auch sie spürten seine Gegenwart. Der gute alte Brian, mit Geist und Seele bereits ins Mystische davongeflogen, wie es so schön in diesem Song hieß, den wir gerade gespielt hatten. Ich wünschte, der Abend würde ewig dauern. Aber ich wußte, das würde er nicht. So sind die Karten nicht ausgeteilt. Schon bald würden nur noch Ross und ich übrig sein, um die Oldies zu singen.

»And when that fog horn blows I will be coming home
And when that fog horn blows I want to hear it
I don't have to fear it
I want to rock your gypsy soul
Just like way back in the days of old.«

Als wir endeten, gab es Applaus und Hochrufe. Dee Dee strahlte. Ich nahm ihre Hand und drückte sie ganz fest. Ross, der alte Romantiker, ging auf die Veranda, um eine Zigarette zu rauchen.

»Bleib nicht zu lange«, rief Dee Dee ihm nach. »Die Zeremonie fängt gleich an.« Und so war es, denn die neugeborenen Kerzen waren getrocknet. Während Dee Dee sie ins Wohnzimmer trug, tauschten Trooper und ich hinter ihrem Rücken einen kurzen Blick aus. Dieses hingebungsvolle Interesse an der Welt der Kerzen, es kam uns beiden wissenschaftlich orientierten Seelen doch leicht übertrieben vor. Und Ross war offenbar ganz unserer Ansicht. Er hatte uns bereits mehrere *Das-darf-doch-nicht-wahr-sein*-Blicke zugeworfen.

»Sam und Trooper fangen an«, verkündete Dee Dee. Sie nahm die beiden Kerzen, die wir gemacht hatten – die immer noch durch den Docht miteinander verbunden waren – und reichte jedem von uns eine davon. Ich mußte grinsen, als ich sah, daß meine Hand zitterte. Öffentliche Auftritte waren mir noch nie leichtgefallen. Beim Abschluß der Mittelschule war ich auf meinem Platz erstarrt, als ich hörte, wie mein Name aufgerufen wurde. Begleitet von herzhaftem Gelächter aus dem Publikum, war Dee Dee nach vorne gegangen und hatte mein Abschlußzeugnis in Empfang genommen. Dann hatte sie mir das Zeugnis in die Hand gedrückt und so lange festgehalten, bis meine Finger schließlich aufgehört hatten zu zittern und es fassen konnten.

Noch zwei Jahre später war ich deswegen aufgezogen worden.

Nun nahm Dee Dee eine Schere aus einem Schrank und hielt sie an den Docht, bereit, ihn durchzutrennen.

»Er ist wie eine Nabelschnur, nicht wahr?« fragte sie begeistert.

»Mir wird schlecht«, sagte Trooper und verdrehte die Augen.

»Mir auch«, sagte ich und verdrehte ebenfalls theatralisch die Augen. Jedenfalls so lange, bis Lydia mir einen strafenden Blick zuwarf. Dann schaute Dee Dee erst Trooper an und dann mich. Als hätte jeder im Raum den Stimmungswechsel gespürt, wurden alle mit einemmal ernst und feierlich.

»Bis wir uns wiedersehen«, sagte Dee Dee leise, »leihe ich dir meinen Sohn.« Und dann, während alle ihre Freunde zusahen, zerschnitt sie den Docht und trennte die beiden Kerzen. Diesmal beherrschte ich mich, Trooper ebenso. Und plötzlich wurde ich von Gefühlen überwältigt. Das war nicht mehr ein Witz unter Männern. Ich schluckte schwer und tat mein möglichstes, um die Fassung zu wahren, als Lydia und Trooper ihre Kerzen in die Hand nahmen und sie hielten, während Dee Dee auch diesen Docht durchtrennte. Lydias Augen waren mit Tränen gefüllt.

»Bis wir uns wiedersehen«, sagte Dee Dee zu Lydia, »leihe ich dir meinen Sohn.« Dann nahm sich Dee Dee von Trooper die zweite Kerze. »Jetzt hat jeder von uns eine«, sagte sie. »Es ist Zeit, sie anzuzünden.« Ross kam mit einer Schachtel Streichhölzer und zündete die Kerzen an, die Dee Dee, Lydia, Trooper und ich ihm hinhielten. Unter weiteren Anweisungen von Dee Dee stellten wir die brennenden Kerzen auf einen Tisch. Ich beugte mich zu Trooper hinab und nahm ihn in die Arme, dann umarmte ich Dee Dee. Lydia tat das gleiche. Wir würden Trooper für Dee Dee Michaud, unsere Freundin, großziehen, und er war an der Entscheidung, an der Übergabe beteiligt. Es war das Beste, was wir tun konnten. Die Kerzenzeremonie war beendet.

Jetzt war es Zeit, sich von der stillen, ernsten Atmosphäre zu verabschieden. Dee Dee wollte, daß dieser Abend ein Fest sein sollte. Das hatte sie immer wieder zu Lydia und mir gesagt. »Ich hoffe, daß niemand traurig ist«, sagte sie, »jedenfalls nicht lange.« Das war der perfekte Augenblick für die beiden Überraschungen, die ich vorbereitet hatte. Die erste sollte für Trooper sein. Er kam sofort, als ich ihn rief, diesmal ohne Seeräuberaugenklappe.

»Ja, Sam?« sagte er.

»Zur Feier des Tages«, erklärte ich, »möchte ich dir das überreichen.« Dann gab ich ihm einen Umschlag, den er sogleich aufriß. »Das ist dein Weihnachtsgeschenk, auch wenn es noch nicht ganz soweit ist«, fügte ich hinzu, als Trooper ein Polaroid-Foto des Fohlens von der Freebaker-Farm hochhielt. Oben auf den Rand des Fotos hatte ich geschrieben: *Troopers erstes Pferd*. Er war überwältigt, sein ganzes Gesicht strahlte um die traurigen Augen herum, mit denen er die Welt in den vergangenen Tagen betrachtet hatte.

»O Mann! Sieh dir das an!« rief er Randy zu. »Mein eigenes Pferd!«

»Wenn das neue Haus in der Gagnon Road fertig ist«, sagte ich, »werden wir eine kleine Scheune für das Pferd haben.« Lydia trat auf mich zu und drückte mir einen Kuß auf die Wange. »Und eine kleine Weide werden wir einzäunen«, fügte ich hinzu. »Bis dahin kann es bei Clarence bleiben.«

Trooper schlang seine Arme um meine Taille und drückte mich kurz an sich, gerade soviel Zuneigung, wie er sich vor Randy zu zeigen traute. Dann ging er herum und zeigte allen das Foto von seinem Pferd. Als er schließlich mit dem Bild bei Dee Dee ankam, sah ich zuerst eine leise Traurigkeit in ihrem Gesicht. *Ich werde nicht miterleben, wie er sein erstes Pferd reitet*. Ich wußte, daß sie das in diesem Augenblick dachte. Und dann verschwand die Traurigkeit hinter einem Lächeln, einem Lächeln, das sie für Trooper aufsetzte, denn Dee Dee hatte selbst gewollt, daß dieser Abend ein Freudenfest sein sollte und keine Trauerfeier.

»Es ist wundervoll, Troop«, sagte Dee Dee. Dann schaute sie zu mir herüber und schenkte mir einen von diesen durchdringenden Blicken, mit denen sie einen bis ins Innerste der Seele treffen konnte. Ich wußte, was sie empfand, denn ich empfand das gleiche. Wir waren alle gute Freunde, die aus einem besonderen Anlaß zusammengekommen waren, die sich versammelt hatten, um nach besten Kräften für ein Kind zu sorgen. Aber eine von uns würde sterben. Das Yin und Yang des Lebens.

Ross legte eine CD auf, die er mitgebracht hatte: ABBAs *Greatest Hits*.

»Für dich, meine Liebe«, sagte er zu Dee Dee.

»Ich hab's gewußt!« rief sie beglückt aus. »Ich habe Gott gebeten, dies eine ABBA-Nacht werden zu lassen, und er hat mich erhört!« Sie zerzauste Troopers Haar, etwas, was er überhaupt nicht ausstehen konnte, dann verschwand sie in der Diele. Ross lehnte sich zu mir herüber und hielt sich die Hand vor den Mund, um mir etwas zuzuflüstern.

»Wenn Dee Dee von Gott spricht«, fragte er, »stellst du dir dann auch eine Kreuzung zwischen Casey Kasum und Dr. Ruth vor?« Ich nickte.

»Esoterisches Zeugs«, erwiderte ich. »Du weißt schon. Gott als liebevoller Nachbar, Gott als dein bester Freund. Hauptsache, man vergißt nicht, alle Türen abzuschließen und sich warm anzuziehen.«

»Mann, bist du ein Zyniker«, sagte Ross anerkennend.

»Ich weiß«, erwiderte ich. »Ist es nicht herrlich?«

Trotz der Aura von Schmerz und Wehmut, die uns alle umgab, war soviel *Leben* im Haus – die Art Leben, mit der Dee Dee Michaud jeden Raum füllte, den sie betrat – mit Kerzenlicht und Freundschaft und Lachen und Erinnerungen. Man hätte sich leicht vorstellen können, daß Dee Dee doch noch gerettet werden würde, daß sie für immer in dem Haus in der Bay Street Nummer 204 bleiben, Kerzen verkaufen und die Musik von ABBA hören würde. Aber mein Verstand wußte es besser. Ich flüsterte Lydia zu, sie solle Dee Dee holen und mit ihr auf die Veranda kommen.

»Noch eine Überraschung?« fragte Lydia. »*Et tu, Brute*? Wo war ich bloß, als du dir das alles ausgedacht hast?« Ich zuckte die Achseln.

»Siehst du, wie leicht es für mich wäre, eine heimliche Affäre zu haben?« fragte ich, dann schlüpfte ich zur Haustür hinaus.

Die Herbstluft roch scharf nach Winter, so, wie man es in Nord-Maine häufig erlebt. Über dem Berg auf der kanadischen Seite war ein klarer Sternenhimmel zu sehen. Ich öffnete die hintere Klappe der Ladefläche und sprang auf meinen Pick-up. Dann schlug ich die schwarze Plane zurück, unter der das blaue Fahrrad lag. Vorsichtig hob ich das Fahrrad auf die Straße, schob es bis vor die Veranda und wartete auf Dee Dee und Lydia. Als sie schließlich kamen, schaute Dee Dee zunächst verblüfft drein, und dann begriff sie: *Ihr altes Fahrrad, ihr letztes Fahrrad, das sie ihrer Weiblichkeit geopfert hatte.*

»Aber das habe ich doch Jimmy Desjardins verkauft!« rief sie aus. »Vor über zwanzig Jahren!« Gefolgt von Lydia kam Dee Dee, immer noch in ihrem blauen Prinzessinnenkleid und mit der Tiara auf dem Kopf, die Stufen herunter und griff nach dem Lenker.

»Jimmy hat es seinem Vetter Peter LaBrie verkauft«, sagte ich. »Der hat es rot angestrichen, und als er es nicht mehr brauchte, hat er es seinem Neffen Benny Pelletier geschenkt.« Dee Dee schaute mich so beeindruckt an, als würde ich ihr gerade einen Vortrag über die Geschichte Englands halten. »Benny hat es schwarz angestrichen, und dann ist er gegen die Fish River-Brücke gefahren, ein schlimmer Unfall, bei dem der Sattel völlig ruiniert wurde. Anschließend wurde es in der Scheune der Pelletiers verstaut, obwohl es eigentlich in eine Fahrradklinik gehört hätte.«

»Wie hast du es denn gefunden?« wollte Dee Dee wissen, als sie auf ihr altes Fahrrad stieg, genau das Fahrrad, das sie im Frühjahr erwähnt hatte, als sie zum erstenmal mit Trooper bei uns zu Besuch gewesen war. *Ich würde wer weiß was dafür geben, mein altes Fahrrad wiederzubekommen*, hatte sie gesagt.

»Ich habe Vernon Pelletier gebeten, mal in seiner Scheune nachzusehen, und siehe da, da stand es, völlig zerkratzt und mit Spinnweben übersät. Also habe ich es zu Louie's Auto Repair gebracht und Louie gefragt, ob er es wieder in Schuß bringen könne. Ich glaube, wir haben die Originalfarbe ganz gut getroffen. Und Louies Schwester hat den Ledersattel repariert.«

»Es ist perfekt«, hauchte Dee Dee. »Es ist wie neu. Es ist tatsächlich mein altes Fahrrad. Ach Sammy, du denkst wirklich an alles, nicht wahr? Das ist ein so wundervoller Abend.« Und dann begann sie zu unserer Verblüffung, ihr Kleid so gut es ging um die Hüften zu schlingen.

»Du hast doch nicht etwa vor, was ich vermute?« fragte Lydia. »Du willst doch nicht etwa auf diesem Ding fahren?« Dee Dee schaute uns an, dasselbe schelmische Lächeln im Gesicht, das mir aus unserer Kindheit so vertraut war.

»Warum denn nicht, zum Teufel?« fragte sie, und dann war sie auch schon verschwunden, fuhr die Bay Street hinunter, das blaue Kleid flatterte im Fahrtwind, und die Straßsteine in ihrem Diadem leuchteten im Licht der Straßenlaternen.

»Sam«, sagte Lydia. »Sie sollte nicht Fahrrad fahren, so krank, wie sie ist. Ich glaube nicht, daß ihr das guttut.« Ich lächelte nur und zuckte die Achseln. Dee Dee sollte vor allem nicht *sterben* müssen. Was machte das bißchen Fahrrad fahren da noch aus?

»Noch lebt sie, Lyddie«, sagte ich. »Wir sollten sie leben lassen, wie sie es will.« Vom Ende der Straße her hörten wir einen fröhlichen Jauchzer, als Dee Dee um die Ecke bog und verschwand.

»Wo nimmt sie nur diese Kraft her?« überlegte Lydia, streckte ihre Hand aus und zupfte mich am Ohrläppchen, ihre Art, mir zu sagen, daß sie mich liebte, auch wenn ich sie manchmal zur Verzweiflung trieb.

»Ich glaube, es sind ihre Freunde«, erwiderte ich. »Jedenfalls heute abend gibt es ihr Kraft, daß wir alle hier sind. Aber das wird schon bald nicht mehr reichen.«

»Das Fahrrad war eine tolle Idee«, fügte Lydia hinzu. »Hast du ihr Gesicht gesehen?« Ich nickte. Dann schaute ich noch einmal in den dunklen Himmel auf der kanadischen Seite des Flusses. Er sah aus wie gemalt.

»Im Wetterbericht haben sie gesagt, daß es bald Schnee geben wird«, sagte ich in der Hoffnung, damit das Thema zu wechseln. Irgendwann würde das Fahrrad Trooper gehören, und dann, später, würde es vielleicht in der Scheune landen, die wir für das Fohlen bauen wollten, und dort, von Spinnweben überzogen, warten, bis Troopers Sohn ein Fahrrad brauchte. Aber die Kinder wollten heutzutage modernere Modelle fahren. Kinder hatten keinen Sinn für Antiquitäten. Vielleicht würde das Fahrrad einfach nur ein Erinnerungsstück an ein süßes, zartes Leben sein, das wie ein Zugvogel auf der Durchreise kurz bei uns haltgemacht hatte.

»Laß uns reingehen, bevor Ross alles aufißt«, flüsterte Lydia, die zweifellos meine Traurigkeit spürte. Ich legte meinen Arm um ihre Taille, und wir gingen zurück in das Haus in der Bay Street Nummer 204, um uns ein Stück Kuchen zu sichern.

10

Entzünden will ich in deinem Herzen
eine Kerze des Mitgefühls,
ihr Licht soll nie mehr erstickt werden.

APOKRYPE EVANGELIEN

Zwei Tage nach der Kerzenzeremonie kam Dee Dee zu uns nach Hause und half mit, ein Zimmer für Trooper einzurichten. Dee Dee und Lydia – ich nannte sie inzwischen den General und seinen Feldwebel im Dienst – waren nach einem ausgiebigen Gespräch zu dem Schluß gekommen, daß Trooper den Wechsel von seinem in unser Haus leichter verkraften würde, wenn sie ihn dabei unterstützten. Die Entscheidung war absolut sinnvoll, so schwer sie auch sein mochte, doch wenn es nach mir gegangen wäre, hätte ich Dee Dees tödliche Krankheit so lange verdrängt, bis das Unvermeidliche an meine Tür geklopft hätte. Aber tief in meinem Innern wußte ich, daß sie recht hatte. »Ich will nicht warten, bis ich sterbe«, sagte sie zu mir. »Dann wird er zu Hause abgeholt und zu euch gebracht. Ich möchte ihm das Gefühl geben, daß euer Haus schon jetzt sein Zuhause ist.« Und so half Dee Dee, schwach wie sie war, Trooper dabei, sein neues Zimmer einzurichten, in seinem neuen Haus, in seinem neuen Leben. Als erstes hängten sie Poster an die Wände, Troops Lieblingsschauspieler und -sportler, legten einen Teil seiner Kleider in den Schrank. Sie hatten am frühen Morgen begonnen, und als ich zum Mittagessen aus der Praxis in die Wohnung kam, hörte ich, wie sie miteinander plauderten.

»Wenn ihr in das neue Haus in der Gagnon Road zieht«, fragte Dee Dee, »in welcher Farbe möchtest du dann dein Zimmer gestrichen haben?«

»Lila«, sagte Trooper. »Lila ist echt cool.«

»Weißt du, was«, hörte ich Dee Dee sagen, »ich denke, das überlassen wir am besten Lydia.« Ich mußte lächeln. Es stimmte, anfangs hatte ich Dee Dees Plänen ablehnend gegenübergestanden, doch als ich die beiden jetzt reden hörte, wurde mir klar, daß es in jedem Fall für Trooper besser war. Wahrscheinlich hatte die Natur es genau so vorgesehen: Wir sollten uns auf den Tod vorbereiten, als wäre er ein wichtiger Besucher. *Dieser Hundesohn.*

Nachdem ich zu Ende gegessen und das Geschirr in die Spüle gestellt hatte, ging ich zu Troopers Zimmer – das wir bisher das Extraschlafzimmer genannt hatten –, lehnte mich in den Türrahmen und schaute den beiden zu. An der einen Wand hing Arnold Schwarzenegger, an einer anderen Garth Brooks. Ich konnte mir vorstellen, daß in nicht allzu ferner Zeit eine Hollywood-Diva und eine sexy Country-Sängerin diese beiden männlichen Stars ersetzen würden.

Auf der Kommode standen Modellautos aus Plastik neben einem Football und ein paar Büchern über Baseball. Anstatt der blassen, duftigen Stoffe, die Lydia für Bettüberwurf und Vorhänge gewählt hatte, als wir einzogen, herrschten jetzt kräftige Grün- und Brauntöne vor.

»Sieht gut aus«, sagte ich und betrachtete anerkennend die Veränderungen, die sich mir boten. Trooper lächelte.

»Vielen Dank, Sam«, sagte Dee Dee. »Aber mach dich darauf gefaßt, daß Trooper sich lila Farbe an den Wänden in eurem neuen Haus wünscht.« Ich nickte und tat so, als könnten mich solche Wünsche nicht erschüttern. Und ich tat so, als würde ich nicht bemerken, daß Dee Dee innerhalb von nur zwei Tagen, die nach ihrer Kerzenzeremonie vergangen waren, noch dünner und schwächer wirkte.

»Dann werden die Wände wunderbar zu Lydias Auberginenauflauf passen«, sagte ich.

»Es gibt jedenfalls schlimmere Farben als Lila«, meinte Trooper.

»Ach ja?« sagte Dee Dee. »Welche denn?« Trooper dachte einen Moment lang nach.

»Blaugrün zum Beispiel«, sagte er. Dee Dee zuckte die Achseln.

»Vielleicht hast du recht«, sagte sie.

»Sam?« fragte Trooper, und seiner Stimme war anzuhören, daß er etwas Besonderes auf dem Herzen hatte. »Mr. Finley hat uns in der Schule gefragt, wie viele Engel auf einer Nadelspitze tanzen können.

Wir müssen bis Montag eine Antwort haben. Also wie viele, Sam?« Ich lächelte, während ich Dee Dees wissenden Blick bemerkte.

»Ich glaube, daß es sich um eine von den Fragen handelt, auf die man antworten soll, daß es eigentlich keine Rolle spielt«, erklärte ich ihm, »weil es eine Frage ist, über die man nicht diskutieren kann.« Dee Dee gefiel meine Antwort nicht. Sie hob eine Hand.

»Jetzt bin ich dran«, sagte sie. »Ich weiß, wie viele Engel auf einer Nadelspitze tanzen können. Alle, die Lust haben zu tanzen.« Trooper lächelte. Meine Antwort hatte ihm offenbar nicht gereicht, also versuchte ich es noch einmal.

»Okay, was hältst du davon? Die Antwort lautet: Einer. Deine Mutter.« Dee Dee warf mit einem Kissen nach mir, und ich duckte mich.

»Hey, seht mal!« rief Trooper und zeigte zum Fenster. Ich schaute in die Richtung, in die sein Finger wies, und erblickte vor dem Fenster, was der Wetterbericht angekündigt hatte: Tausende von dicken, frischen Schneeflocken, die in der kalten Luft wie kleine, weiße Federn herumgewirbelt wurden. Es schneite. Der erste Schnee in diesem Winter. Dee Dee stand mühsam von der Bettkante auf und trat ans Fenster.

»Schneeflocken, Troop«, sagte sie, als er sich neben sie stellte. »Sie sind alle verschieden, keine gleicht der anderen. Wie Kerzen. Wie Engel.«

»Soll das heißen, unter Engeln gibt es keine Zwillinge?« fragte ich. »Keine Drillinge? Das könnte uns Jungs aber eine Menge Träume zerstören.«

»Tschüß, Sam«, sagte Dee Dee. Ich verstand den Wink.

»Viel Spaß beim Einrichten«, sagte ich. »Ich habe eine Praxis zu führen.«

»Was hat Sam mit den Drillingen gemeint, Mama?« hörte ich Trooper fragen. Ich ließ die beiden am Fenster allein – sollten sie über Schneeflocken und über auf Nadelspitzen tanzende Engel diskutieren – ich ging hinunter in meine Praxis.

Bis zum späten Nachmittag waren in Fort Kent zehn Zentimeter Schnee gefallen; der Winter hatte unmißverständlich seinen Platz eingefordert. Den ganzen Tag lang hatten Leute, die weit außerhalb der Stadt wohnten, angerufen, um ihre Termine abzusagen. Schon am frühen Nachmittag war der Schneepflug mehrmals unterwegs gewesen, war mit lautem Getöse und blinkenden gelben Lichtern an der Praxis vorbeigeschnauft. Ich wollte gerade ein paar Bestellungen fertig machen, als ich aufschaute und bemerkte, wie Dee Dee den Kopf zur Tür hereinstreckte. Sie tat so, als klopfte sie.

»Stör ich?« fragte sie. Ich schüttelte den Kopf.

»Komm rein«, sagte ich. Sie setzte sich in den Stuhl auf der anderen Seite von meinem Schreibtisch und schaute sich aufmerksam in meinem kleinen Sprechzimmer um.

»Weißt du«, sagte sie nach einer Weile. »Diese

Praxis ist vielleicht der beste Platz für mein ABBA-Poster.« Ich runzelte die Stirn.

»Ich versuche eigentlich, Kunden anzulocken«, erwiderte ich, »nicht abzuschrecken.« Dee Dee nickte. Dann deutete sie auf die Wand hinter der Tür.

»Aber wenn du es *dorthin* hängen würdest«, sagte sie, »würde es niemand sehen, solange die Tür offen steht.« Sie schaute mich an und lächelte.

»Aber ich würde es sehen, wenn die Tür zu ist«, protestierte ich.

»Ich weiß«, sagte Dee Dee, und wieder tauchte das schelmische Lächeln in ihrem Gesicht auf. »Darum geht es ja gerade, Sammy. Mir gefällt die Vorstellung, daß du das Poster siehst, wenn du hier drin allein bist. Es ist ein Sammlerstück, weißt du.« Ich schüttelte den Kopf, während ich mir vorstellte, jedesmal ein ABBA-Poster anstarren zu müssen, wenn ich mich nach ein bißchen Ruhe und Frieden sehnte.

»Wie weit seid ihr mit Troopers Zimmer gekommen?« fragte ich.

»Wir haben für heute Schluß gemacht, weil ich dich um einen Gefallen bitten möchte«, sagte Dee Dee. Dann schenkte sie mir ihren berühmten *bitte, bitte, bitte*-Blick, der mich schon immer innerhalb von Sekunden hatte schwach werden lassen.

»Welchen?« fragte ich argwöhnisch.

»Ich möchte rodeln, Sammy«, bettelte sie. »Wie früher, als wir Kinder waren. Ich bin nicht mehr gerodelt, seit ich zwölf war. Ich möchte mit dir und Lydia und Trooper rodeln gehen.«

»Dee Dee«, sagte ich mit der strengen Stimme eines Arztes, der plötzlich Gott und Vater zugleich spielen muß. »Das mit dem Fahrrad war eine Sache, aber es gibt Zeiten, da muß man seine Grenzen akzeptieren.« Dee Dee hörte mir mit gespieltem Ernst zu, ihr Kinn in eine Hand gestützt, die Augenbrauen hochgezogen. »Das ist überhaupt nicht lustig«, sagte ich. »Du bist zu krank, um Schlitten zu fahren.«

»Okay, Doc«, sagte sie. Sie ließ ihre Hand sinken und saß einfach da, stumm, enttäuscht. Ich lauschte auf das Ticken der Uhr an der Wand, dann wandte ich mich ab und schaute aus dem Fenster. Es schneite noch immer, dicke, klebrige Schneeflocken, die Art Schnee, die sich gut für Schneemänner und feste Schneebälle eignet. Ich besaß einen Schlitten, einen, den Lydia und ich während unseres ersten gemeinsamen Winters in Fort Kent gekauft hatten. Ross hatte ebenfalls einen Schlitten und eine altmodische Fliegende Untertasse. Ob die Kinder heutzutage überhaupt noch wußten, was eine Fliegende Untertasse war? Hielten sie sie für Raumschiffe wie jene, die in Roswell, New Mexico, abstürzten? Trooper würde wahrscheinlich seinen Spaß damit haben.

»Vielleicht sollten wir Ross und Vickie anrufen«, sagte ich leise. Plötzlich voller Energie, sprang sie von ihrem Stuhl auf und kam um den Schreibtisch herum, um mich zu umarmen.

»Ross und Vickie sind schon unterwegs hierher mit einem Schlitten und einer Fliegenden Untertasse«, verkündete Dee Dee. »Lydia ist gerade dabei, euren Schlitten startklar zu machen, und Trooper ist nach Hause gegangen, um Handschuhe und Schals zu holen. Kannst du in fünf Minuten fertig sein?« Und dann war sie auch schon verschwunden.

Ich saß hinter meinem Schreibtisch, unfähig, den Raum zu verlassen und ihr zu folgen, jedenfalls für den Augenblick. Ich schaute auf die leere Wand hinter meiner Tür und versuchte mir vorzustellen, wie es wäre, wenn ein beinahe zwei Meter hohes AᗺBA-Poster dort hinge und mich jeden Morgen vier Gesichter anstarrten, Gesichter, die nie älter werden würden, genau wie Dee Dees Gesicht nie älter werden würde, zumindest nicht in meiner Erinnerung an sie. Auch nicht, wenn mein eigenes Gesicht aussehen würde wie das meines Vaters und schließlich das meines Großvaters. Dee Dee und AᗺBA würden für immer jung bleiben. *Ich muß ein paar Haken besorgen, mit denen man schwere Bilder aufhängen kann*, dachte ich, als ich hinausging, um die Praxis abzuschließen und meine Jacke und Handschuhe zu holen.

Als wir vier oben auf dem Daigle Hill ankamen, warteten Ross und Vickie dort bereits auf uns. Randy war nach Portland zu seiner Mutter gefahren, also taten Lydia und Trooper sich zusammen und fuhren auf unserem Schlitten als erste los, gefolgt von Ross und Vickie auf ihrem. Dee Dee und ich blieben stehen, unser Atem bildete in der eiskalten Luft kleine weiße Wölkchen. Wir schauten den beiden Schlitten nach und lauschten dem fröhlichen Lachen der Schlittenfahrer, die immer leiser und leiser wurden. Schließlich hörten wir aufgeregte Jauchzer, als die Schlitten sicher am Fuß des Hügels angekommen waren.

»Ich fahre nur ein einziges Mal«, sagte Dee Dee. »Eigentlich möchte ich nur erleben, was Trooper für einen Spaß beim Schlittenfahren hat.« Ich nickte. Ich würde auch warten, denn ich wollte Dee Dee nicht allein auf dem Hügel lassen. Also setzten wir uns auf einen Baumstamm und sahen zu, wie die anderen ein zweites und dann ein drittes Mal den Hügel hinunterrodelten. Als ich von unserem Aussichtspunkt in das St. John-Tal hineinschaute, fühlte ich mich an den *French Song*, dieses Lied aus unserer Kindheit, erinnert. Während wir darauf warteten, daß die anderen ein viertes Mal den Hügel hinaufstiegen, begann ich leise zu singen.

»Quand le soleil dit bonjour aux montagnes«, sang ich, doch meine Worte schienen in der eiskalten Luft zu erstarren. *»Et que la nuit rencontre le jour.«* Dee Dee lächelte, dann sang sie mit, sang mit mir einen Text, den vor mehreren hundert Jahren ein Unbekannter verfaßt hatte, jemand, dessen Name vergessen worden war, der womöglich sogar ein entfernter Verwandter war. *Wenn die Sonne die Berge begrüßt und die Nacht den Tag willkommen heißt.* Vom Hügel aus konnten wir ganz Fort Kent überblicken, das wie ein warmer, dicker Teppich vor uns ausgebreitet lag. Rauch stieg aus den Schornstei-

nen auf, und in den Fenstern gingen überall die Lichter an, so als würden neue Sterne geboren. Kleine Supernovas. Es war, als würden wir ein Gemälde von Grandma Moses betrachten und als wären wir gleichzeitig selbst Teil dieses Gemäldes, nicht mehr als ein paar Farbkleckse. *Je suis seul avec mes rêves sur la montagne, Une voix me rappelle de toi. Ich bin allein mit meinen Träumen auf dem Berg, eine Stimme erinnert mich an dich.*

Thomas Wolfe hat gesagt, man kann nicht nach Hause zurückkehren. Das war eine an den Reisenden gerichtete Botschaft, an den Suchenden, der in die Welt hinauszieht und schließlich zurückkehrt, nur um festzustellen, daß der Ort, den er verlassen hat, sich unwiderruflich verändert hat. Aber es gilt auch für diejenigen unter uns, die die Häuser, in denen sie geboren wurden und aufgewachsen sind, so gut wie nie verlassen. Es gilt für uns alle, denn die Vergangenheit bleibt für immer verloren. Ich legte meine Arme um Dee Dee und drückte sie fest an mich, als Trooper und Lydia und Ross und Vickie wieder den Hügel heraufkamen, ihre Gesichter von der kalten Luft gerötet, ihre Stimmen aufgeregt und glücklich.

»Noch einmal, dann hab ich genug«, sagte Lydia. Ross und Vickie schien es ebenso zu ergehen. Ich schaute Dee Dee an. Sie verschwand beinahe unter dem dicken Stoff von Lydias schwerem, blauen Parka, den sie sich ausgeliehen hatte. Sie wirkte so winzig und zerbrechlich, daß ich hoffte, sie würde es sich anders überlegen und nicht mit fünfzig Stundenkilometern auf einem Schlitten den Hügel hinunterrasen. Aber ich hoffte vergebens.

»Es ist meine letzte Chance«, flüsterte sie, und ich nickte. Was würde ich an ihrer Stelle tun? Auch ich würde versuchen, noch soviel vom Leben mitzubekommen, wie ich konnte. Ich deutete mit dem Kinn auf den großen Schlitten, den Lydia und ich damals sorgfältig bei Jandreau's Hardware ausgesucht hatten.

»Aber ich sitze vorne«, sagte ich, »und du hinter mir, okay?« Dee Dee nickte begeistert.

»Genau wie früher, als wir noch Kinder waren«, sagte sie. Mir wurde klar, daß sie es wahrscheinlich die ganze Zeit genauso geplant hatte. Schon in meiner Kindheit war ich immer auf Dee Dees Pläne hereingefallen, bis sie mich genau da hatte, wo sie mich haben wollte.

Ich setzte mich auf den Schlitten und stellte die Füße auf die Lenkkufen. Dee Dee stieg vorsichtig hinter mir auf und schlang ihre Arme um meine Taille.

»Fertig?« fragte ich.

»Los«, erwiderte sie.

»Houston!« rief ich. »Zündung frei!« Und dann ging es los den Hügel hinunter, während die Lichter von Fort Kent überall im St. John-Tal wie Glühwürmchen leuchteten. Dee Dee und ich flogen, flogen mit der Zeit, flogen wie Blätter im Wind, unserem Schicksal entgegen. Ich hörte sie hinter mir jauchzen und hielt den Atem an, während ich in Schußfahrt den Daigle Hill hinuntersteuerte. Als wir uns dem Ende der Rodelbahn näherten, merkte ich, daß wir schneller fuhren, als ich beabsichtigt hatte. Ich war offensichtlich ziemlich aus der Übung. Vor uns ragten die Bäume auf wie ein dichter Bretterzaun. Ich würde eine scharfe Kurve machen müssen, wobei wir womöglich vom Schlitten fallen würden.

»Halt dich gut fest!« rief ich über meine Schulter. Und dann zog ich an der Bremse, so hart ich konnte. Wir schleuderten herum, drehten uns einmal um uns selbst und landeten sanft auf der Seite. Ich setzte mich schnell auf und beugte mich zu Dee Dee hinüber, um ihr zu helfen. Ihr Haar und ihr Gesicht waren bedeckt mit pulvrigem Schnee, und sie lachte hysterisch.

»Gott«, sagte sie, »es ist wie das Leben, nicht wahr? Es ist so verdammt schnell vorbei.« Ich stand auf und klopfte mir den Schnee von der Hose, dann half ich Dee Dee auf die Knie. Ich konnte nur mutmaßen, wieviel Kraft sie dieses Abenteuer gekostet hatte, wie schmerzhaft diese Schlittenfahrt für sie gewesen sein mußte. Und wieviel seelische Pein sie gelitten hatte; es war ihre letzte Schlittenfahrt. Das war der Mut, von dem sie gesprochen hatte, an dem Abend, als sie mir die Wahrheit gesagt hatte. Es braucht Mut zum *Leben* ebenso wie zum Sterben.

»Nimm meine Hand«, sagte ich, verblüfft, daß sie aufgehört hatte zu lachen. Dann bemerkte ich, daß sie weinte. Ich kniete mich neben sie in den Schnee und legte meine Hand auf ihre Schulter. Ich war mir sicher, daß sie häufiger solche Momente hatte, Momente, in denen die Traurigkeit sie überwältigte, und ich war dankbar, daß sie diese Gefühle endlich mit mir teilte und mir die Möglichkeit gab, ihr vielleicht einen Teil der Last zu nehmen. Sie gab sich viel zuviel Mühe, immer tapfer zu sein.

»Soll ich dich in den Arm nehmen?« fragte ich. Sie schüttelte den Kopf. Ich schaute auf und sah Lydia und Vickie zusammen auf dem Schlitten auf uns zugerast kommen, hinter ihnen Ross, gefolgt von Trooper auf der Fliegenden Untertasse. Lydia schaute zu mir herüber, als die beiden Frauen am Fuß der Bahn ankamen. Ich gestikulierte wie wild mit einer Hand, und als Lydia uns nebeneinander knien sah, verstand sie den Wink.

»Hey Troop«, hörte ich sie rufen, als er auf seiner Fliegenden Untertasse angeschlittert kam. »Komm mal rüber. Von hier aus kann man das neue Haus in der Gagnon Road beinahe sehen.« Sie verschwand mit Trooper hinter einer Baumgruppe, gefolgt von Ross und Vickie, die die Situation sofort erfaßt hatten. Als sie weg waren, hob ich Dee Dees Kinn mit den Fingerspitzen an und wischte ihr die Tränen fort. Sie schaute zu mir auf wie ein verwundetes Tier.

»Ich brauche deine Hilfe, Sammy«, sagte sie. »Wenn die Zeit gekommen ist, will ich bei klarem Verstand sein. Ich will nicht im Koma liegen. Ich möchte nicht, daß Trooper mich so sieht. Du bist Tierarzt. Du kannst mir Tabletten besorgen oder was immer ich brauche, nicht wahr?« Ich war schockiert. Aber ich brauchte nicht lange nachzudenken, um ihr eine Antwort zu geben. Ich wußte, was ich sagen würde, *hatte schon immer gewußt*, was ich sagen würde, falls Dee Dee mich um so etwas bäte. Diesmal hatte ich nicht die Absicht, mich blindlings in einen ihrer Pläne einspannen zu lassen.

»Nein«, sagte ich, »das kann ich nicht, Dee Dee. Vielleicht bei jemand anderem. Vielleicht. Aber hier geht es um *dich*. Das ist etwas anderes.«

»Ich sterbe, Sammy«, sagte sie. »Das ist keine Idee, die mir gerade erst gekommen ist, weißt du. Es beschäftigt mich schon seit einer Weile.«

»Nicht mit mir«, sagte ich. Ich wünschte, ich könnte sie dazu bringen, daß sie aufhörte zu weinen. Das war beinahe mehr, als ich ertragen konnte. »Nicht mit mir«, wiederholte ich, als seien die Worte eine Art Mantra. Ich war über meine eigenen Gefühle verblüfft. Ich war zornig, regelrecht wütend darüber, daß sie mich in eine solche Situation brachte. Was zum Teufel wollte sie denn noch alles von mir? Zuerst verschwindet sie fast fünfzehn Jahre lang aus meinem Leben, ohne mir auch nur einen einzigen verdammten Brief zu schreiben. Ganz zu schweigen davon, daß sie mit Bobby Langford durchgebrannt ist an dem Abend, an dem ich ihr meine Liebe erklären wollte. Dann bekommt sie ein Kind, von dessen Existenz ich *durch meine Mutter* erfahre. Als nächstes taucht sie in meinem Leben auf wie eine Art Komet, der nach Tausenden von Jahren plötzlich am

Himmel erscheint, und erwartet von mir, daß ich sie wieder in meinem Leben aufnehme und ihren Sohn adoptiere, als wäre das ein Klacks. Ich soll ihr beistehen und so tun, als sei der Tod völlig in Ordnung, als sei der Tod eine Fahrt auf einem Karussel, eine Schlittenfahrt. All das erwartet sie von mir, und dann soll ich auch noch ihr ABBA-Poster in meinem Sprechzimmer aufhängen. Aber selbst das war ihr immer noch nicht genug. Was sollte ich dieser Frau denn noch geben, einer Frau, die einfach aus meinem Leben verschwunden war, bis ihr einfiel, daß sie mich wieder brauchte?

»Bitte, Sammy«, sagte sie. Ihre Nasenspitze war ganz gerötet von der Kälte, oder vom Weinen oder von beidem. »Du mußt mir beim Sterben helfen.«

Ich kochte vor Wut. Der Zorn war mit einemmal wie ein Freund, der mir half, den Schmerz zu überwinden. Den Schmerz, den es mir bereitete, sie zu verlieren.

»Wie kannst du es wagen, so etwas von mir zu verlangen?« fragte ich. Ich stand auf und schaute in das Tal hinaus. Es hatte wieder zu schneien begonnen. Die Szenerie erinnerte mich an einen von diesen Briefbeschwerern, die mit synthetischen Schneeflocken gefüllt sind, die Art, die man schüttelt, um ein künstliches Schneegestöber zu kreieren. Eine artifizielle Welt. Vielleicht lebten wir alle in einem verdammten Briefbeschwerer, den Gott hin und wieder schüttelte, wenn ihm gerade der Sinn danach stand.

»Wie kannst du es wagen?« fragte ich noch einmal

und war froh, als ich Lydia auf uns zukommen sah. Sie sollte sich um diesen Schlamassel kümmern. Ich wollte damit nichts zu tun haben. Ich, für meinen Teil, hatte genug.

II

»Ja«, war meine Antwort diese Nacht;
»Nein, Sir«, ich am Morgen sagen mag.
Farben, nur bei Kerzenlicht betrachtet,
Haben nicht denselben Glanz bei Tag.

E. B. Browning,
auf einer von Dee Dees Kerzenschachteln

Was bleibt mir noch über den Zorn zu sagen, außer daß er eine warme Decke ist, in die man sich hüllen kann, wenn draußen Schnee auf die Erde fällt. Ich verrichtete meine Arbeit in der Praxis, kastrierte, operierte Leistenbrüche und verband verletzte Ohren und gebrochene Beine. Dee Dee hatte mich den *James Herriot von Fort Kent* genannt. Der Herbst hatte sich endgültig verabschiedet, und der Winter war mit seiner ganzen Unbarmherzigkeit über uns gekommen. Fort Kent richtete sich auf die langen Wintermonate ein, und ich hoffte verzweifelt, daß alles verschwinden würde, daß alle Probleme von mir abfallen würden wie Herbstblätter und sich in Kompost verwandeln würden, wenn ich Dee Dee Michaud ignorierte und mich fest in meine Decke einhüllte. Ich lebte mit meinem Zorn und mit meinen Illusionen, aber ich lebte, verdammt noch mal.

Fast zwei Wochen lang setzte ich alles daran, Dee Dee Michaud aus dem Weg zu gehen. Wenn ich jenseits der Bay Street zu tun hatte, fuhr ich einen Umweg. Ich hielt mich fast nur noch im Hinterzimmer meiner Praxis auf und scherte mich nicht darum, daß sich der Papierkram auf meinem Schreibtisch stapelte. Ich weigerte mich sogar, mit Dee Dee am Telefon zu sprechen, wenn sie anrief und mich verlangte. Lydia stieß mich jedesmal mit dem Hörer an und drängte mich, ihn entgegenzunehmen. »Bitte, rede mit ihr, Sammy«, bettelte sie, doch ihre Bitten stießen auf taube Ohren. »Er ist unterwegs«, sagte Lydia dann, bis sie schließlich aufhörte, mich zu verleugnen. »Er spielt immer noch den sturen Bock, Dee Dee«, sagte sie statt dessen. »Tut mir leid, meine Süße.« Na ja, mir tat es auch leid, aber vor allem tat ich mir selber leid. Mein Mitgefühl galt Sam Thibodeau, der nie darum gebeten hatte, in diesem Drama mitzuspielen. »Du bist gar nicht wütend auf Dee Dee«, sagte Lydia immer wieder. »Du bist nur wütend darüber, daß sie stirbt.« Als hätte ich zu diesem Zeitpunkt nicht schon genug Probleme gehabt, verwandelte Lydia sich plötzlich in einen von diesen verrückten Selbsthilfe-Gurus. Eine von diesen Psychologinnen, wie man sie im Fernsehen sieht, die selbst so verkorkst und verängstigt sind, daß sie sich berufen fühlen, allen anderen armen Seelen zu Hilfe zu eilen. Gegen gute Bezahlung, versteht sich. »Du mußt dich mit dem Tod auseinandersetzen, Sammy«, sagte Lydia. »Du versuchst, die Realität zu leugnen.« Ich hatte es satt, mir dieses Psychogebrabbel anzuhören, und sagte es ihr. Und so zog auch sie sich zurück, während die Tage vergingen, während die Erde sich um unseren Stern drehte und uns mitnahm, während die Erde sich auf den sonnenfernsten Punkt ihrer Laufbahn zubewegte und der Winter das Regiment übernahm. Und auch ich hatte weite Kreisen um Dee Dee Michauds Leben gezogen, bis ich Meilen von ihr entfernt war. Zwischen Dee Dee und mir herrschte Winter, eine Kälte, wie ich sie in all den Jahren, die wir uns kannten, noch nie erlebt hatte. Außer damals vielleicht, als ich wütend auf sie war, weil sie zur Frau geworden war, bevor ich ein Mann werden konnte. Damals, als ich sie *Äffchen* und *dumme Nudel* und *Idiot* genannt hatte. Und genauso fühlte ich mich jetzt, wie ein pubertierender Knabe, der versuchte, sich in einer Welt voller grausamer Wahrheiten zurechtzufinden. Wahrheiten über das Leben und den Tod. Schließlich gab Dee Dee es auf. Sie rief nicht mehr an. »Sag ihm, ich bin hier. Wann immer er bereit ist zu reden«, sagte sie zu Lydia, die mir Dee Dees Worte mit einer gewissen Zurückhaltung ausrichtete, wie der sprichwörtliche Bote, der für das Überbringen einer schlechten Nachricht getötet wird. Ich nickte nur, tat so, als ginge es mich nichts an. Und ob es mich etwas anging. Ich machte mir solche Sorgen um Dee Dee, daß ich nachts kaum schlafen konnte. In den langen, dunklen Stunden vor dem Morgengrauen stand ich am Schlafzimmerfenster und versuchte mir vorzustellen, wie sie in ihrem Bett lag, dort in der Bay Street. Oder war sie auf, weil sie sich übergeben mußte? Litt sie an nächtlichen Schweißausbrüchen? Fraßen die Erinnerungen an die alten Zeiten in der Bay Street Nummer 204 sie auf wie ein anderer gottverdammter Krebs? Ich konnte es nicht ertragen. Den Rest der Nacht verbrachte ich in meinem Sessel im Wohnzimmer, ein Glas zwölf Jahre alten Jack Daniels in der Hand, während Lydia schlief. Whiskey, der zwei Jahre älter war als der Sohn, den ich demnächst großziehen würde.

Schließlich sprach Lydia noch einmal Dee Dees Namen aus, eines Morgens beim Frühstück, an dem ersten Morgen, an dem die Temperatur unter Null gesunken war. *Macht euch bereit für den Winter*, warnte uns die Natur, *macht euch bereit, denn was ihr bisher erlebt habt, war noch gar nichts*.

»Es geht ein schlimmes Gerücht in der Stadt um«, sagte Lydia. »Jemand hat erzählt, daß Dee Dee stirbt.« Ich starrte zum Vogelhaus hinaus, wo Meisen und Gimpel sich an Sonnenblumenkernen, Hirse und Nigersaat gütlich taten. Ein komplettes Frühstücksbuffet im Garten. Tja, es stimmte nun einmal, Dee Dee starb. Und wir hatten gewußt, daß es nur eine Frage der Zeit war, bis die Nachricht sich in der Stadt verbreiten würde. Darum hatten wir sie gedrängt, allen die Wahrheit zu sagen. Es wäre das beste gewesen.

»Das Problem ist«, fuhr Lydia fort, »daß ein paar Klatschtanten – du kennst ja die Sorte – daß ein paar von den Klatschtanten behaupten, Dee Dee hätte Aids.« Ich mußte schlucken und fragte mich, wieso solche Leute überhaupt das Recht hatten, ihr Geschwätz zu verbreiten. Man hätte schon vor Jahrhunderten Verordnungen erlassen müssen, die einem erlaubten, sich ein paar schöne, handliche Steine zu suchen und solche Nichtsnutze damit aus der Stadt zu treiben. Plötzlich wurde ich unendlich traurig darüber, daß Dee Dee sich zu allem anderen, was sie durchmachte, auch noch mit so etwas herumplagen mußte.

»Das ist schrecklich«, sagte ich, und Lydia faßte etwas mehr Mut, weil ich endlich wieder bereit war, über Dee Dee Michaud zu reden.

»Als ich sie gestern zum Arzt gefahren habe, Sam«, sagte sie, »haben wir Florence und Alberta getroffen. Erinnerst du dich an die beiden? Selbst ihre Katzen sind krankhaft neugierig.« Ich nickte. Es stimmt, daß Haustiere ihren Herrchen häufig ähnlich sind. Hunde, die geschlagen werden, knurren und beißen. Wer sollte es ihnen verdenken? Aber Katzen, die neugierig sind, weil sie Klatschtanten gehören?

»Diese Theorie muß erst noch gründlicher erforscht werden, bevor ich mich davon überzeugen lasse«, sagte ich ernst.

»Als Florence Dee Dee in der Tür begegnete«, fuhr Lydia fort, »zuckte sie zusammen, als hätte sie Angst, mit ihr in Berührung zu kommen. Dann, als sie hinausging, hörten wir, wie sie zu Alberta sagte, sie solle nur ja den Türknauf nicht anfassen. Es war furchtbar, Sam. Einfach furchtbar. Dee Dee versuchte, einen Scherz darüber zu machen, aber es war nicht zu übersehen, wie tief sie das getroffen hatte.« Am liebsten wäre ich zu Florence hinübergegangen und hätte ihr die Tür eingetreten. Sie zusammengestaucht. Aber ich tat es nicht. Statt dessen zuckte ich die Achseln. Ich konnte nur hoffen, daß Trooper nicht in Mitleidenschaft gezogen wurde.

»Ich dachte, du könntest vielleicht mal in der Bay Street vorbeischauen und mit Dee Dee reden«, sagte Lydia schließlich mit leiser, zaghafter Stimme. Ich schaute ihr fest in die Augen, während ich über ihren Vorschlag nachdachte.

»Ich muß noch eine Menge Bestellungen fertig machen«, murmelte ich. Sie nickte. Dann stand sie auf und räumte das Geschirr in die Spülmaschine. Ich starrte schweigend zum Vogelhaus hinaus.

»Ich werde mich kurz duschen«, sagte Lydia. »Und dann gehe ich zu Dee Dee. Ich werde den ganzen Tag dort sein und ihr helfen. Es fällt ihr immer schwerer, sich um alles zu kümmern. Das Kerzenmachen wird sie wohl bald aufgeben müssen. Aber die Leute kaufen sie schneller, als sie sie herstellen kann, und sie kann das Geld gebrauchen.« Ich wünschte, Lydia würde den Mund halten. Ich wünschte, sie würde die Geschichten über Dee Dee und den Klatsch in der Stadt und über die Kerzen für sich behalten. Denn ich wußte genau, was sie vorhatte: Sie versuchte, mich zurück in Dee Dees Lebensspirale zu locken. Aber das würde ich nicht zulassen. Jedenfalls noch nicht.

Während Lydia unter der Dusche war, ging ich ins Schlafzimmer, um mich anzuziehen. Ich brauchte ein warmes Hemd und Skiunterwäsche, denn ich hatte vor, zu Alton Martins Farm hinauszufahren, um eine kranke Ziege, das Haustier seiner Tochter, zu untersuchen. Ich hatte den Verdacht, daß das Tier etwas gefressen hatte, was ihm nicht bekommen war. Was das Fressen angeht, sind Ziegen nicht gerade wählerisch.

»Lydia«, rief ich in der Hoffnung, sie würde mich hören, obwohl das Duschwasser lief. »Wo ist meine Skiunterwäsche?« Da ich keine Antwort bekam, suchte ich weiter. In der Schublade, in der ich meine T-Shirts und Socken aufbewahrte, fand ich nichts, also öffnete ich Lydias Schublade und schaute dort nach. Dabei achtete ich peinlich darauf, nichts durcheinanderzubringen, denn das konnte sie nicht ausstehen. Und dann fand ich das Buch. Es hieß *Zu Hause sterben*. Ich setzte mich auf die Bettkante und hielt es eine Weile lang einfach in der Hand. Im Badezimmer lief das Duschwasser immer noch, und Lydia summte eine Melodie vor sich hin. Ich hätte auf sie warten und sie nach dem Buch fragen können, aber das tat ich nicht. Ich schlug das Buch auf und fand einen Zettel, auf dem Lydia sich die einzelnen Schritte notiert hatte: *1. Eine Stunde vorher: eine Tasse Tee und eine Scheibe Toastbrot, dazu eine Dramamin-Tablette gegen die Übelkeit; 2. Zuerst ein paar Tabletten mit Alkohol schlucken, dann den Rest in Yoghurt aufgelöst einnehmen; es muß schnell gehen! 3. Noch ein Glas Alkohol, um die Pillen hinunterzuspülen und den schlechten Geschmack zu vertreiben.*

Ich klappte das Buch zu und wartete auf meine Frau. Schließlich kam sie ins Schlafzimmer, ein Handtuch um den Körper geschlungen, das Haar zu einem Pferdeschwanz zusammengebunden. Ich hielt ihr das Buch entgegen.

»Was ist das?« fragte ich. Lydia hörte auf zu summen. Zuerst erstarrte sie wie ein Kaninchen im Scheinwerferlicht. Dann entspannte sie sich, als hätte sie sich plötzlich an ihre Grundrechte als Amerikanerin, an ihre Grundrechte als Mensch erinnert.

»Es ist ein Buch, Sam«, sagte sie ruhig. »Für was hast du es denn gehalten?« Ich hielt es höher.

»Warum versteckst du es in deiner Schublade?« fragte ich.

»Was hast du in meiner Schublade zu suchen?« entgegnete Lydia. »Du bist ja genauso schlimm wie Florence' Katze.« Sie begann, sich anzuziehen, erst Jeans, dann einen Pullover.

»Was hat das alles zu bedeuten, Lyddie?« fragte ich. Sie hörte auf, ihre Schuhe zuzubinden, und setzte sich neben mich auf die Bettkante.

»Dee Dee hat mich gebeten, bei ihr zu sein«, sagte Lydia. »Weißt du, wenn es soweit ist, daß sie stirbt. Sie will nicht allein sein, Sammy. Ich bin die einzige, an die sie sich wenden kann.« Bevor ich wußte, was ich tat, warf ich das Buch so fest an die Wand, daß der Rücken brach und mehrere Seiten im hohen Bogen durch das Zimmer und auf den Boden flogen. Ich war plötzlich nur noch *eifersüchtig*. Das war es, kein Zweifel. Es war die pure *Eifersucht*. Lydia würde also bei Dee Dee sein, wenn sie starb, und nicht ich. Wieso hatten sie noch nicht einmal mit mir darüber gesprochen? Genau diese Frage stellte ich Lydia.

»Weil du dich weigerst, über das alles zu sprechen, Sammy«, erwiderte sie. »Und wir fanden, daß das dein gutes Recht ist.« Ach, das fanden sie? Wie nett von ihnen. Wie verdammt nett. Ich fragte mich, welche Unannehmlichkeiten sie mir sonst noch erspart haben mochten, was sie mir bei den kleinen heimlichen Besuchen, die Lydia Dee Dee täglich abstattete, noch vorenthalten hatten.

»Rutscht mir doch alle beide den Buckel runter«, sagte ich. Ich schlug die Hände vors Gesicht und blieb hilflos auf dem Bett sitzen. Ich wußte nicht, wie ich reagieren sollte, was zum Teufel ich als nächstes tun sollte oder wollte. Ich spürte Lydias Hand auf meiner Schulter, und es war, als würde sie mir mit dieser Berührung die Erlaubnis erteilen zu weinen: die Berührung meiner Frau, so robust und voller Leben, aber wie lange noch? Das war der Zorn, den ich verspürte – Wut auf die Macht, die diese verrückte Welt ins Leben gerufen hatte – Wut darüber, daß wir alle Teil dieses wahnsinnigen Experiments sind, das man Leben nennt. Als Lydia ihre Arme um mich legte, weinte ich wie ein Kind.

»Ist schon gut«, flüsterte sie. »Wein jetzt, soviel du kannst. Später mußt du stark sein, für Dee Dee und für Trooper.« In diesem Augenblick haßte ich Lydia. Ich haßte sie, weil sie Dee Dee so viel näher zu stehen schien als ich. Sie hatte mir Dee Dee weggenommen, wie damals Bobby Langford. Lydia würde an ihrem Sterben teilhaben, etwas, das mir verweigert wurde. Etwas, das ich mir *selbst* verweigert hatte. Ich stieß sie von mir weg.

»Laß mich«, war alles, was ich herausbrachte.

»Sam, ich weiß, was du empfindest«, sagte Lydia. »Du fühlst dich ausgeschlossen. Aber Dee Dee versucht nur, dich zu schützen.« Ich wischte mir die Augen, dann schaute ich Lydias Gesicht an, ihre sanft geschwungenen Augenbrauen, das ruhige, gefaßte Leuchten in ihren Augen, den herzförmigen Mund. Es war ihr Mund, der mir damals an der Uni zum erstenmal aufgefallen war. Als ich so das Gesicht meiner Frau betrachtete, mein Herz schwer vor Trauer und Schmerz darüber, daß ich dabei war, meine beste Freundin zu verlieren, wurde mir zum erstenmal bewußt, daß Lydia und Dee Dee die beiden Frauentypen verkörperten, die ich liebte und verehrte: Lydia war Melanie, und Dee Dee war Scarlett. Die eine vernünftig und verläßlich, das Abbild des gesunden Menschenverstandes; die andere so unberechenbar wie ein Blatt in einem reißenden Bach. Lydia wäre niemals mit Bobby Langford durchgebrannt. Schließlich war Lydia mit *mir* durchgebrannt, dem guten alten, vernünftigen Sam Thibodeau. In diesem Augenblick haßte ich sie alle beide, diese Frauen, die sich immer einbilden zu wissen, was ein Mann denkt, die immer so *fürsorglich* sind, verdammt noch mal, als wären sie allwissende Göttinnen. Und ein Mann, tja, was weiß ein Mann schon über das Sterben?

»Sammy«, sagte Lydia. Sie legte ihre Hand auf meinen Arm und drückte zu. »Willst du, daß ich mit Dee Dee rede?« Ob *ich* wollte, daß *sie* für mich mit Dee Dee Michaud redete? Gott, wie ich sie haßte! Ich stieß ihre Hand von meinem Arm, schnappte mir mein Jackett und stürmte hinaus zu meinem Pickup.

Den Tag verbrachte ich außerhalb der Stadt, fuhr von Farm zu Farm, lehnte mich über Zäune, diskutierte über alles, von Euterinfektionen bis zu Pferdebandwürmern. Um drei Uhr nachmittags ging ich in Doris' Café, nachdem mir aufgefallen war, daß ich den ganzen Tag noch nichts gegessen hatte. Ich hatte noch nicht mal ans Essen gedacht. Ich hatte an Dee Dee gedacht. Ob ich gerade mit einem Farmer über dessen Traktor fachsimpelte oder einen Pferdefuß anhob, um den Huf zu untersuchen, immer wieder sah ich ihr Gesicht vor mir, sah sie am Flußufer oder auf der Schulbank oder in einem Drive-in-Kino, in das wir uns geschlichen hatten, oder im Kofferraum von Ross' Wagen. Den ganzen Tag lang verfolgten mich meine Erinnerungen, eine nach der anderen tauchten sie vor mir auf, bis ich mir eingestehen mußte, daß ich nicht länger arbeiten konnte. Also ging ich in Doris' Café und bestellte *ploies*, diese Buchweizenpfannkuchen, von denen die ersten Siedler in Acadia sich ernährt hatten, dazu Eier und Pommes frites aus Kartoffeln, die hier im St. John-Tal gewachsen waren. Und Tomatenscheiben. Hatten die Pioniere von Acadia auch Tomatenscheiben gehabt? Ich war gerade dabei, meinen Kaffee auszutrinken, als ich spürte, wie sich jemand neben mich setzte. Es war Trooper.

»Hallo«, sagte er.

»Hallo, Trooper.«

»Ich hab dich gesucht, Sam«, sagte er ernst. Darüber mußte ich lachen. Vor noch nicht allzulanger Zeit hatte *ich* nach *ihm* gesucht. Jetzt war es umgekehrt. Ich kam mir plötzlich vor wie ein neunjähriger Junge. »Ich hab dich überall gesucht«, sagte Trooper.

Der arme Kerl. Er wirkte genauso verloren wie ich mich fühlte. Schließlich war Trooper nichts anderes als ein kleiner *Mann*. Wir hatten es beide mit Melanie und Scarlett zu tun. »Was ist los, Kumpel?« fragte ich. »Möchtest du was essen?« Er schüttelte den Kopf. Dann schaute er zu mir auf, die Augen mit Tränen gefüllt.

»Peter hat gesagt, meine Mama dürfte eigentlich nicht hier in Fort Kent wohnen, weil sie Aids hat«, sagte Trooper. Seine Stimme klang dünner und zaghafter denn je. »Peter hat erzählt, seine Mutter und

Mrs. Humphrey hätten gesagt, sie würden keine Kerze anrühren, die aus der Bay Street kommt.« Peters Mutter und Mrs. Humphrey. *Florence und Alberta.* Ich betrachtete seine kleinen Schultern, sie waren ziemlich schmal für einen Jungen von fast zehn Jahren. Mit der Zeit würden sie kräftiger werden. Mit den Jahren würde er groß und stark werden. Er hatte die langen Beine und das schön geschnittene Gesicht seines Vaters geerbt. Aber er hatte Dee Dees Herz.

»Weißt du, was ich glaube?« sagte ich schließlich.

»Was denn?« fragte Trooper und schaute vertrauensvoll zu mir auf. *In solchen Situationen erweist es sich, was es heißt, ein Vater zu sein*, sagte ich mir. *Also überlege dir gut, was du sagst.*

»Ich glaube, Peter ist kein besonders guter Freund.«

»Das glaube ich auch«, sagte Trooper.

»Und ich glaube, seine Mutter und Mrs. Humphrey sind keine besonders netten Leute.«

»Genau«, sagte Trooper, und er schien erleichtert darüber, daß ein Erwachsener ihn in seiner Meinung bestätigt hatte.

»Du hast noch andere Freunde«, sagte ich. »Auf so einen wie Peter bist du nicht angewiesen. Gemeine Leute brauchst du nicht.« Trooper nickte. Da ich ein guter Vater sein wollte, verkniff ich mir hinzuzufügen, daß Peters Mutter und Mrs. Humphrey selbst jede Menge Leichen im Keller hatten. Die eigenen Leichen im Keller sind gewöhnlich das, was Klatschmäuler in ihrer Klatschsucht motiviert. Doris stellte eine Tasse Kakao vor Trooper auf den Tisch.

»Danke«, sagte er und nahm einen Schluck.

»Weißt du, Troop«, sagte ich, »wir Männer müssen zusammenhalten. Lydia und deine Mutter sind so sehr damit beschäftigt, alles zu richten, daß sie uns irgendwie vergessen haben.« Er nickte.

»Ich will nicht, daß sie stirbt, Sam«, sagte er so leise, daß ich ihn kaum hören konnte. Ich sah ihm zu, wie er mit dem Zeigefinger am Tassenrand entlangfuhr.

»Ich auch nicht, Troop«, sagte ich. »Ich auch nicht.« Er stand auf, schob seine halbleere Tasse über den Tisch und begann, in seinen Taschen nach seinen Handschuhen zu suchen.

»Ich muß nach Hause«, sagte er. »Ich muß Lancelot füttern.« Auf halbem Weg zur Tür überlegte er es sich anders. Er kam zurück, rutschte neben mich auf die Bank und schlang die Arme um mich. Ich nahm ihn in den Arm und tätschelte ihm den Rücken.

»Wir Männer müssen aufeinander aufpassen, Sam«, sagte Trooper.

Ich bog gerade in die Einfahrt meiner Praxis, als Sue Gauvin laut hupend in ihrem Cherokee Laredo vorfuhr. Sie sprang aus dem Wagen, das Gesicht vor Kummer verzerrt. Sie rang nach Worten. Ich stieg aus und rannte auf sie zu.

»Sue, was ist los?« fragte ich. Sie hatte zu schluchzen begonnen und deutete nur stumm auf ihren Wagen. Da erst sah ich Paul, ihren Mann, der sich gerade mühsam aus einer der hinteren Türen des Laredo quälte und etwas auf dem Arm hielt, Cody, den fünfjährigen Collie, den ich behandelte, seit ich meine Praxis eröffnet hatte.

»Ein Lieferant hat vergessen, unser Tor zu schließen«, sagte Paul, während er den Hund betrachtete, der schlaff in seinen Armen hing. »Er ist von einem Auto angefahren worden, Sam.« Die beiden waren völlig verzweifelt.

»Bringt ihn ins Hinterzimmer«, sagte ich. »Schnell.« Ich öffnete die Tür zur Praxis und trat zur Seite, um Paul mit dem Hund vorbeizulassen. Nach Codys Augen zu urteilen, sah die Sache nicht gut aus. Sie waren zu sehr geweitet. Und seine Reglosigkeit – er bewegte sich überhaupt nicht – bedeutete, daß sein Rückgrat wahrscheinlich gebrochen war. Ich nahm an, daß er außerdem innere Verletzungen hatte; selbst bei geringer Geschwindigkeit kann ein Auto ein Tier bei einem Zusammenstoß schrecklich zurichten.

Nach einer kurzen Untersuchung wußte ich, daß es so schlimm war, wie ich befürchtet hatte. Es gibt wirklich nichts, was man tun kann, wenn ein Hund sich das Rückgrat bricht. Ich nahm Paul beiseite.

»Sein Rückgrat ist gebrochen, Paul«, sagte ich leise. »Wir können nichts anderes tun als Cody einzuschläfern. Es ist das beste für ihn.« Paul nickte. Er wußte, daß ich alles in meiner Macht Stehende tun würde, um Cody zu helfen, wenn er meiner Meinung nach eine Chance hätte.

»Ich werde es Susie sagen«, erwiderte er und ging hinaus. Ein paar Minuten lang hörte ich ihn leise sprechen, als er seiner Frau berichtete, was ich ihm erklärt hatte. Einer Mutter gleich, die aus Rücksicht auf ihr Kind den eigenen Schmerz verbirgt, hörte ich, wie Susie plötzlich aufhörte zu weinen und tief einatmete. Egal, wie schwer es ihr fiel, sie würde tun, was das beste für Cody war.

»Wie sollen wir es bloß Ashley sagen?« hörte ich sie Paul fragen.

Traurig entschlossen sich die Gauvins, die Praxisräume zu verlassen und nach Hause zu gehen. Manche Menschen bestehen darauf, bis zum letzten Augenblick bei ihrem Tier zu bleiben, streicheln es und flüstern ihm beruhigende Worte ins Ohr bis zum Schluß. Andere gehen fort. Beides ist hart. Jeder geht mit Trauer anders um. Und, ja, es gibt tatsächlich einige Menschen, denen es egal ist, ob ihr Tier stirbt. Ich habe schon erlebt, daß Leute mit einem dicken Bankkonto von mir verlangt haben, daß ich ihr Tier einschläfere, bloß weil es sich die Pfote verletzt hat. Die Gauvins gingen nach Hause, um ihrer Tochter irgendwie die traurige Geschichte von Cody, dem geliebten Hund der Familie, zu erzählen.

Allein im Hinterzimmer, saß ich neben dem Untersuchungstisch und schaute Cody in die Augen, während ich ihm den Kopf kraulte. Ich wollte keine Zeit verlieren, ihm nicht länger als unbedingt nötig die Schmerzen zumuten. Ich wünschte, Lydia wäre da, um zu helfen und mir Beistand zu leisten. Ich rasierte eine Stelle an Codys Vorderlauf, klein und weiß wie ein mit frischem Schnee bedecktes Feld.

»So, Cody«, sagte ich. »Es ist gut, alter Junge. Es wird alles gut. Guter Hund. Braver Hund.« Während ich das Pentobarbital aufzog, redete ich weiter mit ruhiger Stimme auf ihn ein. Cody konnte seinen Schwanz nicht heben, wahrscheinlich spürte er ihn nicht einmal mehr. Aber seine Vorderpfote bewegte sich leicht, als er einen letzten Versuch machte, mit mir Kontakt aufzunehmen. Immer noch auf ihn einredend, führte ich die Nadel in die dünne Vene ein und injizierte das Gift. Ein oder zwei Minuten vergingen. Plötzlich begann es wie erwartet zu stinken, als Codys Eingeweide sich auf den Tisch entleerten. Es war vorbei.

Ich schloß seine offenen Augen, und dann blieb ich noch lange dort sitzen und starrte den toten Hund an, während mir die Tränen über die Wangen liefen, die ich nicht mehr zurückhalten konnte. Dee Dee hatte mich gebeten, ihr beim Sterben zu helfen, wahrscheinlich in der Annahme, als Tierarzt hätte ich die Mittel dazu. Ich könnte ihr ein paar Pillen geben. Ihr vielleicht eine Giftspritze besorgen. Aber jeder Tierarzt kennt die Wahrheit: Wir haben die Mittel nicht. Um den Tod herbeizuführen, müssen wir tätlich eingreifen, und dann ist es Mord. Tierärzte verfügen nicht über die besten Medikamente, wenn es darum geht, einen Menschen zu töten. Wir können eine Spritze mit genug Pentobarbital füllen, um ein Tier einzuschläfern, aber wir können diese Spritzen nicht für uns selbst verwenden, nicht, wenn wir alleine sterben wollen. Wenn ich Dee Dee eine mit Pentobarbital gefüllte Spritze gäbe, würde sie durch die ersten Tropfen, die in ihre Venen gelangten, sofort einschlafen, bevor sie genug injizieren könnte, um sich das Leben zu nehmen. Tierärzte, die Selbstmord begehen, legen sich eine Infusion, damit das Gift, nachdem sie eingeschlafen sind, weiter in ihre Blutbahn fließt. Wenn ich ihr helfen wollte, müßte ich mir eine Methode ausdenken, die ohne meine Unterstützung funktionierte. Ich hatte schließlich mein Leben noch vor mir. Und einen kleinen Jungen, den ich großziehen mußte.

Ich rief Ross an. Er klang schläfrig, aber es war mir egal, ob ich ihn aus seinem Mittagsschlaf gerissen hatte oder nicht. Mein Anliegen war wichtiger.

»Hast du noch Kontakt zu deinem Freund in Quebec, dem Arzt?« fragte ich ihn. »Der, von dem du mir mal erzählt hast?« Ross überlegte einen Moment.

»Ja«, sagte er schließlich. Er hatte mir erzählt, daß dieser Freund, dieser Arzt, tödlich erkrankten Patienten geholfen hatte, wenn die Schmerzen zu groß wurden und es keine Hoffnung mehr gab. Dieser Arzt tat es heimlich, sagte Ross, weil es immer noch gegen das Gesetz verstieß. Ich nahm an, daß Ärzte in aller Welt heimlich solche Dinge taten: Wir sind eine Gesellschaft, die immer noch nicht gelernt hat, mit dem Tod umzugehen. Manche von uns wissen noch nicht einmal mit dem *Leben* umzugehen. »Warum?«

»Ich brauche ungefähr zweihundert Milligramm Morphium«, sagte ich. »Es gibt Tabletten zu je fünfzehn Milligramm, das heißt also, ich brauche vierzehn Stück.« Ich hörte, wie Ross scharf die Luft einzog. Dann atmete er langsam aus.

»Dee Dee?« fragte er.

»Ja, Dee Dee«, sagte ich. »Kannst du nach Quebec fahren und die Tabletten holen?« Ross sagte lange Zeit nichts. Ich fragte mich, ob auch er an jenes wilde Februarwochenende in Quebec dachte, das Wochenende, von dem Dee Dee gesagt hatte, es sei ihre schönste Erinnerung an die alten Zeiten, das Wochenende, an dem wir zusammen mit ein paar Klassenkameraden nach Quebec gefahren waren, um den Karneval mitzuerleben. Damals hatte Dee Dee in der Bar des Château Frontenac in Kaskaden von silbernen Luftschlangen getanzt. Als der Morgen dämmerte, hatten wir mit trüben Augen an einem Fenster mit Blick auf den St. Lorenz-Strom gestanden, in einem Zimmer, das wir uns nur leisten konnten, weil wir alle zusammengelegt und auf dem Boden geschlafen hatten. Und als dann die Sonne über dem Fluß aufging, beim Anblick dieses gleißend goldenen und unvergänglichen Bildes, fühlte ich mich losgelöst von Raum und Zeit. Die meisten von uns in diesem Zimmer, stammten von den ersten Siedlern ab, die über genau diesen Fluß gekommen waren und Quebec entdeckt hatten. Wir waren Blut von ihrem Blut. Manche Straßen im ältesten Teil der Stadt – *la ville vieux* – waren nach unseren Familiennamen benannt. Unser Vorfahr Abraham Martin war Schiffslotse bei Champlain gewesen; die *Plains of Abraham*, nicht weit von unserem Hotel entfernt, wo Abrahams Vieh gegrast hatte, waren nach ihm benannt. In seinem Testament hatte Champlain Abraham Martin einen Anzug vermacht. In jener Nacht, als schließlich nur noch Ross, Dee Dee und ich wach waren und eine Flasche Wein herumreichten, während wir aus dem Fenster schauten, war ich von einem wunderbaren Gefühl der Beständigkeit durchdrungen. In jener Nacht war ich unsterblich. Dee Dee und Ross ebenso. Ich war sicher, daß wir ewig leben würden. Was für ein junger Narr ich doch gewesen war.

»Ich kann sie besorgen«, sagte Ross schließlich. Seine Stimme klang traurig und resigniert. Vielleicht hatten wir alle geglaubt, irgend etwas würde passieren und das Unabänderliche von uns abwenden. Irgendeine Art von Wunder, wie ein Lottogewinn. Alle außer Dee Dee, die die ganze Zeit die Wahrheit gewußt hatte. Nun, das Unabänderliche klopfte jetzt an unsere Tür.

Ich legte den Hörer auf und nahm meinen Mantel. An der Tür traf ich Lydia. Sie stampfte gerade den Schnee von ihren Stiefeln und zog sich Mantel und Schal aus. Sie lächelte mich an. *Wie habe ich dich bloß gefunden?* fragte ich mich im stillen. *Wie habe ich dich bloß auf dieser großen weiten Welt gefunden?* Sie schaute mich an, als wollte sie sagen, *Was gibt's?*

»Ich gehe rüber in die Bay Street«, sagte ich. »Um mit Dee Dee zu reden.« Lydia sah mich an, versuchte wahrscheinlich in meinem Gesicht zu lesen.

»Hier«, sagte sie und reichte mir ihren Schal. »Es ist kalt draußen.«

Ich ging zu Fuß zur Bay Street Nummer 204, denn ich wollte die Kälte bis in die Knochen, bis ins Mark spüren; ich wollte die kalte Luft atmen, den glitzernden Nachthimmel über Kanada sehen, die ewigen Sterne, die alten, vertrauten Straßen von Fort Kent, Maine. Ich wollte meine Gedanken ordnen, mich vergewissern, daß ich noch klar denken konnte. *Wir helfen unseren Haustieren, diese Welt so würdevoll wie möglich zu verlassen*, sagte ich mir. *Wir helfen unseren Tieren zu sterben, wenn die Zeit gekommen ist.*

Dee Dee öffnete die Tür. Sie wirkte verschlafen, wie ein kleines Mädchen, das die halbe Nacht aufgeblieben ist, um auf den Nikolaus zu warten. Und was für ein Nikolaus ich war. Der Schnee auf ihrer Veranda knirschte unter meinen Stiefeln, als ich von einem Fuß auf den anderen trat, die Hände in den Jackentaschen, während mein Atem graue Wölkchen bildete.

»Sammy?« sagte sie. »Stimmt irgend etwas nicht? Ist Lyddie gut nach Hause gekommen?« Sie starb, und doch wollte sie wissen, ob es Lydia gutging. Ich trat an ihr vorbei ins Haus und schloß die Tür. Ich wollte nicht, daß sie sich erkältete. Ihr Immunsystem war bereits sehr geschwächt. Von jetzt an war es unsere Aufgabe, sie solange wie möglich gesund und am Leben zu erhalten. Ich schaute die Treppe hinauf und sah Licht unter Troopers Tür. Das Zimmer, in dem mein zukünftiger Sohn sich wahrscheinlich gerade zum Schlafen bereitmachte. Vor einigen Stunden war er mir zu Hilfe gekommen. Ich würde dasselbe für ihn tun, wann immer das Leben ihm schlechte Karten zuteilte. Ich würde immer für ihn dasein. Und auch für seine Mutter würde ich dasein, für meine alte Freundin, meine Kameradin. Die erste Frau, die ich je geliebt hatte. Denn die erste Liebe stirbt schwer. Verdammt schwer.

»Ich helfe dir«, sagte ich zu Dee Dee. Welche Reaktion hatte ich von ihr erwartet? Daß sie einen Freudentanz aufführte? Was hätte sie sagen sollen? *Hey, Sammy, es war alles nur ein Scherz. Ist das Leben nicht zum Schreien?* »Ich helfe dir«, sagte ich noch einmal. Und das waren die einzigen Worte, die zwischen uns nötig waren. Dee Dee sagte überhaupt nichts. Sie schlang einfach ihre zerbrechlichen Arme um meinen Hals und ließ ihren Kopf an meine Schulter sinken. Ich legte meine Arme um ihre Taille und stützte mein Kinn auf ihren Kopf. Es war, als würden wir tanzen, so wie wir auf all den Schulbällen getanzt hatten, ich unsicher und unbeholfen vor lauter Angst, ich könnte ihr auf die Füße treten. Aber diesmal trat ich ihr nicht auf die Füße. Ich hielt sie fest in den Armen, roch den süßen Duft ihrer Haare und versuchte mir vorzustellen, wie mein Leben aussehen würde, wenn sie nicht mehr dazugehörte.

12

Doch dann, wenn die Nacht die Hügel umfängt,
Und das Meer ein Raunen birgt in der Gischt,
Bei Sternen, bei Kerzen und Traumeslicht
Kommt sie zu mir.

HERBERT TRENCH,
auf einer von Dee Dees Kerzenschachteln

Schnee bedeckte das St. John-Tal, und der Winter nahm das ganze Land in Besitz. Das rote und orangefarbene Laub der Bäume, die kahl und leer am Flußufer und auf den Hügelkämmen standen, war nur noch Erinnerung, ebenso wie die Singvögel, die für den Winter in den Süden gezogen waren, und das orangefarbene Habichtskraut und die gelben Gänseblümchen, die auf den Weiden überall im Tal geblüht hatten. Der St. John war noch nicht zugefroren, aber auf den Pfützen in den leeren Kartoffelfeldern und auf kleinen Tümpeln hatte sich bereits dickes Eis gebildet, auf dem sich ein paar besonders unerschrockene Eisläufer tummelten. Den weniger beherzten, die es vorzogen, sich auf der städtischen Eisbahn zu vergnügen, wurde heißer Kakao und glatteres Eis geboten. Die Wintervögel schüttelten die Zweige der Eschen auf ihrer emsigen Suche nach den letzten Sommerbeeren. Dee Dees Geschäfte gingen nicht schlechter, nachdem sich die Nachricht von ihrer Krankheit im Ort herumgesprochen hatte. Im Gegenteil, die Einwohner von Fort Kent waren begierig, jede Kerze zu kaufen, die Dee Dee herstellte. Doch dann war sie von all der Arbeit einfach überfordert. Ein Fließband hätte vielleicht genug Kerzen produzieren können, aber Dee Dee war nicht mehr in der Lage, solche Mengen in Handarbeit herzustellen, nicht mit der Krankheit, die sie immer mehr schwächte, die ihr alle Energie raubte. Schließlich mußte sie den Laden aufgeben. Es war kurz vor Thanksgiving, und jetzt konnten wir nur noch hoffen, daß Dee Dee bis Weihnachten durchhalten würde. Aber Dee Dee hatte in dieser Hinsicht ihre eigene Philosophie. »Ich will nicht an Weihnachten sterben und auch nicht an Silvester«, erklärte sie uns. »Damit würde ich Trooper die Feiertage für den Rest seines Lebens verderben. Dann wird er jedesmal an *mich* denken müssen, anstatt sich zu freuen.« Wir sprachen es nie aus, aber wir wußten alle, daß sie schon bald einen Zeitpunkt bestimmen würde. Ihre größte Angst war es immer gewesen, die Kontrolle zu verlieren. Dee Dee würde den Zeitpunkt so wählen, daß sie noch Kraft genug hatte, alles selbst in die Hand zu nehmen.

Thanksgiving kam und ging und Lydia und ich trugen das Festessen auf Tabletts zu Dee Dee nach Hause. Lydia deckte den großen Tisch im Eßzimmer und legte die Leinentischdecke auf, die Dee Dees Mutter schon benutzt hatte, damals, als wir in der

Bay Street noch alle behütet und in Sicherheit gewesen waren. Ich zündete Dee Dees handgezogene Kerzen an. Trooper trug sogar einen Anzug, obwohl keiner von uns Erwachsenen ihn darum gebeten oder auch nur daran gedacht hatte, ihn um so etwas zu bitten. Aber wir merkten alle, daß er unseren Zusammenkünften etwas Feierliches verleihen wollte, er wollte uns zeigen, wie wichtig ihm das alles war. Schließlich sollte dies das letzte Thanksgiving sein, das er mit seiner Mutter feiern würde.

Wahrscheinlich wurden in den meisten Haushalten von Fort Kent noch immer Truthahnsandwiches gegessen, als Dee Dee beschloß, daß die Zeit gekommen war. Sie machte sich bereit. Der Augenblick, den wir alle gefürchtet hatten, stand nun bevor. Sie wurde von Tag zu Tag schwächer, und die Schmerzen wurden immer schlimmer. Die Medikamente halfen nicht mehr. »Ich schaffe es nicht mehr bis Weihnachten«, erklärte sie schließlich und bestätigte damit unsere schlimmsten Befürchtungen. Nun mußten wir uns für die nächste Prüfung wappnen, und das war der Augenblick, an dem sie den Tag festlegen würde. Es war schon Ende November. Das Jahr ging zur Neige, und ein neues wartete auf uns. Ein neues Jahr, das Dee Dee Michaud nicht mehr erleben würde. Lydia hatte bereits ihre Sachen gepackt und wohnte in der Bay Street Nummer 204. Jetzt warteten wir, obwohl jeder von uns so tat, als würde er genau das nicht tun: warten. Wir warteten auf den nächsten und letzten Spielzug.

Selbst wenn man den Tod kommen sieht, ist man nicht darauf vorbereitet. Am ersten Tag im Dezember, einem kalten, sonnigen Tag, beschloß ich, nach Caribou zu fahren, ein Städtchen, das sechzig Meilen entfernt lag. Dort wollte ich mir eine kleine Kettensäge kaufen, um Feuerholz für den Winter machen zu können. Ich gab einer spontanen Eingebung nach – jedenfalls redete ich mir ein, es sei eine spontane Eingebung – und fuhr in der Bay Street vorbei, um eine Tasse Kaffee mit meiner Frau zu trinken. Ich schlief nicht besonders gut ohne Lydia an meiner Seite, aber ich wußte, daß Dee Dee sie jetzt nötiger brauchte. Es war einfach immer noch so, daß ich die Umstände von Dee Dees Tod nur schwer akzeptieren konnte, obwohl ich mich darum bemühte. Das Ganze war für meinen Geschmack immer noch allzu willkürlich und unfair. Aber Dee Dee zuliebe riß ich mich zusammen.

Lydia hatte mir gerade eine Tasse Kaffee hingestellt, als Dee Dee sozusagen die Bombe platzen ließ und verkündete, sie habe den Tag festgelegt. Sie war bereit zu sterben. Ich spürte, wie sich mir der Magen umdrehte, und dann wurde ich stocksteif.

»Nächsten Montag«, sagte Dee Dee. »Am siebten Dezember. Es ist der perfekte Zeitpunkt, denn Thanksgiving ist vorbei, und es bleiben immer noch drei Wochen bis Weihnachten. Es ist *Pearl-Harbor-Day*, Herrgott noch mal. Also was kann man an so einem Tag schon verderben?« Ich nahm einen Schluck von meinem Kaffee, mußte aber feststellen, daß ich nichts schmeckte. Ich hätte genausogut Tinte trinken können. Ich schaute Dee Dee an und versuchte zu lächeln. Sie dachte immer noch an Trooper, war darauf bedacht, ihm keinen Festtag zu verderben. Und denen, die sie liebten, war seit einer Weile klar, daß sie es nicht bis Weihnachten schaffen würde. Sie hatte die meiste Zeit Fieber, und ihre nächtlichen Schweißausbrüche kamen nun so häufig, daß Lydia mehrmals nachts aufstehen mußte, um die Bettwäsche zu wechseln. Ihre Leibschmerzen waren das Schlimmste. Sie hatte kaum Appetit, und wenn sie doch einmal etwas zu sich nahm, wurde ihr meistens übel, und sie mußte sich übergeben. Wir hatten bereits genau geplant – wir drei zusammen mit Ross und Vickie –, was getan werden mußte, wenn die Zeit gekommen war. Komisch, Dee Dee, Ross und ich hatten früher gemeinsam Streiche ausgeheckt, die wir den Lehrern gespielt hatten. Jetzt planten wir gemeinsam Dee Dees Tod.

»Hast du es Trooper schon gesagt?« Ich fragte mich, was er tun würde, jetzt, wo es soweit war. Lydia schüttelte den Kopf.

»Dee Dee sagt es ihm heute abend«, erwiderte Lydia leise. Dann wollte sie meine Tasse noch einmal füllen, aber ich hielt sie davon ab. Wieso sollte ich noch mehr Kaffee trinken, wenn ich sowieso nichts schmeckte?

»Ich werde Dr. LaPorte heute anrufen und ihm sagen, daß ich ins Krankenhaus gehe«, sagte Dee Dee. Sie wirkte noch erschöpfter als sonst. Doch in der letzten Zeit hatte ich noch etwas anderes an ihr wahrgenommen, eine stille Willenskraft, die sie vorantrieb. Ich fragte mich, ob die Natur uns auf diese Weise vorbereitete, vielleicht, indem sie in solchen Notzeiten Endorphine ausschüttet, um es uns leichter zu machen. »Dr. LaPorte rät mir schon seit Wochen, ins Krankenhaus zu gehen«, fuhr Dee Dee fort. »Ich werde ihn bitten, mich für den achten Dezember einzuweisen.« Als würde uns das alles inzwischen nicht mehr berühren, nickten Lydia und ich wie zwei dressierte Seehunde. Den Rest des Plans kannten wir. Ross und Vickie würden unter Dee Dees Freunden die Nachricht verbreiten, daß Dee Dee ins Krankenhaus ging. Es war Zeit, sich zu verabschieden. Jeder, der Abschied nehmen wollte, konnte das am Montag abend tun – nun, wo Dee Dee den Tag festgelegt hatte – und an einer kleinen Feier in der Bay Street Nummer 204 teilnehmen. Ihre Freunde konnten vorbeischauen und Dee Dee ein letztes Mal besuchen. Dann, nachdem alle gegangen waren, würde Dee Dee sich von Trooper verabschieden. Wenn dieser unvorstellbare Teil vorüber war, würden Ross und Vickie Trooper in sein Zimmer bei uns zu Hause bringen. Es würde hart für ihn sein, hart für alle. Aber so ist der Tod. Es geht niemals leicht, und Dee Dee hatte ihr möglichstes getan, um Trooper den Schritt in sein neues Leben zu erleichtern. Dann, wenn Ross und Vickie mit Trooper gegangen waren, sollte ich in der Küche warten, während Lydia Dee Dee badete und ihr in ihr Nachthemd half. Dee Dee wollte im Wohnzimmer sterben, und alle ihre Kerzen sollten brennen. Also würden Lydia und ich die Schlafcouch für sie bereitmachen. Wir würden bei ihr bleiben, bis sie uns sagte, daß der Zeitpunkt gekommen war. Dann sollten wir das Zimmer verlassen, während sie die Pillen einnahm, genau wie es in Lydias Anweisungen gestanden hatte. Auf diese Weise konnten Lydia und ich, falls man uns fragte, ob wir gesehen hätten, wie Dee Dee die Pillen nahm, wahrheitsgemäß verneinen. *Kenntnis* und *Beihilfe* sind zwei verschiedene Dinge. Dann, wenn Dee Dee verschieden war – diesen Teil des Plans konnte ich mir kaum vorstellen –, würden Lydia und ich nach Hause gehen. Am nächsten Tag würde Lydia Dee Dee »finden«. Niemand hatte von ihrem Plan gewußt, so würden wir jedenfalls behaupten. Wie alle anderen hatten auch wir angenommen, sie würde ins Krankenhaus gehen. Das würden wir der Polizei erzählen und jedem, der uns fragte. Woher hatte sie die Pillen? Wahrscheinlich von jemandem aus Wyoming. Bei Dee Dee konnte man nie wissen. Wir waren alles so oft durchgegangen, daß es uns ganz unwirklich erschien. Es war wie ein Hollywood-Drehbuch, das in letzter Minute noch geändert werden konnte. Aber damals lebte die Hoffnung noch.

»Kannst du Ross anrufen?« fragte Dee Dee matt. »Kannst du die Pillen holen?« Ich nickte. Dann stand ich auf und ließ meinen Kaffee auf dem Tisch stehen.

»Hört zu, ihr beiden Damen vom Planungsbüro«, sagte ich. »Ich muß heute noch bis Caribou.«

Ich ging zu meinem Pick-up, setzte rückwärts aus der Einfahrt und fuhr in Richtung Route One, der langen Straße nach Key West, Florida – zweitausendeinhundertundneun Meilen lang –, die mancher mutige Urlauber während der Sommerferien zurücklegte. Man hatte sogar einen Dokumentarfilm über diese historische Straße gedreht, der Filmstar Van Heflin war in einem langen Pelzmantel und mit Pelzmütze und mit einer kompletten Filmcrew in der Stadt aufgetaucht. Ganz Fort Kent war in heller Aufregung gewesen, bis der Filmstar, die Kameras und die Pelzmütze nach Beendigung der Dreharbeiten so schnell verschwanden, wie sie gekommen waren. Als ich an jenem Morgen aufgestanden war, hatte ich nicht vorgehabt, über die Route One zu fahren. Es war eine spontane Entscheidung, die mir jedoch sehr gut gefiel. Ich würde bis nach Van Buren am St. John entlangfahren und dann nach Süden in Richtung Caribou abbiegen. Es war zwar ein längerer Weg, aber neben diesem ehrwürdigen Fluß herzufahren und das kalte, blaue Wasser wie einen uralten Traum dahinfließen zu sehen, hatte etwas Heilendes. Unsere Vorfahren hatten diesen Fluß als Wasserstraße benutzt, und nun, Generationen später, war ich zu ihm zurückgekehrt, um Trost zu finden.

Ich war schon lange nicht mehr über die Route One gefahren und summte während der Fahrt vor mich hin, während ich die Rauchwölkchen beobachtete, die auf der kanadischen Seite über den warmen, gemütlichen Häusern von Baker Brook, Edmunston, St. Jacques und Rivière Verte aus den Kaminen aufstiegen. Kalte Nebelschwaden lagen über dem Wasser und krochen die Uferböschung hinauf, als wären es die Geister der ersten Siedler. *Bald wird der Fluß zugefroren sein*, dachte ich. Dann fiel mir wieder ein, warum ich nach Caribou fuhr, und als wäre die Aufgabe eine Art Mantra, wiederholte ich im stillen immer wieder die Worte: *Ich muß eine Kettensäge kaufen, ich muß eine Kettensäge kaufen, ich muß eine Kettensäge kaufen.* Kurz vor Van Buren hielt ich am Straßenrand an und weinte zwanzig Minuten lang. Laute, unkontrollierte Schluchzer entrangen sich meiner Brust, und ich war froh, daß mich niemand hörte, den ich kannte und liebte. Dies war ein Augenblick ganz für mich allein. Dies war mein privates Selbstgespräch. Dann, bereit für den nächsten Akt, ließ ich den Motor wieder an und fuhr weiter auf der Route One.

Zwei Tage später hielt Ross an der Tankstelle neben Bee Jay's Tavern, tankte, überprüfte Öl und Reifendruck und kaufte sich einen Bohnen-Burrito. In der Tankstelle hatte Taco Bell, die Konkurrenz von McDonald's, gerade eine Filiale eröffnet, und Ross genoß seine erste mexikanische Mahlzeit in Fort Kent.

»Nimm das Zeug mit zu Bee Jay«, hatte ich ihm gesagt. »Wir müssen reden.«

Lise stellte jedem von uns ein Glas Bier hin und verschwand anschließend im Hinterzimmer. Ich war erleichtert, denn ich wollte mit Ross allein sein. Die meisten anderen Gäste waren mit einem Pool-Billard-Spiel beschäftigt. Ich erkannte Andrew Jackson aus dem nahe gelegenen Allagash, einen der besten Billardspieler der Gegend. Ich hoffte, daß sein Gegenspieler – einer, den ich nicht kannte – nicht zu hoch gewettet hatte. Am anderen Ende der Bar saßen ein paar Männer und sahen fern. Barry Ouellette, ein Flußlotse aus dem Ort, spielte Cribbage mit Mike Hafford. Niemand interessierte sich für Ross und mich.

»Wie willst du die Pillen über die Grenze bringen?« fragte ich ihn, als er die letzten Bissen seines Burrito verspeiste. »Willst du sie einfach im Auto mitnehmen?« Ross nickte.

»Ich weiß, daß es riskant ist«, sagte er, »aber ich glaube nicht, daß Stephen Renaud oder Chuck Delorme heute Dienst haben.« Er meinte die beiden Zollbeamten, die jeden bis aufs Hemd nach geschmuggeltem Fusel durchsuchten, Typen, die sich einen Spaß daraus machten, Leute, die sie ihr Leben lang kannten, aussteigen zu lassen, damit sie auch noch im Aschenbecher und unter den Fußmatten nachsehen konnten. Typen, die darauf aus waren, endlich einen richtigen Schmuggler zu erwischen. Typen, die zu oft *Miami Vice* gesehen hatten.

»Aber du bist dir nicht sicher?« fragte ich ihn, während ich eine Erdnuß knackte. Die meisten Gäste von Bee Jay warfen ihre Erdnußschalen einfach auf den Boden – das war hier so Usus –, aber ich brachte es einfach nicht fertig, so als könnte meine Mutter jeden Moment neben mir stehen und sagen: »Heb das sofort wieder auf, Mister!«

»Nein«, erwiderte Ross. »Ich bin mir nicht sicher. Und ich habe mich nicht getraut nachzufragen. Bevor am Ende noch jemand zwei und zwei zusammenzählt.« Ich dachte über Ross' Antwort nach. Er hatte recht. Wir konnten es uns nicht leisten, uns plötzlich nach den Dienstplänen der Zollbeamten zu erkundigen. Für so was war diese Stadt zu klein. Und Ross war der letzte, der solche Fragen stellen durfte. Er sah immer noch viel zu sehr aus wie dieser bekiffte Typ aus der Fernsehserie *Taxi*. Ein alternder Hippie. Das Risiko war einfach zu groß. Ich aß noch ein paar Erdnüsse und versuchte nachzudenken. Selbst wenn ein sogenannter *normaler* Zollbeamter Dienst tat – jemand, der sich kein Bein ausriß, um Leute zu durchsuchen, die auf beiden Seiten der Grenze lebten und arbeiteten –, wie sollten wir wissen, ob *dieser* Beamte gerade im Dienst sein würde, wenn Ross aus Quebec zurückkehrte und die Grenze überqueren wollte? Was wäre, wenn er oder sie zum falschen Zeitpunkt eine fünfminütige Kaffeepause einlegte? Und gewöhnlich waren sowieso zwei Beamte gleichzeitig im Dienst. Und bei diesem zweiten konnte es sich leicht um Stephen Renaud oder Chuck Delorme handeln. Es gab keine Möglichkeit für uns herauszufinden, welcher Zollbeamte dasein würde, wenn Ross seine Scheibe herunterkurbelte und sich fragen lassen mußte: »Haben Sie etwas zu verzollen?« Das wäre ein gefundenes Fressen für die Zeitung. Was sollte Ross dann sagen? *Naja, ich habe zweihundert Milligramm Morphium hier in meiner Tasche. Aber keine Sorge, ich will nur einer Freundin dabei helfen, Selbstmord zu begehen.*

Ich lehnte mich zurück und betrachtete die Tafeln an der Decke über den Barhockern, auf denen wir saßen. Es machte immer wieder Spaß, jedesmal andere Tafeln zu lesen, je nachdem, wo man saß. **Cyrs Friseurlädchen, Modeste und Geneviève, Modistinnen; Rotarierclub von Fort Kent, gegr. 1952; Giselle Charette, Bücher und Geschenkartikel.** Ich lächelte. Wir waren alle zusammen mit Giselle zur Schule gegangen, eine sehr belesene, vielgereiste Frau, und doch hatte sie sich entschlossen, hier in Fort Kent einen Laden aufzumachen. Ross unterbrach meine Tagträumerei.

»Was sollen wir denn jetzt machen?« fragte er. »Mein Freund erwartet mich. Eigentlich«, fügte er hinzu, während er einen Blick auf seine Uhr warf, »hätte ich schon vor einer halben Stunde losfahren sollen. Wir treffen uns in der Bar des Château Frontenac.« Ich nickte, sagte jedoch nichts. Es hatte natürlich symbolische Bedeutung, daß Ross die Bar im Château Frontenac als Treffpunkt gewählt hatte, das Hotel, in dem wir unser verrücktes Wochenende in Quebec verlebt hatten. Wahrscheinlich würde er dort immer noch die Schatten unserer Jugend antreffen, Dee Dee, wie sie auf der Bar tanzt, Ross und ich beim Weinbechern.

»Wir werden folgendes tun«, sagte ich schließlich. »Nur um kein Risiko einzugehen. Der Fluß ist immer noch eisfrei. Wahrscheinlich führt er viel Schlamm, aber ich kann trotzdem mein Kanu und den Motor ans Ufer schaffen. Ich erwarte dich auf der kanadischen Seite hinter der Kirche von Baker Brook.« Ross dachte einen Augenblick lang nach.

»Mann o Mann«, sagte Ross. »Ist das nicht gefährlich? Was ist, wenn du ertrinkst? Kann ich dann die neue Kettensäge haben?«

»Ich werde schon nicht ertrinken«, versicherte ich ihm. Er machte natürlich nur Spaß, aber ich wußte, daß er wirklich besorgt war. »Ruf mich einfach an, wenn du in Clair ankommst. Ich brauche noch nicht einmal eine Stunde, um mein Kanu samt Motor ans Wasser zu bringen und den Fluß entlang bis zum Ufer hinter der Kirche zu fahren.«

Ross lehnte sich zurück und las ein paar von den Tafeln über seinem Kopf, ich nehme an, um sich zu sammeln und für die bedeutungsvolle Fahrt zu wappnen, die vor ihm lag.

»**Glückwunsch an Sammy Pelletier, Gewinner des Philadelphia Marathons von 1982**«, las er laut vor. Ross Cloutier hatte acht Stunden, um über das nachzudenken, was wir taten.

»Alles klar?« fragte ich.

»Hey«, sagte Ross und deutete mit dem Zeigefinger an die Decke. »Giselle hat ja auch eine Tafel. Echt cool.« Ich nickte.

»Ihr Laden läuft ganz gut«, sagte ich. Konnte das Gespräch noch banaler werden? Schließlich trank Ross den Rest von seinem Bier und stand auf.

»Zeit, nach Dodge City aufzubrechen, Cowboy«, sagte er. Ich drückte ihm kurz die Hand. Er hatte Tränen in den Augen.

»Paß auf dich auf, Kumpel«, sagte ich. »Ich möchte dich nicht auch noch verlieren.«

Ross fuhr los, eine Styroportasse mit Kaffee in der Hand. Ich schaute ihm nach, bis er rechts abbog und auf der Brücke verschwand. Dann fuhr ich nach Hause und vergewisserte mich, daß mein Kanu und der Motor in Ordnung waren. Ich füllte den Tank und ließ das Kanu draußen stehen, so daß ich sofort losfahren konnte, wenn Ross anrief. Anschließend rief ich Lyddie bei Dee Dee zu Hause an, um ihr zu berichten. Ross war auf dem Weg nach Quebec. Er würde mich gegen neun Uhr anrufen, und ich würde ihn mit dem Kanu am kanadischen Ufer treffen. Auf diese Weise konnte ich die Pillen selbst herüberschaffen, und kein Zollbeamter würde sie konfiszieren.

»Ist das nicht gefährlich, Sam?« fragte Lydia. Ich beruhigte sie so gut ich konnte. Schließlich hatten moderne Schmuggler den Fluß zu jeder Jahreszeit als Schleichweg benutzt, um Zigaretten auf die andere Seite zu schmuggeln, bis Kanada schließlich seine exorbitante Tabaksteuer aufhob. Ich würde den

Fluß nehmen, und auf einmal wurde mir auch klar, warum ich zwei Tage zuvor über die Route One nach Caribou gefahren war. Im Geiste sah ich immer noch den Kirchturm von Baker Brook wie einen schwarzen Bleistift in den Himmel ragen. Schon da mußte dieser Plan in meinem Hinterkopf geboren worden sein.

»Es ist die einzige Möglichkeit, wenn wir kein Risiko eingehen wollen«, erklärte ich Lydia.

Der dritte Dezember war ein langer, düsterer Tag. Wahrscheinlich werde ich eines Tages einmal Enkel haben. Und sollten sie jemals auf meinen Schoß klettern, an meinem Ohrläppchen zupfen und fragen: »Großvater, was war der längste Tag in deinem Leben?«, dann werde ich sagen, der dritte Dezember 1997, D-Day. Das D würde natürlich für Dee Dee stehen. Vor allem wurde ich meine niedergedrückte Stimmung nicht los. Egal, wie sehr ich auch versuchte, mich auf andere Dinge zu konzentrieren, es gelang mir einfach nicht. Ich überlegte sogar, in die Bay Street Nummer 204 hinüberzulaufen und Dee Dee zu überreden, aus diesem *Film noir* auszusteigen, in dem wir alle agierten. Doch dann redete ich eine Minute lang auf mich ein und beruhigte mich wieder. *Welche Alternativen hatte sie denn?* fragte ich mich. Ich war ja nicht blind. Ich konnte sehen, wie schnell sie verfiel. Und um ehrlich zu sein, ich würde wahrscheinlich dasselbe tun, wenn ich in ihrer Haut steckte. Diese Gewißheit, so traurig sie auch sein mochte, ließ mich an meinem Versprechen ihr zu helfen festhalten.

Während ich wartete, machte ich meine schrecklichen Hausaufgaben und las noch einmal genau durch, wie die Prozedur vonstatten zu gehen hatte: wie man die Pillen einzunehmen hat; wie Alkohol die toxische Wirkung verstärkt; daß alles schnell gehen muß, nicht nur innerlich, um einen schnellen Tod herbeizuführen, auch die Einnahme muß schnell erfolgen, damit der Patient nicht einschläft, bevor er alle Pillen geschluckt hat. Ich las und las, während die Uhr hinter mir wie eine Zeitbombe tickte.

Am frühen Abend machte ich Pause, ging in Claude's Restaurant und aß einen Salat. Es war das einzige, was ich essen konnte, etwas Leichtes, das mein Magen verkraften würde. Dann ging ich zurück in die Praxis. Jedes Geräusch im Haus ließ mich zusammenfahren. Jedes Auto, das vorbeifuhr. Jede Stimme, die von der Straße hereindrang. Ein Telefon, das *nicht* klingelt, macht einen ohrenbetäubenden Lärm. Dann, kurz vor neun, hörte ich Schritte, die sich der Haustür näherten. Ich nahm an, daß Lydia nach Hause kam, um nach dem Rechten zu sehen. Aber als ich aufschaute, sah ich, wie Dee Dee Michaud zur Tür hereinkam. Sie war ganz in Schwarz gekleidet: schwarzer Parka, schwarze Wollhose, schwarze Mütze und schwarze Handschuhe.

»Was zum Teufel?« hörte ich mich fragen.

»Lydia ist bei Trooper«, sagte Dee Dee. »Und sei

nicht sauer auf sie. Sie hatte keine andere Wahl. Ich möchte mitkommen, Sammy.« Ich wußte nicht, was ich sagen sollte. Dee Dee war von allen Leuten, die ich mir vorstellen konnte, die letzte, von der ich erwartet hatte, daß sie durch diese Tür kommen und erklären würde, sie wolle mitkommen. Sie war zu schwach, zu krank für solch eine eiskalte Fahrt über einen dunklen, gefährlichen Fluß.

»Du bist verrückt«, sagte ich. Ich nahm den Hörer ab, um Lydia anzurufen. »Das ist der reine Wahnsinn.« Sie streckte ihre Hand aus und legte sie auf meine. Ich schaute zu ihr auf, obwohl es weh tat, obwohl ich die alte Dee Dee Michaud in dem entstellten Gesicht kaum noch sah. Aber ihre Augen, das war etwas anderes. In ihren Augen leuchtete noch immer das alte Feuer. Und plötzlich konnte ich wieder jene Dee Dee sehen, die ihr Valentinsherz schwarz bemalt hatte, weil alle anderen in der dritten Klasse ihres rot angemalt hatten; jene Dee Dee, die durch den Garten eines Idioten gekrochen war, um dessen mißhandelten Hund zu retten; jene Dee Dee, die sämtliche Jungs in einem Viertel-Meilen-Autorennen schlagen konnte; Dee Dee, die mit Bobby Langford durchgebrannt war, weil das Leben so zum Schreien war. Was würde *ich* tun wollen, wenn ich sterben müßte? Ich würde mit beiden Händen nach allem greifen, was ich in die Finger bekommen könnte, nach allem, was ich dem Leben noch entreißen könnte. Ich würde jede Sekunde auskosten, jeden Stein umdrehen, jeden Fehdehandschuh aufheben, bis ich nicht mehr die Kraft hätte, mir einen Fehdehandschuh auch nur *vorzustellen*. Das würde ich wollen, und das war es, was Dee Dee wollte.

Wortlos legte ich den Hörer wieder auf. Dee Dee setzte sich in meinen Besuchersessel und machte es sich so bequem wie möglich. Während wir warteten, stand die Stille zwischen uns wie ein tiefer, schwarzer See. Schließlich läutete das Telefon. Ich nahm nach dem zweiten Klingeln ab. Es war Ross. Er fuhr jetzt in Clair los in Richtung Kirche.

»Jetzt mußt *du* auf dich aufpassen«, hörte ich Ross sagen. Seine Stimme klang so dünn, als wäre er viel weiter weg als nur jenseits der Grenze. »Ich will dich auch nicht verlieren, Mann.« Ich legte auf und erhob mich.

»Gehen wir, Amelia Earhart«, sagte ich zu Dee Dee. Ich half ihr in den Pick-up und setzte sie so bequem wie möglich auf den Beifahrersitz. Dann fuhr ich rückwärts auf die Garage zu und lud das Kanu auf die Ladefläche, wobei ich mein möglichstes tat, um von niemandem gesehen zu werden, vor allem nicht von irgendeiner Florence oder einer Alberta.

Als wir die Straße erreichten, die zum Fluß hinunterführt – die, auf der der Schneepflug wendet –, lächelte ich, erfreut darüber, daß der Schneepflug tatsächlich schon dagewesen war. Auf diese Weise blieb es mir erspart, mit einem Kanu auf dem Kopf durch knietiefen Schnee zu waten. Dee Dee folgte mir.

»Geh vorsichtig«, flüsterte ich ihr zu. »Wir wollen schließlich nicht, daß du stürzt.« Mit meiner Stange zerschlug ich das Ufereis, das mittlerweile zwei Zentimeter dick war. Dann schob ich das Kanu halb ins Wasser und half Dee Dee in den Bug. Ich deckte sie mit einer warmen Decke zu, gab ihr eine Schwimmweste, die sie unter ihren Füßen verstaute, und schob das Kanu weiter ins Wasser, so daß ich ins Heck klettern konnte. Ich stieß uns mit der Stange vom Ufer ab, hinaus auf das dunkle Wasser, und wunderte mich, wie schnell ich keinen Boden mehr bekam. So stark war der Fluß dank des vielen Schnees angestiegen. Ich ließ uns flußabwärts treiben, fort von den Häusern, bevor ich den Motor anließ. Dann drehte ich voll auf. Der Fluß führte soviel Wasser, daß ich nicht nach irgendwelchen gefährlichen Felsen Ausschau halten mußte. Wir fuhren zügig flußabwärts.

Es war eine phantastische Nacht mit einem riesigen, zunehmenden Mond und Sternen von der Größe von Teetassen. Mein wachsamer Blick blieb auf Dee Dees zerbrechliche Gestalt vor mir im Kanu gerichtet. Obwohl dieser Ausflug einen so traurigen Grund hatte, war es eine aufregende Nacht. Ich spürte, wie sich meiner eine Erregung bemächtigte, von der ich angenommen hatte, sie sei für immer verloren und würde nie wiederkehren, die Erregung, die man verspürt, wenn man etwas Verbotenes tut, ein Gefühl, das Steve Renaud und Chuck Delorme wahrscheinlich während ihrer ganzen Berufslaufbahn in ihren sorgfältig gebügelten Uniformen nie erleben würden.

Dee Dee gab kein Geräusch von sich, doch ich sah, wie sie den Kopf zurücklehnte, um den phantastischen Sternenhimmel über uns zu betrachten, wie sie die Häuser im Auge behielt, an denen wir hier und da vorbeifuhren, Häuser, deren Lichter uns wie wachsame gelbe Augen verfolgten. Nach einer Viertelstunde kam die Kirche am Baker Brook, New Brunswick, in Sicht, ihr schöner, kunstvoller Turm hob sich vor dem prächtigen Mond ab. Ich stellte den Motor ab und paddelte schnell ans Ufer. Dann zog ich das Kanu so sanft wie möglich an Land, Dee Dee saß immer noch im Bug.

»Warte hier«, sagte ich. »Ich klettere die Böschung hinauf. Ross steht mit seinem Wagen auf dem Parkplatz hinter der Kirche.« Doch bevor ich gehen konnte, streckte Dee Dee ihre Hand aus, um mich zurückzuhalten.

»Möchtest du dabeisein?« fragte sie. Einen Moment lang fühlte ich mich unangenehm berührt. Ich wollte nicht mehr über den Tod sprechen, nicht in dieser Nacht, einer Nacht, die wir wieder auf unserem alten Fluß verbrachten, unter einem prahlerischen Mond. Eine Nacht voller Adrenalin.

»Ob ich mit dabeisein will?« fragte ich wie ein Idiot, denn ich wußte genau, was sie meinte.

»Wenn ich die Pillen nehme«, erwiderte Dee Dee. »Du weißt schon, Sammy. Wenn ich sterbe. Willst du bei mir sein? Der einzige Grund, warum ich nicht dich, sondern Lyddie gefragt habe, ist, naja, was hättest du sagen sollen? Ich wollte dich nicht in so eine schwierige Situation bringen, Sammy.« Im Mondlicht konnte ich beinahe ihre Augen erkennen, dunkle, funkelnde Augen.

»Dee Dee Michaud«, sagte ich, »wann hast du mich schon einmal *nicht* in schwierige Situationen gebracht?«

Ich ließ sie dort im Kanu zurück und machte mich auf den Weg. Langsam kletterte ich die steile Uferböschung hinauf. Als ich oben ankam, sah ich Ross' Wagen auf dem Parkplatz. Ross würde mir Pillen übergeben, Pillen, die die außergewöhnlichste Frau töten würden, die ich je gekannt hatte. Während ich mich durch steifgefrorenes Gestrüpp bis nach oben kämpfte, versuchte ich, nicht daran zu denken. Als ich es endlich geschafft hatte, blieb ich stehen, um Atem zu schöpfen. Plötzlich hörte ich Dee Dee aus dem Kanu rufen.

»Hey, Fernando!« schrie sie zu mir herauf. Ihre Stimme hallte auf dem dunklen Wasser wider, rollte die Böschung hinauf bis zu mir, rollte herauf wie ein Echo, ein Echo von vor langer Zeit gesprochenen Worten, das jetzt erst widerhallte. »Hey, Fernando!« rief Dee Dee noch einmal. »Hörst du die Kanonen, Baby?«

13

Mein Kerzlein brennt an jedem End,
Es wird die Nacht nicht überstehn;
Doch, liebe Feinde, liebe Freunde –
Sein warmes Licht ist weit zu sehen.

EDNA ST. VINCENT MILLAY,
auf einer von Dee Dees Kerzenschachteln

Am Morgen des siebten Dezember stand ich kurz vor der Dämmerung auf und ging hinunter in die Küche, um mir eine Kanne Kaffee aufzubrühen. Ich hatte kaum geschlafen, hatte hin und wieder nach Lydia neben mir im Bett getastet. Die arme Lydia. Wie hätte sie, als sie sich entschloß, Veterinärmedizin zu studieren, ahnen sollen, daß sie in Fort Kent, Maine, enden und die erste große Liebe ihres Ehemannes pflegen würde? Ich lehnte mich mit der Stirn an das kalte Küchenfenster und beobachtete, wie das Tageslicht sich allmählich über Fort Kent ausbreitete. Im Garten hingen die Beeren der Eschen immer noch an den Zweigen, leuchteten rot in der vereisten Winterlandschaft. Im vergangenen Jahr hatte ein Schwarm Europäischer Seidenschwänze, arktische Vögel, die für den Winter in den »Süden« nach Fort Kent gekommen waren, die Zweige gebogen, als sie sich, beglückt über so ein reichhaltiges

Frühstück über die Beeren hermachten. Es war ein seltener Anblick. Lydia, die Vogelkennerin der Familie, war damals wochenlang absolut begeistert gewesen, hatte mit anderen Vogelliebhabern telefoniert, um ihnen zu berichten. Komisch, aber das gleiche empfand ich, wenn ich an Dee Dees Heimkehr dachte, sie war auch so ein ungewöhnliches Wesen, etwas zugleich Vergängliches, das in unsere Mitte zurückgekehrt war.

Ich drehte mich um und schaute den Hügel hinunter, über das St. John-Tal hinaus. Ich konnte nicht begreifen, wie es möglich war, daß die Welt sich an diesem Tag drehte wie an jedem anderen, aber sie tat es. Ich sah, wie Armory Nadeau die Markise an seinem Laden entrollte. Es hatte eine Zeit gegeben, lange bevor Radio Shack existiert hatte, und lange bevor es CDs gab, da hatten Dee Dee und ich unsere 45er Singles in Nadeaus Möbelladen gekauft. Ich schaute zu dem Laden nebenan, dem Eisenwarenhandel hinüber. Dort hatten Dee Dee und ich, als wir noch Kinder waren, einen Hammer gekauft, weil Dee Dee ein Vogelhäuschen für ihren Garten bauen wollte. Während ich dort stand, füllten sich die Straßen allmählich, mehr und mehr Menschen machten sich auf den Weg zur Arbeit. Ein Schulbus fuhr vorbei, dann noch einer. Die vereiste Brücke glänzte im frühen Morgenlicht. Hin und wieder fuhr ein Lastwagen von Kanada über die Grenze in die Vereinigten Staaten, die Scheinwerfer wie kleine, gelbe Punkte in all dem Weiß. Wahrscheinlich Holztransporter. Waldarbeiter auf dem Weg zur Arbeit. Ich stellte mir vor, wie sie bei Rock's Diner vorfuhren, direkt neben Bee Jay's Tavern, sich ihren Frühstückskaffee bestellten, dazu Rührei, und sich Zigaretten kauften, bevor sie eine lange Woche harter Arbeit für die Great Northern Paper Company begannen. Rock's Diner machte auf, bevor die Vögel erwachten. Ich dachte an die frühen Morgenstunden vor so vielen Jahren, als Ross, Dee Dee und ich oft nach durchzechter Nacht auf den roten, mit Kunstleder bezogenen Hockern in Rock's Diner saßen; vor Mrs. Robichaud, der Kassiererin, taten wir so, als wären wir gerade aufgestanden, und überlegten uns dabei, wie wir zu Hause in unsere Zimmer schleichen konnten, ohne daß unsere Eltern etwas merkten. Das war ein halbes Leben her. Doch an der Ewigkeit gemessen war es kaum mehr als eine Sekunde. Ich stand da und schaute auf die kleine Stadt hinab, in der wir alle drei geboren waren, eine Stadt, die uns geprägt hatte, eine Stadt, die wir liebten, und versuchte verzweifelt, einen Gedanken in meinem Kopf zu formulieren, damit ich ihn endlich akzeptieren konnte: *Dee Dee Michaud wird morgen nicht mehr dasein.*

Ich stand noch immer am Fenster, als bei der Northern Maine Bank und dann bei der Post die Lichter angingen. Es mußte schon acht Uhr sein. Mein Kaffee war auf der Fensterbank kalt geworden. Er schmeckte schal. Ich spürte, wie meine Augen sich mit Tränen füllten, als mich eine Welle der Hilflosigkeit überkam. Selbst wenn es mir gelänge, es ihr auszureden, selbst wenn Dee Dee es sich anders überlegte, konnte ich sie nicht retten. Was würde ich gewinnen? Eine Woche oder zwei? Vielleicht einen Monat? Dann könnte ich sie im Krankenhaus besuchen, wo Schläuche an ihrem Körper hingen wie Parasiten, wo ihr Verstand von Gott weiß was für Schmerzmitteln, mit denen die Ärzte sie vollpumpten, völlig benebelt war. »Ich sterbe, Sammy«, hatte sie zu mir gesagt, an dem Tag, als sie mich gebeten hatte, ihr zu helfen. »Das ist keine Idee, die mir gerade erst gekommen ist, weißt du. Es beschäftigt mich schon seit einer Weile.« Vielleicht. Aber ich wußte in diesem Augenblick, daß wir alle – wenn wir viel Glück haben – nur einmal im Leben so eine Freundin wie Dee Dee Michaud verlieren. Und dieser Gedanke kam mir tatsächlich erst jetzt. Woher sollte ich die Kraft nehmen, mich diesem meinem Leben in Fort Kent zu stellen, ohne die Gewißheit zu haben, daß sie ihre Tage, gesund und munter, irgendwo auf der Erde verbrachte? Schlimmer noch, wie sollte ich bloß mit dem Wissen umgehen, daß ich ihr geholfen hatte, ihr Leben zu beenden?

»Sam?« Ich drehte mich um und sah Trooper in der Tür. Er kam in die Küche und schaute zum Vogelhaus hinaus.

»Du bist aber früh auf«, sagte ich.

»Mama sagt, ich brauche diese Woche nicht in die Schule zu gehen«, erwiderte er. Er zog seinen Anorak aus und hängte ihn über einen Stuhl.

»Du kannst mir in der Praxis helfen, wenn du willst«, sagte ich. »Dann hast du was zu tun, weißt du.« Er nickte.

»Mama hat Haferflocken zum Frühstück gegessen«, sagte er, mit einemmal ganz aufgeräumt.

»Und sie hat sie bei sich behalten?« fragte ich. Trooper nickte. Eine Weile lang schwieg er und beobachtete die Meisen, die von den Ästen der Bäume in das Vogelhäuschen und dann, einen Sonnenblumenkern im Schnabel, wieder zurückhüpften. Hätten wir doch alle die Anmut dieser Meisen. Schließlich schaute er zu mir auf.

»Vielleicht wird sie ja doch wieder gesund, Sam«, sagte er. Ich holte tief Luft. Das Atmen war tatsächlich schmerzhaft, so verkrampft waren meine Bauchmuskeln.

»Nein, Troop«, sagte ich, »sie wird nicht wieder gesund. Sie ist wirklich sehr krank. Und sie wird immer kränker. Und deine Mutter will uns nicht verlassen, ohne sich von uns zu verabschieden. Sie will diese Welt auf ihre Weise verlassen.«

»Ich wette, mein Vater ist genauso gestorben«, sagte Trooper. Am liebsten hätte ich ihn in diesem Moment in meine Arme genommen, um ihn zu beschützen so gut ich konnte. So mußte Dee Dee sich all die Jahre gefühlt haben, wenn Trooper sie nach Bobby gefragt hatte. Das mußte eine schwierige Aufgabe gewesen sein. Nun, jetzt war es *meine* Aufgabe. »Mama sagt, viele Leute kriegen Krebs«, fügte er hinzu, und ich war dankbar, daß seine Gedanken nicht mehr bei Bobby waren. In den Jahren, die vor uns lagen, würde es noch viele Gelegenheiten für Trooper geben, mich nach seinem Vater zu fragen.

»Krebs ist eine schlimme Krankheit, Troop«, sagte ich. »Niemand kann etwas dafür, daß er sie bekommt. Es ist einfach Pech.« Er ging an den Kühlschrank, öffnete ihn und nahm eine Dose Cola aus dem unteren Fach. Er fühlte sich seit einiger Zeit hier zu Hause, und das hatten wir Dee Dee zu verdanken. Er setzte sich an den Tisch und stellte die Coladose vor sich hin. Ich beobachtete ihn aus den Augenwinkeln. Ich hatte den Eindruck, er läse den Text auf der Dose.

»Mama sagt, ich werde nicht krank«, sagte er schließlich. Und da wurde mir bewußt, daß sich in den Schmerz über den Verlust seiner Mutter noch etwas anderes mischte: *Schuldgefühle*.

»Troop«, sagte ich, »du brauchst kein schlechtes Gewissen zu haben, weil du nicht auch krank bist. Die Tatsache, daß du gesund bist, ist das, was deiner Mutter Kraft gibt. Du brauchst keine Schuldgefühle zu haben, Troop.« Er schaute mich mit weisen und zugleich unschuldigen Augen an, und ich begriff, daß er das von jemand anderem als seiner Mutter hatte hören müssen. Dann starrte er wieder auf seine Coladose. Er war mit meiner Antwort zufrieden, jedenfalls vorerst. Dee Dee wäre stolz auf mich gewesen. Ich war dabei zu lernen, was es heißt, Vater zu sein.

»Cola enthält *Fruktose*«, erklärte er trocken.

»Das ist eine von den *guten* Zutaten«, sagte ich.

»Abgefüllt durch Coca-Cola Company, Atlanta, Georgia«, las Trooper vor, »von Coca-Cola Bottling Company, Charlotte, North Carolina.« Dann schaute er mich wieder mit seinen unschuldigen Augen an. »Wieso machen sie die Cola in North Carolina und füllen sie in Atlanta ab?« fragte er. Ich dachte einen Moment lang nach.

»Trooper«, sagte ich, »als dein frischadoptierter Vater muß ich dir gestehen, daß es manche Fragen gibt, die ich dir nicht beantworten kann. Niemals. Und das ist *eine* davon.« Darüber mußte Trooper lachen. Schon bei seiner Mutter war es mir immer gelungen, sie zum Lachen zu bringen, wenn sie es brauchte. »Hör zu«, sagte ich. »Wir müssen uns heute beschäftigen. Schließlich sind wir *Männer*. Und Männer müssen sich körperlich betätigen. Was glaubst du wohl, warum der Fußball erfunden wurde? Also, was meinst du? Gibt es irgend etwas, das du gern für deine Mutter tun würdest? Etwas, das du schon immer tun wolltest und doch nie getan hast?« Beschäftige ihn, dachte ich, sieh zu, daß du ihn den ganzen Tag beschäftigst. Morgen wird alles vorbei sein.

»Ich könnte eine Kerze für sie machen«, sagte Trooper. »Einen Schutzengel, der ihr den Weg zeigt, wenn sie stirbt, weißt du.« Damit hatte ich nicht gerechnet. Wie sollte das Kerzenmachen ihn von Dee Dee ablenken? Dann begriff ich, daß er genau das brauchte. Natürlich konnte er nicht vergessen, daß seine Mutter bald sterben würde. Aber er konnte etwas mit seinen Händen tun, das ihm das Gefühl gab, beteiligt zu sein.

»Gute Idee«, sagte ich. »Laß uns eine Kerze machen. Aber wie *macht* man denn eine Kerze?« Trooper lächelte.

»Ich zeig's dir, Sam«, sagte er. »Ich werde eine Kerze gießen, das ist einfacher.« Ich fragte mich, wie viele Leute in Fort Kent übriggeblieben waren, die noch nicht wußten, wie man so eine verdammte Kerze herstellt. Ich stellte mir vor, wie die armen Teufel sich jeden Mittwochabend heimlich in Bee Jay's Tavern trafen, traurige, verlorene Außenseiter: *Der Club der Kerzenbanausen.*

Wir fanden Lydias Utensilien in ihrem Arbeitszimmer. Trooper begutachtete die verschiedenen Formen, die Lydia gekauft hatte, Formen in Gestalt von Ostereiern, Blumen, Birnen, Formen für Schwimmkerzen, achteckige Formen. Wo war ich gewesen, als sie all diesen Krempel ins Haus geschleppt hatte? Schließlich fand Trooper die Form, die er suchte.

»Ich möchte ihr eine sternförmige Kerze machen«, sagte er. »Eine Kerze, die aussieht wie der Stern in Orions Fuß.« Ich lächelte. Dee Dee hatte Trooper eine Menge beigebracht über die Welt, in der wir leben. Sie hatte ihre Aufgabe gut gemacht, und nun war es an Lydia und mir, die Aufgabe zu Ende zu führen: Trooper großzuziehen, bis er ein Mann war. Ihn Schicht um Schicht zu formen, einen Menschen aus ihm zu machen, der der Welt etwas geben konnte, bevor er verlosch.

»Nur um mich zu vergewissern«, sagte ich zu Trooper, während wir das Paraffin, die Form und den Kocher in die Küche trugen. »Ich dachte, du glaubst nicht an diese Geschichte, daß eine Kerze ein Schutzengel ist.« Trooper zuckte die Achseln.

»Mama sagt, es kann nicht schaden. Vielleicht stimmt es ja wirklich«, erwiderte Trooper. Ich nickte. Das reichte mir. »Zuerst füllt man die Form mit Wasser«, erklärte er. »Daran kann man abmessen, wieviel Wachs man braucht. Auf dreihundert Milliliter Wasser kommen hundert Milliliter kaltes Wachs.« Ich war beeindruckt. Er redete wie ein kleiner Wissenschaftler, der gerade ein wichtiges Experiment durchführte.

»Ach so«, sagte ich. »Und jetzt?«

»Jetzt müssen wir den Docht in der Form befestigen«, sagte er und machte es mir vor. »Jetzt kommt das Stearin in die Form, und zwar ein Zehntel der Menge Wachs, die wir brauchen. So kriegt man die Kerze später besser aus der Form.«

»Klingt gut«, sagte ich, während ich mich im stillen fragte, was zum Teufel *Stearin* sein mochte. Ich sah ihm zu, wie er das Paraffin in den Kochtopf tat. Dann warteten wir beide gespannt wie zwei Alchimisten darauf, daß das Wachs zu schmelzen begann. Als es flüssig war, nahm Trooper vorsichtig den Topf und goß das Wachs in die Sternform.

»Am Rand muß man ungefähr einen Zentimeter

freilassen«, sagte er mit angestrengt zusammengezogenen Augenbrauen. »Und dann, wenn das Wachs drin ist, muß man außen auf die Form klopfen, damit die Blasen rauskommen.« Er füllte eine große Schüssel mit kaltem Wasser und stellte die Form zum Abkühlen hinein. Als er mich anschaute, leuchteten seine Augen vor lauter Stolz auf seine Leistung: Er hatte ganz allein eine Kerze gemacht. Beim Anblick seines Gesichts hätte man meinen können, er hätte gerade Blei in Gold verwandelt. »In einer Stunde ist sie fertig«, erklärte er gewichtig. Ich betrachtete die sternförmige Kerze vor mir. Sie war unten breit und lief oben in einer schmalen Spitze aus.

»Rigel«, sagte ich, und Trooper lächelte.

»Rigel«, wiederholte er und schaute den vanillefarbenen Stern an. Sein eigenes Werk. Seine eigene Supernova.

Der Tag verging schleppend, Sekunde für Sekunde. Ich versuchte, mich in der Praxis zu beschäftigen. Lydia war gekommen, um Trooper abzuholen. Er und Dee Dee sollten einen ruhigen Tag miteinander verbringen. Ich bemühte mich, nicht an den Jungen zu denken und auch nicht an Dee Dee, während ich Katzenohren ausspülte, Hunde entwurmte, Tatar von Katzenzähnen abkratzte und den gebrochenen Flügel eines Kernbeißers schiente, den Leroy Martin mitten auf der Straße vor Rose's Dress Shop gefunden hatte. Ehe ich mich's versah, war es sechs Uhr, und Lydia stand in der Tür zur Praxis. Trooper war bei ihr.

»Hey, Dr. Thibodeau«, sagte Lydia. »Dee Dee fragt, wo du bleibst.«

Wir beschlossen, zu Fuß in die Bay Street Nummer 204 zu gehen. Als ich vor das Haus trat, stellte ich überrascht fest, daß es bereits dunkel geworden war über Fort Kent. Die Tage wurden immer kürzer. Am 21. Dezember, in genau zwei Wochen, war der kürzeste Tag des Jahres, die Wintersonnenwende, der Zeitpunkt, an dem die Sonne sich am weitesten südlich des Äquators befindet. Mein kürzester Trauertag.

Der Schnee knirschte unter unseren Füßen, als wir in Richtung Bay Street gingen. Die meisten der Häuser, an denen wir vorbeikamen, waren schon weihnachtlich geschmückt. Und seit Thanksgiving hingen zwischen den Straßenlaternen bunte Lichterketten und künstliches Stechpalmenlaub. An den Krippenfiguren in den Vorgärten waren die Häuser zu erkennen, in denen frankophone Familien wohnten. Immer wieder sahen wir Maria und Joseph vor dem Jesuskind knien, um sie herum Schafe und Kühe und Esel aus Plastik, die die Szene mit staunenden Augen betrachteten.

»Sieh mal«, sagte ich zu Lydia und deutete auf die Tiere. »Potentielle Patienten. Diese Kuh da sieht aus, als könnte sie ein paar Liter Kalzium gebrauchen.« Darüber mußte sie lachen. Trooper war stehengeblieben, um kurz mit Randy Cloutier zu reden. Doch schon bald holte er uns wieder ein, zusammen mit Lancelot, der im Spiel ausgelassen nach den Absätzen von Troopers Stiefeln schnappte. Ab und zu blieb er stehen, formte einen Schneeball und warf damit nach Briefkästen. Lydia sah hübsch aus in dem warmen, blauen Parka, den ich ihr im vergangenen Jahr zu Weihnachten geschenkt hatte und den Dee Dee sich für die Schlittenfahrt ausgeliehen hatte. Am Horizont konnte ich schon Jupiter erkennen. Er leuchtete so hell und eindrucksvoll wie der Stern von Bethlehem. Aber wir waren nicht die drei Weisen, die sich aufgemacht hatten, um eine wundersame Geburt zu bestaunen. Wir waren zwei Kleinstadttierärzte und ein kleiner Junge, die sich aufgemacht hatten, den Tod zu erleben.

»Es hat sich herumgesprochen, daß Dee Dee morgen ins Krankenhaus geht«, flüsterte Lydia mir so leise zu, daß Trooper sie nicht hören konnte. »Ich habe René und Patrice eingeladen. Und noch ein paar andere aus den Kerzenkursen. Aber ich mache mir Sorgen, Sam. Du weißt ja, was ein paar Klatschmäuler in der Stadt verbreitet haben. Daß Dee Dee Aids hat und jeder sich bei ihr anstecken kann.«

»Idioten«, sagte ich und spürte wieder die Wut in mir aufsteigen. Wieso waren manche Menschen so *gemein*?

»Ich mache mir Sorgen, daß die Leute sich nicht trauen, zu Dee Dee zu kommen«, fügte Lydia hinzu. Ich schwieg. Ich hatte schon lange aufgehört, mich über die Menschen zu wundern.

Wir gingen an der Bücherei vorbei, wo Dee Dee sich einmal, als sie kaum älter war als Trooper, in der Garderobe versteckt hatte. Sie wartete, bis die

Bücherei Feierabend machte, dann öffnete sie die Tür und ließ mich ein. Wir verbrachten den ganzen Abend damit, beim Schein einer Taschenlampe zu lesen. Nein, nicht etwa *Krieg und Frieden* und auch nicht *Vom Winde verweht*, sondern medizinische Fachbücher mit Abbildungen von männlichen und weiblichen Geschlechtsorganen und wissenschaftlichen Erklärungen, *was warum wie* zu geschehen hat, Erklärungen, die mir heute nicht einleuchtender erscheinen als damals. Wahrscheinlich waren sie geschrieben von einer sechzigjährigen Jungfrau mit einem Doktortitel in Humananatomie. Komisch, aber damals glaubten wir, Sex sei das größte Mysterium des Lebens. Das stimmt nicht. Der Tod ist es.

Während Lydia und ich die Bay Street entlanggingen, konnte ich die Wärme von Millionen Fußtritten auf diesem Asphalt spüren, obwohl er von blauweißem Schnee bedeckt war. Dee Dee und ich hatten in dieser Straße unsere ersten Schritte gemacht, hatten uns hier unsere Knie aufgeschlagen, die ersten Fahrräder gefahren, Himmel und Hölle und Seilspringen gespielt. Es war eine Straße voller lebendiger Erinnerungen. Auf jeder Seite die gleichen Häuser, die sich nur hier und da durch einen neuen Anstrich unterschieden. Es hatte sich nicht viel verändert, und doch hatte sich *alles* geändert. Trooper hatte genug vom Schneeballwerfen und kam an meine Seite. Er griff nach meiner Hand. Ich legte meinen Arm um Lydia, und so gingen wir wie traurige Papierpuppen weiter, unsicher, welche Zukunft uns drei erwartete.

In der Bay Street Nummer 204 war das große Fenster von tanzendem Kerzenlicht erleuchtet. Dee Dee öffnete die Tür, noch bevor wir die Veranda erreichten und den Schnee von unseren Schuhen stampfen konnten. Mir fiel auf, daß sie geschminkt war, ihre Augen wirkten exotisch in ihrem schmalen Gesicht, ihre Lippen leuchteten rot. Und noch etwas anderes lag in ihrem Gesicht. Ernst? Resignation? Friede? Jetzt begriff ich, was Lydia mir am Abend zuvor hatte sagen wollen. »Dee Dee ist bereit, Sam«, hatte sie gesagt. Ich hatte mich die ganze Nacht im Bett herumgewälzt, war immer wieder wach geworden, unfähig zu akzeptieren, daß jemand so stark war wie Dee Dee und freiwillig aus dem Leben scheiden wollte. Aber nun sah ich eine Frau vor mir, die jeden Fehdehandschuh aufgehoben hatte, der vor ihren Füßen gelandet war. Sie hatte jede Karte ausgespielt, und dann hatte sie ein schlechtes Blatt erwischt. Das war es. Immerhin gibt es viele Menschen, die sterben, ohne jemals *gelebt zu haben*.

Eine Stunde lang saßen wir vier auf dem Boden im Wohnzimmer und schauten uns alte Fotoalben an, einige gehörten Dee Dee, andere meiner Mutter. Dann blätterten wir in alten Jahrbüchern der Fort Kent Community Highschool, schauten uns Dutzende von Fotos an, Bilder aus unserem Leben: Dee Dee und ich bei meinem dritten Geburtstag, dem Tag, an dem wir uns kennengelernt hatten; Dee Dee und ich beim Baden in der Zinkwanne; Dee Dee und ich bei der Abschlußfeier der Mittelschule. Eingefrorene Sekunden unseres Lebens.

»Schau mal, Trooper«, sagte Dee Dee. Sie wollte, daß er soviel wie möglich von ihrem Leben wußte. »Das sind Sammy und ich als Humphrey Bogart und Lauren Bacall, als wir eine Szene aus *Key Largo* gespielt haben.« Trooper schaute sich das Foto ausgiebig an. Wir waren ungefähr so alt wie er jetzt, als es aufgenommen wurde.

»Wer ist Humphrey Bogart?« fragte er. Wir lachten, aber es lag eine Spannung in der Luft, Lydia und ich spürten es deutlich, eine fast schon greifbare Beklemmung. Unter dem Vorwand, ihr beim Öffnen einer Weinflasche helfen zu wollen, folgte ich Lydia in die Küche. Allerdings hätte ich eher einen Schluck Jack Daniels gebraucht. Und allmählich wurde ich wütend.

»Wo zum Teufel bleiben Ross und Vickie?« fragte ich. Solche Kleingeister wie Florence und Alberta konnte ich ja gerade noch verstehen. Aber *Ross*? Lydia zuckte die Achseln und reichte mir den Korkenzieher.

»Er wird schon kommen«, sagte sie. Ich wußte, daß sie versuchte, mich zu beruhigen.

»Und wo sind Patrice und René?« Wieder zuckte sie die Achseln.

»Ich hab dir ja gesagt, daß ich mir Sorgen mache«, sagte sie. Sie ging zurück ins Wohnzimmer. Ich nahm den Telefonhörer ab und wählte Ross' Nummer.

Sein Anrufbeantworter schaltete sich ein. Ich legte auf. Wo zum Teufel steckte er?

Zurück im Wohnzimmer, bemerkte ich, wie Trooper besorgt aus dem Fenster spähte. Ich reichte Dee Dee ihr Weinglas, und sie nahm es mit sicherer Hand entgegen.

»Ich möchte wissen, welchen Wein Martha Stewart an einem solchen Abend servieren würde«, sagte Dee Dee. Sie trug einen langen Jeansrock und eine ausgebleichte Jeansbluse, die sie vorne zusammengeknotet hatte. Ich hatte sie noch nie so dünn gesehen. Ihr Haar hatte sie mit Kämmen zurückgesteckt. Und ich sah, daß sie ein kleines Herz an einer Kette um den Hals trug. Obwohl sie von ihrer Krankheit gezeichnet war, strahlte sie immer noch eine Schönheit aus, eine Schönheit, die ich nur von ihr kannte. Ihre Seele leuchtete wie eh und je. Das Mädchenwunder von Fort Kent, Maine.

Dee Dee wurde allmählich müde, und Lydia und ich halfen ihr auf das Sofa. Trooper war nach oben gegangen, um seinen Fotoapparat zu holen. Er sagte, er wolle Fotos von uns allen. Also posierten wir auf dem Sofa, und Lydia und ich machten abwechselnd ein paar Schnappschüsse. Die Küchenuhr tickte leise vor sich hin. Das Haus ächzte und stöhnte. Die Gardinen bewegten sich sanft in der warmen Luft, die der Ofen ausstrahlte. *Wie können Menschen so grausam sein?* fragte ich mich. Trooper stand wieder am Fenster und schaute auf die Straße hinaus. Ich wußte, daß er sich dieselbe Frage stellte.

»Los, kommt schon«, sagte Dee Dee schließlich, als die Stille zwischen uns zu zerbersten drohte wie Glas. »Das ist ein Fest. Ich möchte euch lächeln sehen.« Im Kerzenlicht waren die dunklen Ränder unter ihren Augen wie durch Zauberkraft verschwunden.

»Dee Dee«, sagte ich. Ich hatte mich entschlossen, etwas zu sagen, etwas über die Menschen, über die Schwächen der menschlichen Natur. Wir konnten nicht den ganzen Abend so tun, als ob nichts wäre. Aber ich brauchte kein Wort zu sagen. Trooper sprang plötzlich am Fenster auf und ab.

»Sam!« rief er. »Komm mal schnell her!« Ich ging zu ihm. Überall, wo ich hinschaute, auf der ganzen Bay Street, tanzten kleine Flammen in der Nacht.

»Was zum Teufel ist da los?« fragte ich Trooper. Ich konnte immer noch nicht enträtseln, was ich dort sah. Es sah aus wie Tausende von Feuerzeugen bei einem Konzert von Bruce Springsteen. Dann begriff ich: Dutzende flackernder Kerzen bewegten sich durch die Dunkelheit. Leute kamen von beiden Enden der Straße, Leute aus der ganzen Stadt kamen in die Bay Street Nummer 204, und sie alle trugen eine Kerze in der Hand. Ich entdeckte Ross und Vickie, sie gingen allen anderen voraus. Als sich Dee Dees Vorgarten mit Menschen füllte, sah es so aus, als würden Schwärme von Glühwürmchen vor ihrem Haus tanzen. Und über den Kerzen konnte man jetzt Gesichter sehen: Leute, die Dee Dee schon als Kind gekannt hatten; ihre neuen Freunde; ihre

Schüler aus den Kerzenkursen; die Kellnerin von Bee Jay's Tavern; die Kellnerinnen aus dem Café; selbst Fremde waren gekommen. Es kam mir vor, als hätte sich halb Fort Kent versammelt. Sie waren mit ihren Kerzen aus allen Teilen der Stadt gekommen, um sich von Dee Dee zu verabschieden. Sie waren gekommen, um sich von einer wilden, wunderbaren Frau zu verabschieden, die sie alle liebgewonnen hatten.

Ich half Dee Dee vom Sofa auf und geleitete sie zur Tür. Ich wollte ihr den überwältigenden Anblick präsentieren, der sich an diesem kalten Winterabend in ihrem Vorgarten bot. Als Lydia die Tür öffnete, hörten wir das Raunen der vielen aufgeregten Stimmen.

»Trooper, sieh nur«, sagte Dee Dee und machte eine schwache Kopfbewegung in Richtung des Lichtermeers, das sich auf dem Rasen, in der Einfahrt und auf der Straße vor dem Haus ausbreitete. Kerzen, wohin man auch blickte. »Schau dir nur alle meine Engel an.« Sie strahlte. Als ich meine Arme um sie legte – sie war so leicht wie eine Feder –, spürte ich, wie heftig ihr Herz schlug. Dee Dees Herz. Ich konnte mir nicht vorstellen, daß es jemals aufhören würde zu schlagen.

»Da ist Ross!« sagte Trooper und deutete auf den zerzausten Kopf über der dünnen Jeansjacke. Ross stand mit dem Rücken zu uns, aber er hatte zweifellos alles im Griff. Wie eine Art verrückter Dirigent gab er den Leuten ein Zeichen, und plötzlich erhoben sich ihre Stimmen in der kalten Luft, und ihr warmer Atem stieg in weißen Wölkchen über den Kerzenflammen auf. Anfangs dachte ich, sie würden ein Weihnachtslied singen, nur für Dee Dee. Aber ich hätte es besser wissen müssen, schließlich hatte Ross Cloutier das alles organisiert. Auf der Hochzeit seiner Schwester hatte er *My Ding-A-Ling* zum Besten gegeben. Er ließ sie das erste Lied singen, das die SPITZEN WINKEL in ihrem Programm gehabt hatten, einen Oldie von TEMPTATION:

I got sunshine, on a cloudy day
And when it's cold outside, I got the month of May
I guess you'll say, what can make me feel this way
My girl, talking 'bout my girl, My girl...

Ich stand dort und grinste von einem Ohr bis zum anderen. Sie sangen das Lied, das Dee Dee schon immer wie auf den Leib geschrieben war. Zur Zeit meiner Eltern hätte man bei einer solch ernsten Gelegenheit vielleicht *Amazing Grace* gesungen oder *Old Rugged Cross*, um sich für immer von einem geliebten Menschen zu verabschieden. Aber nicht in der Bay Street 204, nicht an diesem Abend. Aber was soll man schon von lauter übriggebliebenen Hippies erwarten?

»Das war das erste Stück, das wir zusammen gesungen haben, Sam«, sagte Dee Dee. Ich nickte. Ich glaube, nichts hätte sie glücklicher machen können. In diesem Augenblick gelobte ich, daß ich Ross

Cloutier für den Rest seines Lebens in Bee Jay's Tavern aushalten würde. An all den Abenden, die wir in den vor uns liegenden Jahren dort verbringen würden und an denen Dee Dees Geist wie ein kühler Wind durch unsere Gedanken wehen würde. Dee Dees *Geist.*

»Frohen Pearl Harbor Day«, sagte ich zu Dee Dee. Im nächsten Augenblick trat Ross auf die Veranda und drückte sie an sich.

»Hier«, sagte er. »Dafür haben ein paar von uns zusammengelegt.« Er reichte ihr ein Foto, und Dee Dee betrachtete es neugierig. Über ihre Schulter hinweg sah ich, daß es ein Polaroidfoto von einer neuen Tafel an der Decke von Bee Jay's Tavern war. Sie hing gleich neben meiner, über dem großen Tisch vor dem Kamin, unserem Lieblingsplatz: **Bay Street Kerzen,** stand darauf. **Dee Dee Michaud, Inhaberin und Kerzenmacherin.** Jemand hatte eine wunderschöne, handgezogene Kerze dazu gemalt, deren Flamme nun ewig flackern würde. Unter der Kerze standen die Worte: *Da ich so finster bin, so will ich leuchten. Shakespeare.*

»O mein Gott!« sagte Dee Dee. »Ich hab's endlich an die Decke von Bee Jay's geschafft!« Ross strahlte, als er sah, wie glücklich sie war. Um Troopers willen durfte ich das nie wieder vergessen. Daß es auf diesem Planeten eine Menge Leute gibt, die die Florences und Albertas bei weitem aufwiegen. Das durfte ich nicht mehr vergessen.

Der Abend ging viel zu schnell vorbei. Ich hatte Dee Dee zurück zu ihrem Sofa geleitet und es ihr dort bequem gemacht. Leute kamen und gingen, um sich von Dee Dee zu verabschieden, einige versprachen, sie im Krankenhaus zu besuchen. Und dann wurde es allmählich leiser im Haus, die Kerzen brannten immer weiter herunter. Es wurde Zeit, mit dem längsten Abschied unseres Lebens zu beginnen. Wir ließen Dee Dee mit Trooper allein im Wohnzimmer, und als er schließlich herauskam, wirkte er ruhig und gefaßt. Ich wußte, daß das nicht immer so bleiben würde. Ich wußte, daß es Nächte geben würde, in denen er nicht schlafen konnte, Tage in der Schule, an denen er sich nicht konzentrieren konnte, einsame Stunden, in denen er seine Mutter so vermißte, daß es ihm fast das Herz brach. Meine Aufgabe als sein neuer Vater war es, ihm über diese Zeiten hinwegzuhelfen, und, indem ich das tat, selbst darüber hinwegzukommen. Vickie und Ross verabschiedeten sich von Dee Dee. Dann nahmen sie Trooper in ihre Mitte und brachten ihn in sein neues Zuhause über der Tierarztpraxis, wo er mit Lydia und mir wohnen würde, bis wir im Frühjahr in unser neues Haus in der Gagnon Road umziehen und dieses neue Haus mit neuen Erinnerungen füllen würden.

Ich schenkte mir ein Glas Wein ein, während Lydia Dee Dee zum letztenmal badete und ihr in das lange Flanellnachthemd half. Es hatte Dee Dees Mutter gehört, und Dee Dee hatte beschlossen, es an diesem Abend zu tragen. Es war erst zehn Uhr, aber

Dee Dee war erschöpft. So schön der Abend auch gewesen war, er hatte sie sehr angestrengt. Während ich in der Tageszeitung blätterte, nur um meine Hände zu beschäftigen und ohne wirklich etwas zu lesen, erschien Lydia in der Wohnzimmertür und lächelte mich an. Ich hatte allmählich das Gefühl, daß alle anderen an einer Art kosmischem Geheimnis teilhatten, von einer inneren Ruhe beseelt waren, zu der ich keinen Zugang hatte. Lydia nahm ihren blauen Parka vom Kleiderhaken neben der Tür.

»Ich gehe ein bißchen spazieren«, sagte sie, »um meine Gedanken zu ordnen. Kümmer dich solange ein bißchen um Dee Dee.« Ich sah den blauen Parka durch die Tür verschwinden. Und zum zweitenmal in jener Woche fragte ich mich, wie ich das Glück gehabt hatte, in einem Meer von fünf Milliarden Menschen ausgerechnet Lydia zu finden.

Als ich ins Wohnzimmer ging, sah ich Troopers Kerze, die er am Vormittag für Dee Dee gemacht hatte. Sie stand auf dem Tisch und gab ein warmes Licht. Lächelnd deutete ich auf die Kerze.

»Er hat sie dir also gegeben«, sagte ich. Dee Dee nickte. Sie saß im Nachthemd ihrer Mutter in dem großen Sessel am Fenster, die Füße hochgelegt.

»Er hat gesagt, sie soll mein Schutzengel sein«, erklärte sie. »Er hat gesagt, mein Schutzengel würde mir den Weg in den Himmel weisen.« Sie sprach die Worte ohne Trauer oder Reue aus. Ich ging zu ihr hinüber und trat ans Fenster. Draußen sah ich Lydia um die Straßenecke biegen.

»Sag mir die Wahrheit«, bat ich. »Glaubst du wirklich an all das Gerede über Kerzen, die zu Engeln werden? Glaubst du wirklich an Dinge, die du nicht sehen kannst?« Dee Dee legte den Kopf zurück und schaute mich an. Ich hatte sie eigentlich nur aufziehen wollen, aber sie schien über meine Frage ernsthaft nachzudenken, bevor sie mir antwortete.

»Ich glaube an den *Frühling*«, sagte sie schließlich. »Auch wenn jetzt Winter ist und ich die Knospen an den Kirschbäumen nicht sehen kann. Oder den Klee auf den Feldern. Oder die Vögel, die ihre Nester bauen. Bei all dem Schnee, der das Land bedeckt, kann ich den Frühling nicht sehen, Sammy, aber ich glaube trotzdem an ihn.«

»Gute Antwort«, sagte ich und war überrascht, daß die Worte ohne den Sarkasmus über meine Lippen kamen, den ich hatte hineinlegen wollen. Ich stand lange da und schaute ihr Gesicht an. Im Kerzenlicht sah sie wieder wunderschön aus, Dee Dee und ihre magischen Kerzen. Sie schaute mir in die Augen und wartete darauf, daß ich etwas sagte. Ich räusperte mich.

»Heißt das, daß ich niemals die Chance haben werde, mit dir zu schlafen?« fragte ich. Als sie lachte, war es ihr altes Lachen, das Lachen, das tief aus ihrem Bauch kam, so wie sie früher immer gelacht hatte. Das war meine größte Gabe, wenn es um Dee Dee Michaud ging: Ich konnte sie zum Lachen bringen, wenn niemand es mehr schaffte, nicht Bobby

Langford, nicht Lydia und auch Ross nicht. Niemand.

»Ach, Sammy«, sagte Dee Dee. »Gott, was hab ich dich immer geliebt.« Ich setzte mich auf den Boden neben ihren Sessel. Sie streckte ihre zarte Hand aus und streichelte mir über den Kopf. Ich lächelte, als ich spürte, wie sie mir mit den Fingerspitzen durch die Haare fuhr. So machte sie es auch immer bei Trooper. »Du bist immer mein Freund gewesen«, sagte sie, »und mein Bruder. Ich würde meinen Sohn nie irgend jemand anderem als dir anvertrauen.« Ich nahm ihre kleine Hand.

»Du warst meine erste große Liebe«, sagte ich. Sie nickte.

»Ich weiß«, erwiderte sie lächelnd.

»Das weißt du?« fragte ich.

»Natürlich«, sagte sie. »Mädchen wissen so was.«

»Naja, nur so unter uns«, sagte ich. »Ich hab es satt, mir dieses Gerede von weiblichen Fähigkeiten anzuhören. Und Trooper hat es auch satt.«

»Gewöhn dich daran«, sagte Dee Dee. Diesmal mußte ich lächeln.

»Was weißt du denn sonst noch alles?« fragte ich.

»An dem Tag, als wir aus der Schule kamen«, sagte Dee Dee, »als wir in deinem Auto saßen. Kurz bevor ich dir meinen Verlobungsring gezeigt habe.« An diesen Tag erinnerte ich mich nur zu gut.

»Was war da?«

»Da wolltest du mich bitten, deine feste Freundin zu sein«, sagte sie. Ich war völlig verblüfft. Ich hatte nie mit ihr über meine Gefühlen gesprochen. Ich hatte sie *dumme Nudel, Idiot* und *Äffchen* und alles mögliche genannt, lauter Kosenamen, die so wenig wie möglich mit Liebesgeflüster zu tun hatten.

»Du hast es gewußt?« fragte ich. Das amüsierte sie noch mehr. So, wie Lydia sich amüsiert hatte an dem Abend nach unserem ersten gemeinsamen Essen, als sie mich damit aufgezogen hatte, daß ich in Dee Dee verknallt war. An dem Abend, als ich von Freddy Stolinsky erfahren hatte, diesem Hurensohn, wer immer er sein mochte.

»Sammy«, sagte sie, »weißt du denn nicht, daß unsere Beziehung immer etwas ganz Besonderes gewesen ist? Sie hat all die Jahre überdauert. Sie hat länger gehalten als meine Ehe mit Bobby. Und sie wird ewig bestehen. Wenn wir ein Paar geworden wären, hätten wir uns vielleicht schon vor Jahren getrennt.« Sie lehnte sich wieder zurück, um sich auszuruhen. »Wir sind Scarlett und Rhett, Baby. Wir sind Bogart und Bacall. Und besser wird's nicht.« Ich langte in meine Brusttasche. Ich hatte noch etwas, das ich ihr geben wollte. Ich hatte fast zwei Tage lang in den Kisten auf meinem Dachboden danach gesucht, aber schließlich hatte ich es gefunden. Als ich ihn aus meiner Brusttasche nahm, blitzte der grüne Stein im Kerzenlicht auf. *Abschlußklasse 1982*, stand darauf. *Fort Kent Highschool.* Mein alter Schulring. Dee Dee strahlte, als ich ihn ihr hinhielt.

»Dee Dee Michaud«, sagte ich und nahm ihre blasse Hand noch einmal in meine. »Willst du meine feste Freundin werden?« Ich sah, wie ihre Augen feucht wurden.

»Und ich dachte schon, du würdest mich nie fragen«, sagte sie. Vorsichtig schob ich ihr den Ring auf den Finger. Dee Dee hielt ihre Hand hoch, damit sie den Stein betrachten konnte.

»Küß mich, Sammy«, sagte sie. Ich mußte an die zwölfjährige Dee Dee denken, an den Tag am Flußufer, an dem mir klargeworden war, daß ich sie immer lieben würde. Ich beugte mich vor und küßte sie sanft auf die Lippen.

»Ich schau dir in die Augen, Kleines«, sagte ich. Vielleicht war es ihre Stimme, so weich und heiter in dem stillen Haus. Vielleicht war es das Kerzenlicht, so zart und gnädig, so golden wie damals im Sommer. Was immer es war, es legte sich über mich wie tiefer Frieden, wie ein warmer Regen. Ich fühlte mich plötzlich so *lebendig*, spürte jede einzelne Zelle meines Körpers. Es war dasselbe Gefühl wie damals in Quebec, als die Sonne über dem St. Lorenz-Strom aufgegangen war, als Dee Dee und ich als einzige noch wach gewesen waren, fast ein *Prickeln*. Als wären alle unsere Zellen plötzlich aufgestanden, um uns daran zu erinnern, daß wir lebten. Die elektrische Spannung des Lebens. Das war es, was ich spürte.

Wir hielten uns immer noch an der Hand, als Lydia zurückkehrte.

»Ich werde das Bett machen«, erbot sie sich. Sie klappte das Sofa auf, und ich sah ihr zu, wie sie saubere Laken von oben holte und das Sofa damit bezog. Dann half ich Dee Dee vom Sessel auf und führte sie zum Bett. Lydia und ich packten sie so gut es ging unter ihre Decke. Komisch, aber selbst in diesem Augenblick, als Friede in mein Herz eingekehrt war, hatte ich immer noch Hoffnung. Der berühmte Anruf in letzter Minute: Die Begnadigung durch den Gouverneur. Aber Dee Dee blieb bei ihrem Entschluß. Während ich das Kissen unter ihrem Kopf zurechtrückte, begann sie zu husten, so lange und laut, daß ich dachte, sie würde nie wieder aufhören. Als sie sich schließlich beruhigt hatte, schaute sie mich entschlossen an.

»Es ist soweit, Sammy«, sagte sie, und ich nickte. Ich durfte sie jetzt nicht im Stich lassen. Lydia ging in die Küche und kam nach wenigen Minuten mit einer Tasse Tee und einer Scheibe Toast zurück. Essen für Dee Dees leeren Magen. Ich riß das Brot für sie in kleine Häppchen. Sie kaute ganz langsam, nippte zwischendurch an ihrem Tee. Als sie fertig war, nahm sie das Dramamin, das gegen die Übelkeit vorbeugen sollte. Ich schaute auf meine Uhr. Vorausgesetzt, sie war immer noch entschlossen, die Sache durchzuziehen, würde sie in einer Stunde die Pillen nehmen. Ich spürte, wie sich mein Magen umdrehte, die Anspannung wurde fast unerträglich, und aller Friede war von mir gewichen. *Bleib stark*, sagte ich mir. *Brich jetzt bloß nicht zusammen.* Lydia kam mit einer Flasche Wein und goß sich und mir ein Glas ein. Wir saßen im flackernden Kerzenlicht und tranken unseren Wein. Dee Dee war die erste, die sprach.

»Trooper schreibt nächste Woche ein Diktat«, sagte sie. »Da wird er Hilfe brauchen.« Ihre Stimme war so schwach, daß sie klang, als käme sie aus einem defekten Grammophon. Lydia nickte.

»Er wird eine Eins schreiben«, sagte ich. »Ich helfe ihm.«

»Seine Rechtschreibung ist genauso schlecht wie meine«, flüsterte Dee Dee. Auf ihrer Stirn hatten sich kleine Schweißperlen gebildet. Lydia holte ein feuchtes Tuch und wischte Dee Dee die Stirn ab.

»Der Tag war so aufregend«, sagte Lydia. »Du bist völlig erschöpft.«

»Aber es hat sich gelohnt«, flüsterte Dee Dee. »Ich bin jetzt an Bee Jay's Decke verewigt.« Und dann: »Ist es soweit?« Lydia schaute auf die Uhr. Es war soweit. Fast eine Stunde hatte sich durch unser Leben gestohlen. *Vergiß das nie*, sagte ich mir. *Vergiß diese Lektion niemals. Denk immer daran, wie wertvoll jede Sekunde deines Lebens sein kann.*

»Hört zu«, sagte Dee Dee. »Wenn Trooper alt genug ist, müßt ihr ihm die Wahrheit sagen. Erzählt ihm alles über Bobby. Erzählt ihm von dieser Nacht. Kinder brauchen die Wahrheit. Wenn er alt genug ist, Sam.«

»Dee Dee«, sagte ich. »Bitte nimm es mir nicht übel, aber ich muß das einfach sagen. Du kannst es dir immer noch anders überlegen, Liebes. Noch ist es nicht zu spät.« Sie nickte.

»Ich weiß«, sagte sie. »Aber es ist Zeit, Sammy. Es ist Zeit für mich zu gehen.«

Lydia kam mit fünf von den Morphiumtabletten. Die anderen neun hatte sie aufgelöst und in einen Becher mit Yoghurt gerührt, den sie in der anderen Hand trug. Ich schenkte Dee Dee ein Glas Wein ein. Wie hätte ich in all den ausgelassenen Partynächten während unseres letzten Highschooljahres ahnen können, daß der Tag kommen würde, an dem ich Dee Dee Michaud ein Glas Wein einschenken würde, weil der Alkohol die toxische Wirkung des Morphiums erhöhte? Ich half Dee Dee, sich auf dem Sofa aufzurichten. Dann griff sie mit ihrer zerbrechlichen Hand nach dem Weinglas. Sie schaute Lydia an.

»Ich werde die Pillen allein einnehmen«, sagte sie. »Wie wir es besprochen haben.«

»Nein«, sagte ich, überrascht, meine Stimme zu hören. »Ich lasse dich nicht allein.« Ich setzte mich auf die Bettkante und spürte, wie Lydia sich neben mich setzte. In diesem Augenblick liebte ich sie besonders. Meine Frau. Meine Gefährtin. In guten und in schlechten Zeiten. An meiner Seite. Selbst jetzt. Dee Dee schaute uns an. Sie wußte, daß ich es ernst meinte.

»Lyddie«, sagte sie. »Nur Sammy, ja?« Eine Sekunde lang trafen sich ihre Blicke, aber ich spürte, daß sie mit diesem Blick unendlich viele Worte austauschten. Lydia kniete sich neben das Bett, nahm Dee Dees Hand und drückte sie an ihre Lippen.

»Leb wohl, meine Liebste«, sagte sie. »Dich zu

kennen ist ein großes Geschenk.« Dee Dee lächelte.

»Meine Seelenschwester«, sagte sie, und Lydia nickte. Sie stand auf, berührte kurz meine Schulter, als wollte sie mir Kraft geben, und verließ das Zimmer. *Dee Dee und Lydia.* Wie konnte ein einfacher, vernünftiger, normaler Tierarzt wie ich, ein Mann von durchschnittlicher Größe und durchschnittlichem Aussehen, so ein Glück haben, diesen beiden Frauen zu begegnen?

»Gut, daß du ihr nicht gesagt hast, daß du jetzt meine feste Freundin bist«, sagte ich zu Dee Dee. Und da war es wieder, das alte Feuer in ihren Augen, ein Feuer, das heller leuchtete als alle ihr Kerzen. Es war ihre *Seele*, das war es, was ich sah. Dee Dee Michauds kostbare Seele, was auch immer das sein mochte. Was kann ich über sie sagen? Was werde ich Trooper erzählen, wenn der Tag kommt, an dem er mich nach dieser Nacht fragen wird? *Sie hatte keine Angst*, das werde ich sagen. *Selbst die Krankheit hat ihr nicht das Herz gebrochen. Sie war das Mädchen, das im neunten Inning den Ball immer in die Zuschauerränge geschlagen hat. Sie war Dee Dee Michaud, so wie ich sie immer gekannt habe. Sie hatte alles unter Kontrolle.*

Dee Dee bedeutete mir, ihr die Tabletten zu reichen. Sie schluckte sie mit soviel Wein, wie sie konnte. Dann nahm sie den Becher mit dem Yoghurt. Wir wußten, daß sie so schnell wie möglich essen mußte.

»Kannst du für mich singen, Sammy?« fragte sie. Wieder dieses Lächeln auf ihren Lippen. Ich nickte.

»Muß es etwas von ABBA sein?« scherzte ich.

»Nein«, sagte sie, »aber du mußt mir versprechen, daß du das Poster in deinem Zimmer in der Praxis aufhängst.«

Ich sah ihr zu, wie sie den Yoghurt aß. Seit einigen Tagen fiel es ihr schwer zu schlucken, doch sie brachte alles hinunter. Er enthielt die aufgelösten Morphiumtabletten. Sie trank noch etwas Wein – um das Morphium herunterzuspülen und den bitteren Geschmack zu mildern –, und dann lehnte sie sich auf ihrem Kissen zurück. Ich legte mich neben sie und nahm ihre Hand. Lydia hatte alle Kerzen im Wohnzimmer angezündet, genau wie Dee Dee es sich gewünscht hatte: Kerzen in allen Formen und Größen, überall Kerzen: birnenförmige, blumenförmige, Schwimmkerzen, Kerzen, die aussahen wie Muscheln, Kerzen, die nach Vanille dufteten; das ganze Zimmer schien in Flammen zu stehen. Dee Dee betrachtete die flackernden Lichter.

»Ob es im Himmel wohl so hell ist?« flüsterte sie. Ich drückte ihre Hand an mein Gesicht.

»Wenn *du* da bist, wird es so hell sein«, sagte ich. Ich wußte, daß es nicht lange dauern würde, bis die Tabletten wirkten, wenn sie sie nur bei sich behalten konnte.

»Sing für mich, Sammy«, sagte sie noch einmal. Und so sang ich in diesem Raum voller tanzender Flammen für Dee Dee Michaud, die erste Frau, die ich je geliebt hatte.

»*I got sunshine, on a cloudy day, and when it's*

cold outside, I got the month of May, I guess you'll say, what can make me feel this way, my girl, talking 'bout my girl.«

Minuten vergingen, bevor Dee Dee noch einmal sprach. »Bobby«, flüsterte sie. Sie hatte sich auf ihren Ellbogen aufgestützt und starrte auf die sternförmige Kerze, die Trooper für sie gemacht hatte. »Bobby?« Ihr Blick war so starr, so fixiert, daß ich wußte, sie sah dort jemanden stehen. Aber es war niemand da. Nur die Kerze auf dem kleinen Tisch, und dahinter, im Hintergrund, die Gardinen des Wohnzimmerfensters. Aber Dee Dee lächelte trotzdem, den Blick auf etwas gerichtet, das ich nicht sehen konnte, mir nicht vorstellen konnte, jedenfalls noch nicht. Und in diesem Augenblick wußte ich mit einemmal, daß Dee Dee bereit war loszulassen. Diesmal war ich sogar froh, daß Bobby Langford, Troopers gutaussehender Vater, vielleicht da war, um Dee Dee den Weg zu weisen. *Das größte Wollknäuel der Welt. Der größte Cowboystiefel der Welt.*

Dee Dee entspannte sich wieder, ließ sich wieder auf ihr Kissen sinken, die Augen immer noch offen und auf das gerichtet, was sie sah, was immer es sein mochte.

»I got sunshine on a cloudy day«, sang ich noch einmal, die Augen mit Tränen gefüllt. *»And when it's cold outside, I got the month of May, I guess you'll say, what can make me feel this way, my girl, talking 'bout my girl.«*

Und dann war sie fort. Sie war entschwunden wie

ein Gebet. Ich wußte es, denn ich spürte ein elektrisches Zucken in ihren Fingern, so stark, daß meine Hand von dieser Kraft vibrierte. Ich schaute in ihre Augen, die immer noch weit offen waren, und sah, daß das Feuer verloschen war. Es hatte sie verlassen. Es war ihre Seele, was immer eine Seele sein mag. Dee Dee Michauds Seele hatte ihren kalten, nutzlosen, kranken Körper verlassen und erhob sich über all den flackernden Kerzen, erhob sich und flog ich weiß nicht wohin. Vielleicht zu diesem hellen Stern in Orions Fuß. Sanft schloß ich ihre Augen.

»Lyddie?« sagte ich. Sie hörte mich und kam durch den Flur ins Wohnzimmer. Sie sagte nichts, kam nur und legte sich auf die andere Seite neben Dee Dee. Sie legte ihren Kopf auf Dee Dees Brust und nahm ihre andere Hand. Und wir beide – meine Frau und ich – hielten Dee Dee, bis alle Kerzen heruntergebrannt waren.

Als Lydia und ich in jener Nacht nach Hause gingen, fort von der Stille im Haus in der Bay Street Nummer 204, hatte es zu schneien begonnen. Ich blieb stehen und blickte zu dem dunklen Wohnzimmerfenster zurück. Dieses Haus würde eines Tages Trooper gehören. Dafür hatte Dee Dee gesorgt. Vielleicht würde er diese kleine Stadt lieben lernen, und es würde ihn immer wieder hierher zurücktreiben, egal, wie weit er fortging. Vielleicht würde er, wenn er erwachsen war, zurückkommen und hier eine Familie gründen. Vielleicht würde er einmal so wie ich werden, ein Mann, der sich seiner Heimat verbunden fühlte. Vielleicht würde auch er einmal spüren, daß dieser Boden in Nord-Maine etwas hat, das uns gerne hier Wurzeln schlagen läßt.

Wir gingen weiter, Lydia und ich, der Schnee knirschte unter unseren Schritten, es war das einzige Geräusch in Fort Kent bis auf das Aufheulen eines Motors, als irgendwo draußen auf der Charette Hill Street ein Lastwagenfahrer einen anderen Gang einlegte. Ich griff nach Lydias Hand. Unser Atem hing in der kalten Winterluft wie verträumte kleine Wolken, wie unsere Zukunft, die vor uns hertrieb. Die Straßenlaternen auf der kanadischen Seite glitzerten wie kleine Diamanten. Es war nur noch eine Stunde bis zur Dämmerung. Die Venus war schon aufgegangen und stand jetzt wie ein Weihnachtsornament am dunklen Himmel. Ich blieb stehen und suchte den Himmel nach Orion ab, dem großen Jäger, bis ich ihn entdeckte. Er hielt sein Schwert erhoben, bereit zum Kampf, seinen leuchtenden Gürtel um die Taille. Und da war sein Zeh: Rigel, sein hellster und schönster Stern. Und da wußte ich es.

»Ich werde das alles niederschreiben«, sagte ich zu Lydia. »Ich werde Dee Dees Geschichte aufschreiben. Für Trooper.«

Und dann gingen wir weiter, unserer Zukunft entgegen.